Virando o jogo

GRACE REILLY

Virando o jogo

Tradução de
Laura Folgueira

Rocco

Título original
FIRST DOWN
Beyond the Play
Book 1

Copyright © 2022 *by* Grace Reilly

Imagem de aberturas de capítulos: FreePik

Todos os direitos reservados.
Nenhuma parte desta obra pode ser reproduzida ou transmitida
por meio eletrônico, mecânico, fotocópia ou sob
qualquer outra forma sem a prévia autorização do editor.

Direitos para a língua portuguesa reservados
com exclusividade para o Brasil à
EDITORA ROCCO LTDA.
Rua Evaristo da Veiga, 65 – 11º andar
Passeio Corporate – Torre 1
20031-040 – Rio de Janeiro – RJ
Tel.: (21) 3525-2000 – Fax: (21) 3525-2001
rocco@rocco.com.br|www.rocco.com.br

Printed in Brazil/Impresso no Brasil

Preparação de originais
VANESSA RAPOSO

CIP-BRASIL. CATALOGAÇÃO NA PUBLICAÇÃO
SINDICATO NACIONAL DOS EDITORES DE LIVROS, RJ

R286v

Reilly, Grace
　　Virando o jogo / Grace Reilly ; tradução Laura Folgueira. - 1. ed. - Rio de Janeiro : Rocco, 2024.　　(Além da jogada ; 1)

　　Tradução de: First down beyond the play book - 1
　　ISBN 978-65-5532-457-0
　　ISBN 978-65-5595-279-7 (recurso eletrônico)

　　1. Ficção americana. I. Folgueira, Laura. II. Título. III. Série.

24-92062　　　　　　CDD: 813
　　　　　　　　　　CDU: 82-3(73)

Gabriela Faray Ferreira Lopes - Bibliotecária - CRB-7/6643

Este livro é uma obra de ficção. Todos os personagens,
organizações e acontecimentos retratados neste romance são
produtos da imaginação da autora, foram usados de forma fictícia.

O texto deste livro obedece às normas do Acordo
Ortográfico da Língua Portuguesa

Para Anna, cujo apoio tornou este livro possível.

NOTA DA AUTORA

Apesar de ter tentado ser fiel à realidade do futebol americano universitário e de esportes universitários em geral, ao longo deste livro, sempre que possível, haverá imprecisões, tanto intencionais quanto não intencionais. Aos colegas fãs do esporte: espero que curtam!

Por favor, acessem meu site para ver todos os avisos de conteúdo deste livro: www.grace-reilly.com

1
JAMES

Mal cheguei no campus quando meu celular começa a tocar.

Os babacas dos meus irmãos mais novos colocaram toques personalizados, então, sempre que um deles liga, toca uma música antiga de Britney Spears. Não tenho nada contra a Britney, lógico, a mulher é uma deusa, mas não tem nada em "… Baby One More Time" que transmita "*quarterback* número um no ranking universitário do país".

Aqueles escrotos sabem que eu não sei mudar de volta para um toque normal. Posso ter vinte e um anos e ter crescido grudado no celular que nem todo mundo, mas tecnologia nunca foi meu forte. E prefiro me estrangular com meu suporte atlético a pedir ajuda para qualquer um dos dois.

E, tá bom, talvez eu curta. Só um pouco. Saio do carro e cantarolo junto enquanto atendo, grato por não ter ninguém por perto. Não tem como o novo *quarterback* da Universidade McKee passar uma primeira impressão de amante do pop dos anos 2000. Tenho uma reputação que construí na Universidade do Estado da Louisiana, a LSU, para manter.

A voz de Cooper enche meus ouvidos, rude e impaciente como sempre, enquanto caminho na direção do prédio administrativo.

— Já chegou?

— Ainda não estou perto da casa. Preciso falar com a reitora primeiro, lembra?

Ele faz um som agonizante que lembra um animal morrendo.

— Mano. A gente tá esperando há um século. Se não se apressar, vou pegar a suíte principal.

— E se eu quiser a suíte principal? — Escuto meu outro irmão mais novo, Sebastian, dizer no fundo.

— Tem que ser do cara que trepa mais, Sebby — diz Coop. — Você nunca traz mulher para casa, e o James jurou não comer mais B até entrar na liga, então só sobrou eu.

— Idade é mais importante que status de pegador — informo a ele.

— Você nem é tão mais velho.

— Nossos pais não tinham televisão — digo, sorrindo, apesar de Cooper não conseguir me ver. Gostamos de brincar que poderíamos ser de uma típica família irlandesa, porque temos apenas dois anos de diferença de idade, nosso sobrenome é Callahan e somos superpróximos, então é uma piada que ficou. (Se bem que nunca na frente da nossa mãe, que é capaz de fazer testículos encolherem com um único olhar.) — Certo, irmãozinho?

Abro a porta com um puxão, estampando um sorriso para a recepcionista. Na linha, Coop e Seb continuam batendo boca. Sei muito bem que meu sorriso faz calcinhas derreterem, e esta vez não é exceção. Vejo o momento em que a garota — uma funcionária estudante — desvia o olhar do meu rosto para minha virilha.

— Ei, tenho que ir. Vejo vocês já, já.

Desligo antes de Cooper tentar continuar a conversa. Sei que, apesar da ameaça, ele não vai fazer uma coisa daquelas sem falar comigo antes. E talvez eu o deixe pegar o quarto — ele tem razão sobre eu não estar interessado em deixar garotas entrarem na minha vida no momento. Não se quiser vencer o campeonato nacional e ser recrutado para a NFL na primeira rodada.

— Oi — diz a garota. — Posso ajudar?

— Tenho um horário marcado com a reitora Lionetti.

Ela se debruça sobre a agenda de uma forma bem óbvia que me permite ver a curva dos seus peitos. E ela tem mesmo seios maravilhosos. Talvez, em outro universo, eu a convidasse para tomar uma cerveja. Ficasse com ela. Faz séculos que não vejo peitos, que dirá brincar com eles. Mas seria a própria definição de distração, principalmente se ela acabasse transformando tudo em drama.

Sem distrações. Não vim à McKee por nenhum outro motivo que não pôr em ordem a minha vida no futebol americano de novo... e tá bem, sim, tirar meu diploma. E é por isso que estou no Escritório da Reitoria Acadêmica em vez de no meu novo campo, analisando o território.

— Nome? — pergunta ela.

— James Callahan.

Os olhos dela se arregalam em reconhecimento. Talvez seja fã de NFL e pense primeiro no meu pai. Ou talvez tenha lido algo sobre minha transferência de universidade. De qualquer jeito, parece pronta para sentar em mim como se eu fosse uma cadeira.

— Hum, pode entrar. Ela sabe que você vem.

— Valeu.

Resisto orgulhosamente ao impulso de piscar para ela. Se eu fizer isso, ela vai me encontrar de algum jeito no campus e insistir que somos almas gêmeas.

Caminho pelo corredor até a sala da reitora Lionetti, avaliando o ambiente. Não consigo evitar: noto tudo. Estou acostumado a absorver a linha defensiva do time adversário, procurando mudanças sutis nas *play calling*, descobrindo onde vão tentar destruir nosso passe ou nossa corrida.

A reitora Lionetti tem um espaço bem bacana. Há uma mesa chique de madeira escura e atrás um armário de vidro cheio de prêmios. Os livros ocupam uma parede inteira, e duas poltronas de veludo ficam na frente da parte mais longa da mesa em L. Atrás dela, senta-se a reitora. Seu cabelo grisalho deve ser natural, para na altura do queixo, em um corte chanel sério. Os olhos também são acinzentados, e o terninho estilo anos 1980? Isso mesmo, cinza. Ao me ver, ela levanta e estende a mão para me cumprimentar.

— Sr. Callahan.

— Oi — digo, estremecendo por dentro.

Não é que eu busque isso, mas em geral as pessoas — principalmente mulheres — são um pouco mais calorosas ao me conhecerem. Minha mãe chama isso de charme Callahan, e é infalível... exceto agora. A reitora Lionetti me encara como se não conseguisse acreditar que estou na sala dela. Deve ser imune a covinhas, porque seu olhar, quando me sento, fica mais afiado.

— Obrigada por vir conversar tão em cima da hora — diz ela. — Tenho algumas atualizações sobre suas aulas neste semestre.

— Algum problema?

Só tenho mais algumas disciplinas obrigatórias para fazer no último ano. Minha linha de estudos é matemática, então, a maioria das aulas que faço lida só com números, mas tenho espaço para uma ou duas eletivas. Neste semestre, me inscrevi em biologia marinha, que parece ser fácil e não envolve escrever artigos, o que me deixa grato para caralho. Segundo Seb, o professor tem um milhão de anos e passa a maior parte da aula mostrando documentários da National Geographic.

A reitora Lionetti levanta uma sobrancelha grisalha.

— Tem uma questão com sua aula de escrita.

Puta que pariu. Tenho muitos arrependimentos em relação ao último ano, e ter largado mão dos estudos é um dos maiores. Sou péssimo com as palavras, mas mesmo assim é ridículo eu ter reprovado uma disciplina de escrita no terceiro ano, sendo que era para eu ter feito e passado no primeiro.

— Achei que tudo tivesse sido transferido.

— A princípio, sim. Mas, quando revisamos seu histórico com mais atenção, eles revelaram que você reprovou no curso obrigatório de escrita da primeira vez. Talvez na sua antiga universidade eles fizessem concessões para atletas — ela diz *atletas* como se todos fôssemos uma doença fúngica —, mas, aqui, exigimos o mesmo padrão acadêmico de todos. O professor fez a gentileza de abrir uma vaga na turma dele, e você vai refazer a disciplina neste semestre, já que ela é oferecida no outono.

Sinto aquela turma de biologia marinha ficando mais distante a cada segundo. O tom da reitora Lionetti deixa claro que ela me acha mais burro que um saco de pedras. Provavelmente pensa isso de todos os atletas. O que é uma puta palhaçada. O que aconteceu no outono passado foi uma exceção; eu me esforcei muito pelo meu diploma. Como meu pai gosta muito de nos lembrar, nossa carreira atlética tem prazo de validade. Mesmo que eu tenha uma carreira de sucesso na NFL — e pretendo ter —, a maior parte da minha vida vai acontecer depois de eu me aposentar.

— Entendo — falo entre dentes.

— Já atualizei seu cronograma, e a disciplina vai entrar no horário da eletiva. Se tiver alguma pergunta, é só entrar em contato com meu escritório ou com a secretaria.

Ela levanta. Está me dispensando sem discussão.

Engulo a vergonha, apesar de minhas orelhas estarem quentes.

Bem-vindo à Universidade McKee.

Respiro fundo e lembro por que estou aqui. Diploma, depois NFL.

Só preciso achar um jeito de passar nessa disciplina antes.

)-(-(-|-)-)-(

Quando chego à casa, Seb está sentado de pernas cruzadas no chão, desemaranhando um monte de cabos. Aceno para ele enquanto largo as chaves na mesa do hall de entrada, aí olho para a sala. Tirando Seb e sua bagunça, ainda não tem muita coisa rolando, só um sofá de couro em L, uma mesa de centro e uma TV montada na parede. Quando decidimos alugar esta casa por um ano, já que nós três estaríamos na mesma faculdade, o anúncio dizia que não era mobiliada. Tenho uma suspeita de quem arranjou aquela mobília.

— Sandra mandou tudo — diz Seb, gesticulando pela sala com os cabos. — Os caras da entrega montaram assim, mas, se precisarmos, podemos mudar de lugar.

Minha mãe é assustadoramente rápida. Com certeza, no segundo que ficou sabendo que seus meninos — os dois que pariu e o que adotou — iam morar juntos, foi à Pottery Barn. Ainda bem que ela tem bom gosto.

Ouço o som de algo quebrando vindo lá de cima, e ambos levantamos o olhar franzindo o cenho.

— Ele está redecorando um pouco — explica Seb. — Como foi a reunião?

Entro na cozinha. Duvido que a geladeira já tenha sido abastecida, mas torço para pelo menos ter cerveja. Eu não bebo muito durante a temporada, mas tecnicamente ainda temos alguns dias antes de tudo começar para valer. E eis que há um engradado de seis em uma das prateleiras, ao lado de um potinho com abacaxi e uma caixa de ovos, além de, por algum motivo, um vidrinho de raiz-forte.

Seb aparece na porta enquanto bato na tampa para soltá-la da garrafa. Ela sai com um *pop*. Dou um golão e devo transparecer quanto estou puto, porque Seb franze as sobrancelhas.

— O que rolou?

— A reitora resolveu me foder, foi isso que rolou. Está me obrigando a refazer aquela aula de escrita.

— Parece uma idiotice.

— E é mesmo — resmungo. — Mas eles olharam meu histórico e viram que reprovei na LSU. Na época que…

— É — interrompe Seb. — Eu sei.

Uma pontada de mágoa me perpassa. O ano passado foi um desastre por vários motivos, mas, mesmo assim, tenho saudade da Sara. Dou mais um gole na cerveja, olhando o cômodo. Há uma mesa de jantar bem grande, que me lembra da nossa casa em Port Washington, e a cozinha não é ruim. Tem bastante espaço para cozinhar algumas refeições sugeridas pelos treinadores. A porta dá para o quintal, onde há uma lareira externa e algumas cadeiras pavão em volta. E, depois de Seb montar a sala de estar, vamos poder jogar uns jogos de videogame maneiros.

— É bacana aqui — comento.

— É — concorda ele. — E aí, o que você disse pra reitora?
— Bom, não dava pra discutir. Eu reprovei mesmo.
— Mas é seu último ano. Você veio pra jogar.
— E me formar.

Seb suspira.

— É. Tem isso.

Meus pais apoiam muito minhas ambições no futebol americano, em parte porque meu pai também jogava. Ele sabe mais que ninguém quão difícil é. No início, era sonho dele que um de seus meninos seguisse seus passos, mas já faz tempo que isso virou um sonho meu também. Sem uma chance de jogar na liga, minha vida estaria incompleta. Fim de papo. Só que nos ensinaram que a educação também é importante, então, por mais que eu esteja concentrado no futebol americano, sei que preciso pegar meu diploma. Por mais talentoso que Cooper seja em hóquei, nosso pai nem deixou que ele entrasse no *draft* da NHL por ter medo de que ele abandonasse a faculdade em troca da liga e nunca se formasse. Seguindo os desejos do pai dele, Seb foi convocado para praticar beisebol ainda no ensino médio, mas está comprometido a jogar todos os quatro anos aqui na McKee antes de traçar seu caminho profissional na MLB.

— Você não pode pedir para o seu novo técnico intervir? Ele praticamente te roubou da LSU, ele quer você aqui.
— E ser o atleta mimado que a reitora acha que eu sou?

Seb dá de ombros e passa os dedos pelo cabelo loiro cheio.

— Talvez desta vez você não reprove. Talvez seja mais fácil. Ou você saiba mais, já que faz um tempo que está cursando matérias universitárias. — Ele faz uma careta quando ouvimos outro barulho lá em cima. — E sempre tem o Cooper.
— O Cooper é insuportável. Da última vez que pedi ajuda nos estudos, quase esfaqueei ele.
— Com uma caneta.
— Eu tinha meus motivos. Foi uma tentativa de facada, e não me arrependo.

Seb suspira.

— Bom, de repente outra pessoa pode te dar aula particular. Você não pode reprovar mais.
— Não. — Termino a cerveja em alguns goles e deixo a garrafa na pia.

O pânico que ando sentindo desde a reunião com a reitora está ameaçando voltar. Não sou bom em escrita. Nunca fui. Uma pedra tão grande no meu caminho, no ano que devia me catapultar a uma posição de *quarterback* titular, é quase tão ruim quanto uma lesão. E com uma lesão eu ainda conseguiria jogar. Daria para aguentar a dor até o fim da temporada. Mas isso? Está fora da minha zona de conforto.

Coop entra na cozinha suado, secando o rosto com a camiseta.

— Finalmente montei a porra da escrivaninha. Só levou quatro horas.

— Ah, olha só pra você — diz Seb, com doçura. — Derrotado por uma escrivaninha de merda.

Coop mostra o dedo do meio a Seb sem hesitar.

— Então, tenho uma proposta — diz ele.

Ele para ao ver nossas expressões. O que quer que esteja pensando provavelmente envolve uma festa, e não sei se tenho energia para isso agora.

Em vez de começar seu discurso, Coop semicerra os olhos.

— Tá, com quem vamos brigar?

2
BEX

Um dos benefícios de estar no último ano da faculdade é poder escolher as acomodações, que é como eu e a Laura conseguimos este apartamento sensacional de dois quartos. Uma pequena cozinha, área de estar, banheiro privativo, quartos que não são armários… é quase o suficiente para fazer uma garota esquecer que, quando o ano acabar, ela vai voltar a morar em cima da lanchonete da família e passar os dias chafurdando no inferno dos pequenos negócios.

Sou eu. Eu sou a garota.

Mas, no momento, estou no sofá, com o braço pendurado chegando quase até o chão, as sandálias perigando cair. Meu expediente no Purple Kettle, o café do campus, terminou há um tempinho; depois de ficar de pé para a debandada de estudantes que voltou para o semestre, a postos para muni-los com lattes e cold brews, estou moída. Preferiria estar na cama, mas Laura insistiu em um desfile de moda. Aparentemente, a iluminação é melhor na sala.

— Ah, e comprei esse minivestido fofo — diz ela do quarto. — Estava pensando em usar hoje.

— O que tem hoje?

Já meio que sei a resposta, porque só pode ser uma festa, mas a questão é onde. Uma república de meninos? De meninas? Mista? Uma casa fora do campus que, de qualquer jeito, é lotada de caras de república?

— Uma festa! — grita Laura ao sair do quarto. Está com um salto alto que destaca suas pernas bronzeadas à perfeição, e o vestidinho preto se molda a suas curvas como fita adesiva. Por algum motivo, ela está usando orelhas de diabinho e segurando um pequeno tridente. — E, antes que diga que não vai, você vai.

Às vezes, penso no fato de sermos melhores amigas e... não é que isso me choque, exatamente, mas me deixa reflexiva. Laura é inteligente para cacete, não me entenda mal, mas a faculdade para ela foi uma série de eventos sociais. Quanto a mim, quando não estou me dedicando aos estudos ou no Purple Kettle, estou na lanchonete da família, Abby's Place, gerindo crises e tentando reduzir o caos generalizado. O pai de Laura é um advogado chique e a mãe dela é uma médica igualmente chique, então Laura passou metade do verão na Itália e a outra metade em St. Barths. Eu passei cuidando de um coração partido, discutindo com fornecedores e fazendo bolinhos de batata para os moradores.

Eu a amo, mas nossas vidas são totalmente diferentes. Ela estuda na McKee desde o primeiro ano, e eu vim para cá transferida no terceiro. Dois anos na McKee em vez de na faculdade comunitária da minha cidade é o máximo de tempo que consigo me afastar dos negócios, mais ou menos. E, quanto ao dinheiro, esta é a quantidade máxima de empréstimos que me sinto confortável em pedir, apesar de ainda ser astronômica. Talvez um dia eu faça algo com esse diploma de administração e o portfólio de fotografia que continua crescendo silenciosamente, mas, por enquanto, o plano é o mesmo de sempre. Casa. Lanchonete. Assumir o negócio para que minha mãe possa parar de fingir que está bem o suficiente para administrar sozinha.

Ela não está nem perto disso desde o momento que meu pai saiu das nossas vidas.

— Terra chamando Bex — diz Laura. — Gostou?

Ela está estendendo um vestido, uma coisinha branca brilhante com uma fenda na coxa e um decote profundo.

— Para mim?

— Isso! E fica tranquila, comprei asas de anjo e uma auréola.

— Hum... por quê?

— Porque o tema da festa é Anjos e Demônios — explica ela. — Você não estava escutando?

Esfrego o rosto com a palma da mão.

— Não — admito. — Desculpa. Estou exausta.

Ela curva os ombros.

— Você me disse que queria ter uma vida social mais ativa esse ano.

— Vida social, não um bico como modelo da Victoria's Secret.

Ela revira os olhos.

— Experimenta, vai. Vai ficar lindo em você e seus peitos vão ficar maravilhosos. Todos os garotos vão babar.

Pego o vestido, sabendo de antemão que ela não vai desistir até eu pelo menos experimentar. Tenho um outro vestido branco no armário que vai ter que servir para essa festa.

— E por que eu ia querer isso?

— Porque precisa mostrar a todo mundo que já superou o Darryl! É perfeito. Achar um cara sexy para se esfregar! Ficar bêbada! Só tenta se divertir, Bex, por favor.

Eu falei mesmo para ela, durante uma das nossas muitas chamadas de vídeo ao longo do verão, que queria tentar ter uma vida social antes de essa possibilidade acabar quando eu voltar para casa. Não acho que consigo ter um namorado de novo, mas ela tem razão; eu podia tentar pegar alguém. O verão foi longo e solitário. Suei bastante, mas nunca por razões divertidas.

Nunca fui muito o tipo que gosta de pegação casual, mas há uma primeira vez para tudo, não é?

— Vou experimentar — digo, me levantando.

Ela dá um gritinho e bate palmas.

— Mas não prometo que vou usar. Nem que vou na festa — completo.

Ela só sorri, serena.

— Não esquece a auréola.

Enquanto ponho o vestido no meu quarto — Laura tinha total razão: meus peitos estão maravilhosos —, não consigo afastar a parte de mim, por mais mesquinha que seja, que espera que Darryl apareça lá hoje. Pode ser que Laura esteja certa. Se ele me vir dançando com outro, vai entender que está tudo acabado. Não é como se as outras coisas que tentei estivessem funcionando, apesar de ter sido ele que me traiu.

Como se me escutasse, a tela do meu celular acende. Darryl de novo. Não acredito que, em algum momento, achei que isso fosse fofo. Ou encorajador.

Agora, ele me faz querer arrancar os cabelos.

Você vem hoje, né? Saudades do meu anjo.

Por algum motivo, a parte mais irritante da mensagem é ele saber que vou me vestir de anjo. Eu nunca vou ser o diabo, e talvez isso seja parte do problema. Ele não acredita que terminamos de verdade porque está acostumado a conseguir exatamente o que quer e eu não sou contundente o bastante para enfiar na cabeça dura dele que não somos mais um casal. Só porque ele é um jogador de futebol americano arrogante que acredita que vai se casar com a namorada da faculdade e fazer com que ela vá atrás dele obedientemente a carreira toda, que nem metade dos homens na NFL...

Ponho as asas e me olho no espelho da porta do quarto, franzindo a testa. São ridículas, grandes, fofas e algo que eu normalmente não gostaria de usar na frente de outras pessoas. Pego a auréola e coloco-a também. Por algum motivo, ela completa bem o visual. Talvez com um delineado de gatinho e batom mate para dar uma ousada?

Darryl vai ser atraído para mim que nem mariposa à luz. Mas tomara que outros caras também.

3
JAMES

Puxo meu colarinho enquanto sigo meus irmãos pela entrada da república. Todas as luzes da casa devem estar acesas, pois a iluminação vaza como se fosse uma abóbora esculpida de Halloween, e juro que consigo sentir a vibração da música sob meus pés. Quando Cooper põe a mão na maçaneta, prestes a abrir a porta, eu o impeço. Respiro fundo enquanto continuo ajustando meu colarinho.

Tive muitos colegas de time ao longo dos anos. É importante começar com o pé direito, especialmente com os líderes de cada grupo de jogadores. Conheci a maioria deles no pequeno campo de treinamento no início do mês, mas foi algo formal. Trabalho. Todos sabiam de onde eu vinha e conheciam minhas conquistas, então, ficou cada um na sua e logo começamos a preparação para a temporada. Mas uma situação social assim? É mais importante. Eles podem seguir minhas chamadas no campo porque querem jogar uma boa partida, mas, para eu realmente os conhecer e ganhar sua confiança, precisamos nos conectar socialmente. Preciso conhecer cada um, tanto como indivíduo quanto em conexão com o time. O que eles estudam? Quem vai comigo para a liga na próxima temporada e quem tem outros planos após a graduação? Quem é novato, quem está se recuperando de uma lesão, quem tem uma parceira cujo nome preciso lembrar? Sei que consigo provar meu valor para eles no campo, fiz isso a vida toda, mas esse é um momento de vai ou racha. Não vou a muitas festas durante a temporada, então, preciso fazer com que esta valha a pena.

E, no momento, me sinto um babaca de terno.

— Estamos parecendo uns chefões da máfia — observo. — Tem certeza de que esse é o tema?

Se eu entrar lá com um paletó e uma camisa social de seda pretos, com os botões de cima abertos e o cabelo penteado com gel para trás, e todo mundo estiver de shorts e camiseta, vou matar meu irmão. Ele até me convenceu a usar a corrente de ouro que em geral eu só escolho em ocasiões especiais. Meu único consolo é que ele está igualmente ridículo.

Coop passa a mão pelo cabelo e me abre um sorriso. Não faço ideia de como ele lida com essa juba desgrenhada. Ele usa seu status como astro da defesa do time de hóquei da McKee para se safar de praticamente qualquer coisa.

— Você está ótimo, juro. O que é mais diabólico do que um bando de mafiosos assassinos de aluguel?

— Ele não está mentindo — diz Seb enquanto ajusta o relógio pesado no pulso. A velharia parece ter saído direto dos anos 1980. — É temática, como todas as outras festas desta república. É basicamente para fazer as meninas usarem o mínimo de roupa possível.

— E, falando por mim, estou pronto para admirar uma bela vista — diz Coop, dando um tapinha nas costas de Seb. — Podemos entrar? Ou você precisa de mais um momento para ficar aí angustiado?

Eu me endireito.

— Não, vamos.

Quando a porta se abre, uma explosão de som me atinge. Tem gente por todo lado — e, por sorte, todo mundo está com roupas tão idiotas quanto as nossas. Beer pong, uma pista de dança, pôquer com striptease, vários casais se pegando, um ménage começando a se desenrolar no canto... uma festa normal de república.

Um bando de caras que devem ser do time de beisebol acena para Seb, que vai até a partida de beer pong. Uma menina com a menor saia que já vi na vida fica olhando para Cooper, que não demora a ir, feliz da vida, até a pista atrás dela. Se eu tivesse que apostar, deve ser uma maria-patins que veio à festa torcendo para ficar especificamente com ele. O que me deixa largado na porta, procurando qualquer um que eu conheça do time de futebol americano.

Os pelos da minha nuca se arrepiam quando percebo que tem alguém me observando.

Caralho, ela é bonita. Um anjo vestido de branco, com asas cheias de penas e uma auréola dourada. Está encostada na parede do outro canto, vendo a multidão de dançarinos, com um copo vermelho de plástico na mão delicada. O cabelo loiro-avermelhado cai em ondas em torno do rosto, emoldurando grandes olhos escuros. Os saltos deixam as pernas dela longas e flexíveis. Quase dou um passo adiante, hipnotizado pela forma como ela me olha, mas aí ouço alguém chamar meu nome.

Eu me viro para procurar a fonte da voz e, com o canto do olho, vejo a garota se mover, indo para a pista de dança.

— Callahan — repete a voz.

Agora reconheço, é Bo Sanders, um dos *tackles* ofensivos. Ele também é do último ano e vai para a liga no outono. É tão alto que praticamente paira sobre os outros frequentadores da festa, inclusive eu: tenho um metro e oitenta e oito e, mesmo assim, preciso levantar a cabeça para olhá-lo nos olhos. Porra, não vejo a hora de ele estar destruindo as linhas defensivas dos adversários. Com ele me cobrindo, vou ter tempo para fazer meus passes.

Ao chegar até mim, ele põe uma cerveja na minha mão e me dá um tapinha nas costas.

— Bom te ver, cara.

— Sanders — cumprimento-o, dando um tapinha de volta. — Caramba, hein, está sustentando esse terno melhor do que metade dos caras aqui.

Ele está com um terno vermelho-escuro, incluindo um lenço dobrado no bolso. A cor fica ótima em sua pele marrom-escura.

— É meu look pré-jogo — diz ele. — Horário nobre, baby.

— Que pré-jogo, que nada, você está pronto é pro *draft*. Está todo mundo aí?

— Estamos na sala ao lado jogando pôquer.

Solto um gemido.

— Mas sem strip, espero.

— Até parece que você teria que se preocupar com isso. — Ele praticamente grita enquanto o sigo pela multidão.

A música está vibrando dentro de mim, me desinibindo.

Gostaria de dizer que nem estou notando os olhares que atraímos, mas ainda não cheguei lá. Faz parte do pacote de ser o *quarterback* universitário número um do país, sem falar na boa aparência. Quase todo mundo conhece minha cara e minhas habilidades. E não posso reclamar da atenção feminina. Enquanto passamos nos apertando em meio a um grupo grande, uma garota enfia um pedaço de papel com o que deve ser o telefone dela no cós da minha calça.

Tentador, mas uma parte maior de mim quer voltar à pista, achar aquele anjinho com cabelo loiro-avermelhado e chamá-la para dançar comigo.

— Callahan! — Outra pessoa praticamente ruge quando Sanders me empurra à frente.

Reconheço a maioria dos caras na sala, o que me deixa à vontade. Lá está Mike Jones, nosso *kicker*; Demarius Johson, um dos melhores *receivers* do esporte universitário; Darryl Lemieux, outro *receiver* importante no meu arsenal; e Jackson Fletch, o novato que vai ser meu *quarterback* reserva.

Não que eu planeje dar a ele um minuto de jogo. Ele pode assumir ano que vem, quando eu estiver na NFL.

Eu me acomodo ao lado de Darryl no sofá. Ele está participando da partida de pôquer, mas não está prestando atenção; está resmungando sobre a namorada. Quer dizer, peraí — seria ex-namorada?

— Não dá pra fazer nada se ela já se cansou da tua cara feia, irmão — diz Sanders, arrancando risadas do restante dos caras.

Concordo: de que adianta ficar sofrendo por alguém que não te quer mais?

Mas Darryl é meu novo companheiro de time, o que significa que estou do lado dele.

— Com certeza ela vai mudar de ideia e perceber o que está perdendo — digo, dando um tapinha no ombro dele. — Nem esquenta a sua cabeça.

Dou um golão na cerveja estupidamente gelada, me deliciando. Mesmo que todo mundo fique doidão, esse é o único copo que vou me permitir hoje.

— Quer saber? — diz Darryl. — Ela que se foda. Ela não é melhor do que nenhuma das outras que eu peguei.

— Ela tem uns peitos lindos — comenta Fletch, um dos defensores.

— Ela era uma metida — declara Darryl. — Sempre ocupada pra caralho. É como se tivesse me deixado sem escolha a não ser procurar em outro lugar.

Escondo meu desgosto atrás de outro gole. Não quero causar problemas, já que sou novo aqui, mas babacas que nem ele me dão nos nervos. Bo encontra meu olhar e balança a cabeça de leve.

Tá, então tem algo mais profundo rolando aqui. Entendo como dica para mudar de assunto.

— Alguém vai me dar as cartas? — pergunto.

Darryl pega o deck e embaralha de qualquer jeito.

— Ela é uma piranha teimosa, Fletch. Você não quer se meter com essa porra.

Merda. Lá vamos nós.

— Ei — digo. A pontada de seriedade em meu tom deve ser evidente, porque Fletch congela indo pegar a cerveja e Demarius levanta os olhos do celular. — Não sei como eram as coisas aqui antes de mim, mas, no meu time, a gente respeita as mulheres.

Darryl abre a boca. Ergo a mão para interromper qualquer escrotice que ele queira dizer.

— Mesmo que ela seja sua ex e você ache que ela vacilou com você. — Encaro-o bem nos olhos. — Entendeu?

Darryl olha de relance para o grupo, revirando os olhos.

— Entendi o quê, exatamente?

— Precisa que eu repita? — Coloco minha cerveja na mesa, deliberadamente devagar, e me recosto no sofá. — Acho bom você saber que eu não gosto de falar a mesma coisa duas vezes.

Darryl se levanta. Está com os ombros tensos e a cara vermelha de raiva. No campo, vou ter que ficar de olho para nossos adversários não o fazerem morder a isca com a provocação errada. Com esse temperamento, ele vai atrair faltas.

— Se você tem algo para me falar, fala na cara. Não fica pisando em ovos, Callahan, não é bonitinho.

Fico de pé também. Talvez seja idiota, mas fico feliz por ter pelo menos cinco centímetros a mais que o cara. Chego bem perto, até estarmos quase nos tocando.

— Tá bom. Se você chamar uma garota, qualquer garota, de algo como "piranha" mais uma vez, vou acabar com você.

Ele desdenha:

— Até parece que você vai sair na mão comigo.

— Eu não vou sair na mão. — Olho para nossos companheiros de time, que estão hipnotizados, presos em cada palavra desta interação como se fôssemos dois pesos-pesados da WWE sob o holofote. — Mas não vou passar a bola para você.

A ameaça praticamente ecoa pela sala. Lógico que eu não vou dar um soco no cara, mesmo que ele mereça. Mas se eu o tornar invisível no campo? É pior do que ficar na reserva. Darryl sabe, eu sei e todos os homens desta sala sabem.

— Ah, caralho — diz Demarius. — Ele está falando sério.

— Você não pode fazer isso — argumenta Darryl. — Eu sou um dos melhores *receivers* do time. Você precisa de mim.

— Você acha que eu não posso? — Inclino a cabeça para o lado. — Por que acha que o técnico me recrutou? Para ser um bom soldadinho ou para ser uma porra de um líder?

Darryl fecha a boca.

Olho para os outros caras.

— O que vocês acham? Por que estou passando meu último ano aqui?

— Para ganhar a porra do campeonato nacional para a gente — responde Bo.

— É — concorda Fletch. — Campeões nacionais ou nada.

Estalo os dedos ao apontar para ele.

— Exato. E, se vocês quiserem isso, vão jogar com as minhas regras. Beleza?

Minha exigência fica pairando no ar por um bom tempo. Escuto a música em segundo plano, seu ritmo pulsando contra as paredes. Esse é o momento de vai ou racha. Não é o que eu esperava, mas aqui está ele e, se eu não convencer os caras agora, esta temporada vai ser um inferno.

Aí, Bo diz:

— Pode crer, porra.

E logo todo mundo está assentindo e concordando. Alguém segura meu ombro, mas não tiro os olhos de Darryl, que está com cara de quem queria poder me meter a porrada.

— Beleza — diz ele, por fim.

Ele passa por mim me dando um encontrão de ombro e sai da sala.

Caramba, tenho dó da menina que teve o azar de namorar esse cara.

4
BEX

Fico parada em um canto, vendo Laura dançar com o namorado, Barry. Eles estão na fase de lua de mel de novo, depois de quase terminarem de novo, e, sinceramente, tem uma possibilidade real de rolar uma esfregação na frente de metade da festa. No momento, eles já estão se pegando como se não conseguissem enxergar os outros dançarinos, o jogo animado de beer pong do outro lado da pista ou o strip pôquer rolando na sala ao lado.

Estou a três segundos de arrancar minha auréola idiota e me mandar para a noite úmida de agosto.

Darryl chegou há um tempinho, acompanhado de metade do time de futebol americano da McKee. Ele não me viu; por sorte, eu estava no canto, conversando com algumas garotas com quem fiz amizade através de Laura. Mas, apesar de ele ter ido mais para dentro da casa, para um dos cômodos lotados, consigo sentir a presença dele.

Ano passado, sentir a proximidade de Darryl, mesmo quando não estávamos realmente próximos, era uma das melhores partes do namoro. Eu podia olhar para o outro lado do cômodo e encontrar seus olhos em mim, mesmo quando ele conversava com os amigos. Sempre que eu ia a um dos jogos, tinha um momento em que ele olhava para as arquibancadas, dava um jeito de me achar e piscava.

Sua atenção costumava incendiar minha pele de um jeito bom. Agora? Minha pele continua pegando fogo, mas de irritação e vergonha.

Eu não devia ter vindo hoje.

Não sei o que é pior: temer o momento em que ele, doidão, vai tentar me convencer na lábia a transar, ou vê-lo aceitar os flertes de alguma caloura maria-chuteira candidata à alguma sororidade. Sei melhor que ninguém o fraco que Darryl tem por uma garota que jura ser sua maior fã.

Do outro lado da sala, a porta da frente se abre e entram três caras de terno preto. Dois têm cabelo escuro; o terceiro é loiro. O último segue direto para a festa e logo um dos morenos, o que tem barba e um sorriso malicioso, vai para a pista com uma garota. Sobra o terceiro cara. O que chamou minha atenção. Ao contrário do que estou supondo que seja seu irmão, ele não tem barba. Não consigo parar de olhar o maxilar perfeito e o cabelo grosso caindo em cachos pela testa. Ele é alto e obviamente forte, e a forma como olha ao redor... é como se notasse cada detalhe.

Incluindo eu.

Engulo em seco, tentando agir casualmente, ao sentir seu olhar em mim. E aí Bo Sanders, um dos companheiros de equipe de Darryl, cumprimenta ele. O cara é do futebol americano, então? Deve ser novo, já que não o reconheço e passei muito tempo com o time na última temporada.

Viro o resto da minha cerveja quente e vou para a pista. Alguém pisa no meu pé, o que me faz esbarrar em Laura. Ela dá uma risadinha e me agarra em um abraço apertado.

— Bex! Você não está se divertindo pra caramba?!

Barry enfia outra bebida nas minhas mãos.

— Esta aqui está gelada! — grita ele, sem necessidade.

A cerveja está menos morna, ainda bem, então, tomo um gole. Laura me dá um beijo na bochecha, ainda me abraçando, nos girando em um círculo. Sinto o perfume de flor de laranjeira que ela sempre usa, além da cerveja em seu hálito.

— Ei — digo. — Vou meter o pé.

Os lábios dela, de algum jeito ainda perfeitamente pretos com o batom mate, se curvam em um bico.

— Quê? Não! Acabou de começar!

— O Darryl está aqui.

— O Darryl? — repete ela, alto. — Onde?

Meu estômago se revira. Eu a afasto da pista para as sombras.

— Para com isso, você vai acabar invocando ele — digo.

Ela finca o pé e se recusa a dar mais um passo. Apesar de estar no brilho, ela me olha de um jeito bem perspicaz.

— Bex, tá tudo bem. Não fica pisando em ovos perto dele, mostra que você tá bem.

Minha voz falha ao responder:

— Mas e se eu não estiver?

Laura deve perceber a dor em minhas palavras, porque lança um olhar de desculpas para Barry e me arrasta para longe. Subimos, passando por alguns casais em estágios variados de pegação, e paramos na frente de uma das portas. Laura bate. Alguém grita para irmos embora, mas ela só força a maçaneta até a porta se abrir, revelando um cara sem camisa puxando a calça e uma garota ajustando o vestido aberto nas costas e sem sutiã.

— Qual é a sua? — guincha a menina.

— Vaza! — manda Laura, com tanta ferocidade que eles não discutem.

Ela me puxa lá para dentro e me faz sentar na beirada da banheira, trancando a porta e se apoiando nela. Sopra o cabelo para longe dos olhos e respira fundo.

— Você quer voltar com ele? — pergunta.

— Não — respondo imediatamente.

— Você ainda ama ele?

— Deus me livre, não.

— Que bom. Porque ele é um escroto. E pegou aquelas marias-chuteiras aleatórias.

Faço uma careta. Na primavera passada, encontrei aquelas trocas de mensagens sexuais e fui descobrindo as traições dele, o último golpe em um relacionamento que degringolava rapidamente. Conheci Darryl em uma festa igual a esta no meu primeiro semestre na McKee, e a perspectiva de ter um namorado de verdade pela primeira vez desde o ensino médio foi tentadora demais para resistir. Durante a temporada de futebol americano era fácil estar com ele, que ficava tão ocupado que não se importava de eu também estar, desde que eu fosse a todos os jogos em casa. Mas, depois de a temporada implodir e o semestre de primavera avançar, Darryl ficou grudento, superprotetor e sinceramente irritante — ao mesmo tempo em que me traía com algumas fãs.

Apesar de eu deixar claro que queria terminar, ele passou o verão inteiro me mandando mensagens e ligando como se achasse que tinha chance de eu mudar de ideia. Darryl Lemieux não está acostumado a ouvir não, especialmente de mulheres.

Agora, toda a distância que construí ao longo do verão, com ele na casa de sua família em Massachusetts e eu ainda em Nova York, desaparecia em uma noite, em uma única festa meia-boca.

— Eu sei — digo. — Eu não... Só estou com receio, sabe? Ele vai tentar voltar comigo e, quando perceber que não posso fazer isso, vai agir que nem um bebê. Foi o que ele fez durante todo o nosso relacionamento. Se alguém não dá o que ele quer, ele reclama. É como se achasse que, só porque consegue pegar uma porcaria de bola, é tipo um deus.

Laura senta-se ao meu lado na beirada da banheira. Olha para trás e faz careta.

— Aff. Alguém precisa limpar esse banheiro, está nojento. Mas aquele é um belo chuveiro.

Dou uma risada fraca.

— Não está se arrependendo de morar comigo e não aqui, né?

— De jeito nenhum. Até parece que eu ia preferir ter que proteger minha chapinha de abutres a morar com a minha melhor amiga.

Junto nossos ombros com uma batidinha.

— Vou para casa. Divirta-se com o Barry.

Ela franze a testa.

— Tem certeza de que quer pegar um táxi sozinha para voltar? Vai ficar caro.

— Eu dou um jeito — digo, apesar de estar xingando por dentro, porque ela tem razão. Um táxi na bandeira dois, mesmo que seja só para voltar aos alojamentos, a cerca de quinze minutos, vai custar basicamente tudo que ganhei hoje. Na vinda eu tive a sorte de aproveitar a carona na corrida que Barry pagou.

— Tá bom — responde ela, me puxando para um abraço. — Mas me liga quando chegar. E de repente sai pelos fundos.

Dou um beijo na bochecha dela e me desvencilho. Abrindo caminho pela galera, vou para o cômodo dos fundos, onde há uma saída para o pátio.

— Bex.

Que nem uma idiota, eu me viro — e quase dou de cara com Darryl.

— Oi — diz ele, me parando com as mãos em meus ombros. Ele me aperta antes de dar um passo para trás. — Finalmente. Achei que talvez você não fosse aparecer. Tá bebendo o quê, gata?

Fecho os olhos brevemente. Sinto a vontade de fugir tomando conta de mim, mas me forço a ficar parada.

— Eu...

— Já sei — diz ele, estalando os dedos. — Vodca com refrigerante.

Não chegou nem perto: quando eu tomo algo diferente de cerveja ou vinho, em geral é cuba-libre. Tento desviar de Darryl, mas ele envolve minha cintura e passa a mão pelo decote do meu vestido, roçando os dedos na minha pele.

Cerro os dentes.

— Darryl.

— Sabia que você ia mudar de ideia — diz ele. — Você é tão linda, gata. Que bom que veio me ver hoje.

Afasto a mão dele.

— Não vim ver você.

De canto de olho, eu o vejo. O cara de antes. Ele está franzindo a testa. E então ele dá um passo à frente.

— Vim para ver ele, na verdade.

Não sei o que dá na minha cabeça, mas me desvencilho de Darryl e vou até o estranho, estendendo os braços para envolver seu pescoço… e dou um beijo nele.

Na boca.

Cacete, que beijo bom.

Talvez eu o tenha pegado de surpresa, mas ele retribui o beijo rápido, os braços envolvendo minha cintura e me apertando, o corpo quente pressionando o meu. O estranho aprofunda o beijo, a língua passando pela borda dos meus lábios, que abro para ele, deixando-o me beijar até ficar ofegante e com calor. Ele tem um cheiro amadeirado, como se seu perfume tivesse notas de pinho, e as mãos… são tão grandes, e estão tão baixas, quase roçando minha bunda. Depois de parar para respirar por meio segundo, eu o beijo de novo. A intenção é que seja uma despedida. Antes de fugir. Mas ele me aperta mais forte, mergulhando a boca na minha enquanto rouba meu ar.

Esse único beijo — de um estranho — é melhor do que qualquer um que eu tenha dado em Darryl. Ele é ridiculamente bom nisso. É como se beijar fosse seu trabalho. Eu podia passar a noite toda aqui alegremente, oferecendo minha boca à dele.

Ele muda um pouco de posição e se abaixa para murmurar no meu ouvido.

— Como você se chama, meu bem?

O encanto se quebra. Talvez Laura queira que eu seja o tipo de pessoa que consegue lidar com uma ficada casual, mas não sou. Não fui feita para isso. E não vou me permitir ser arrastada para mais um relacionamento fadado ao fracasso, mesmo que seu beijo seja delicioso como o pecado e seu cheiro seja melhor que o da droga de uma floresta. Recuo um passo, me desvencilhando dele. Meu corpo imediatamente lamenta a falta de seu toque. Sinto um calafrio, mesmo nessa casa cheia de gente. A música continua martelando, mas mal consigo escutar.

Dou meia-volta e vou direto para a porta.

— Peraí — ouço o cara dizer ao mesmo tempo que Darryl chama meu nome.

Merda. Que *porra* foi essa que eu acabei de fazer?

5
BEX

Não acredito que, de todo mundo que eu poderia ter beijado, escolhi o novo *quarterback* da McKee.

O suposto salvador do nosso programa de futebol americano.

Que joga no time de Darryl.

Merda.

Preciso me levantar e ficar apresentável para a aula, mas não consigo parar de pensar no beijo. Não na expressão horrível de Darryl nem no olhar fixo de metade da festa quando fugi, mas na sensação do beijo. Sempre tive certa vergonha de beijar, em especial na frente dos outros. Mas esse cara... ele fez tudo e todos desaparecerem. A forma como pôs as mãos para me puxar mais para perto, a leve aspereza de seus lábios, a relutância com que se afastou... foi um beijo sobre o qual vale a pena fantasiar. Ponho a mão embaixo do cós dos shorts do pijama, roçando de leve. Talvez se eu for rápida...

Não.

Não posso. Mesmo que não consiga parar de imaginar a boca dele bem no meio das minhas pernas.

Olho meu celular. Tenho tempo.

Mordo o lábio e então deslizo os dedos para baixo. Eles me abrem e seguro um suspiro ofegante quando encosto no clitóris. Circulo-o com a pontinha do dedo. James tinha só um pouquinho de barba por fazer; se colocasse a boca onde estão meus dedos, arranharia deliciosamente minha pele. Será que ele seria delicado? Bruto? Eu posso ter começado o beijo, mas ele assumiu com facilidade. *Quarterbacks* comandam o show todo no campo, certo? Então, na cama...

— Bex! — chama Laura, batendo na minha porta.

Tiro a mão dos shorts rápido. Não posso nem ficar puta com ela, porque é melhor assim. Fantasiar com um cara que beijei por pânico, na frente do meu ex, não traria nada de bom.

De repente, meu rosto queima. Ele pode ter retribuído o beijo, mas depois de alguns dias, com certeza percebeu que sou uma doida. Só posso torcer para não o encontrar sem querer no campus. Que bom que a universidade é grande. Talvez ele não seja de beber café e não passe no Purple Kettle.

— Bex — repete Laura. — Precisamos ir logo se quisermos comer alguma coisa antes da aula.

— Já vou!

Saio da cama e abro a porta do armário com um puxão. Boto um short jeans e uma camiseta desbotada da Abby's Place — é a única coisa que nunca está em falta na lanchonete. Passo um pente no cabelo e encontro minha sandália. Acho que vou ter que pular a maquiagem hoje.

Depois de escovar os dentes e jogar minhas coisas na mochila, saio com Laura. Nosso alojamento tem um refeitório anexo, graças a Deus, então é fácil conseguirmos a primeira caneca de café do dia e uma torrada sem que nós mesmas tenhamos que preparar. É a melhor parte da faculdade e uma das coisas das quais mais vou sentir falta: comida sob demanda. Mesmo que o meu bolinho de batata seja bem melhor.

Depois que ambas pegamos um prato, achamos uma mesa nos fundos. Laura parece bem mais composta do que eu: maquiagem completa, bijuteria combinando. Aposto que ela se levantou para malhar e tudo. E o que eu estava fazendo? Me masturbando enquanto pensava na barba por fazer de um cara aleatório?

Aff. Acabei de conseguir sair de um relacionamento desgastante e que sugou minha alma. Não posso me permitir distrações desnecessárias neste semestre, não com minha mãe e a lanchonete e todo o restante que está rolando.

— Vai me contar o que aconteceu? — pergunta ela, finalmente.

Levanto a sobrancelha e dou um gole no café.

— Você já sabe.

— Eu sei porque a Mackenzie me contou, mas não é a mesma coisa que *você* me contar.

— Você me mandou ficar com outra pessoa.

— Não com ele!

Passo a mão pelo rosto.

— Sei que foi monumentalmente idiota. Espero que Darryl não tenha pegado no pé dele por causa disso.

Seria a cara do Darryl tentar sair na mão com ele, apesar de *eu* ter beijado o cara — e de isso não ser conta do meu ex, de qualquer jeito. É outro motivo para eu torcer para nunca mais termos que interagir. Eu entraria em combustão espontânea se meu corpo me traísse na frente dele. Sem contar que ele talvez tenha tido que lidar com um Darryl puto, o que significa que não deve estar lá muito feliz *comigo*.

— Você está vermelha. — Laura se inclina à frente, deleitando-se com minha expressão. — Quer dizer que ele beija bem? Ele tem jeito de quem usa o beijo como uma prévia de como vai ser o resto.

— Laura! — guincho.

Olho ao redor, mas, felizmente, não tem ninguém por perto para ouvir.

Ela só sacode a mão segurando a torrada.

— Que foi? Ele é gostoso pra caralho.

Dou uma mordida no meu bagel.

— Foi bom.

— Só bom?

— Muito bom — admito.

Ela suspira.

— Que pena que ele joga com o Darryl. Homens costumam ter regras sobre essas merdas.

— Mas não quero ficar com ele mesmo... — digo. Meu estômago traidor se revira quando penso de novo no beijo. — Não vou me envolver com ninguém agora.

— Então, se ele vier e te chamar para sair, vai dizer não?

— Até parece que ele faria isso.

— Você deu um beijo nele e se mandou. Homem gosta dessa caçada.

— Bom, espero que ele não perca tempo. — Olho meu celular. Vou precisar me apressar se quiser chegar a tempo na aula, já que o prédio fica do outro lado do campus, então me levanto e pego um guardanapo para guardar o resto do meu bagel. — A gente se vê depois.

— Você vai àquela aula de escrita?

Reviro os olhos.

— Infelizmente.

Quando pedi transferência à McKee, alguns dos meus créditos não vieram junto, então ando estudando o dobro para terminar todas as disciplinas obrigatórias e me formar no prazo certo. Essa aula de escrita — uma introdução à escrita universitária — é a mais irritante de todas. E um insulto também — estou me formando em administração, já escrevi um monte de artigos durante minha carreira universitária. Preferiria estar usando meu tempo para me dedicar à fotografia, mas é a vida.

— Você vai conseguir. Me manda por mensagem o que quer fazer no jantar mais tarde — diz ela.

Eu me despeço com um aceno e saio para a manhã. Em termos de clima, ainda é bem mais verão que outono, então, depois de alguns minutos caminhando rápido, o suor começa a se acumular na minha testa e embaixo dos braços. Puxo a mochila mais para cima, alongando os passos quando chego a um dos muitos morros do campus. Ficamos a mais ou menos uma hora de Nova York, então não estamos nas montanhas, mas juro que parece que a McKee terraplanou o lugar para ser especialmente inclinado. Eu não precisava trazer minha câmera, mas gosto de carregá-la caso fique inspirada, e agora estou arrependida porque ela não para de bater no meu quadril.

Chego faltando um minuto para a aula começar, encontro um lugar nos fundos, pego meu caderno e uma caneta em gel. Essas canetas são meu único luxo estudantil. Algo em tomar notas usando roxo brilhante em vez de só preto torna um pouquinho mais suportável estudar administração, sendo que eu preferiria me formar em artes visuais.

O professor, que, sem surpresa, é um cara branco velho, começa a falar da importância de levar esta aula a sério porque tudo que você faz na faculdade depende dela. Não é um conselho ruim, mas definitivamente é para o pessoal de dezessete e dezoito anos com cara de bebê ao meu redor. Estrutura de artigo? Já sei. A importância de delinear seu trabalho? Já sei em dobro. Avaliação dos pares? Já sei mais ainda. A única coisa que posso dizer sobre esta aula é que vai ser uma nota dez fácil e, considerando as outras cinco disciplinas que estou fazendo para terminar os requisitos obrigatórios, não posso reclamar.

— Vamos olhar com atenção a ementa do curso — diz o professor. — Certifiquem-se de pegar uma cópia.

Alguém senta-se na cadeira ao meu lado. Controlo um suspiro de desprezo. Pobre calourinho. Aposto cinco pratas que o despertador não tocou.

Quem quer que seja tem um cheiro *muito* bom. Lembra pinho.

Levanto a cabeça e meu coração dá uma pequena cambalhota de surpresa.

— Oi — diz a porcaria do James Callahan. — Tem uma cópia extra disso aí?

6
JAMES

— Ei, Coop! Levanta essa bunda daí se quiser carona!

Continuo batendo na porta enquanto grito. Não faço ideia de como meu irmão consegue ser sempre pontual para o hóquei, mas atrasado para todo o restante. Ele parece um furacão, mas o olho da tempestade sempre é o hóquei.

Seb sai do banheiro no fim do corredor, com uma toalha enrolada na cintura. Solta uma risadinha de desdém ao ver a cena.

— Ainda não levantou?

— Ouviu ele ontem à noite, né? "James, temos aula no mesmo horário, deixa eu ir com você?"

— Aham.

— Caramba. Cooper, não vou me atrasar para a primeira aula dessa disciplina imbecil!

A porta se abre e revela meu irmão, pronto para me escalpelar. A pálpebra dele está até tremendo. Dou um sorriso e digo com doçura:

— Olha aí a Bela Adormecida.

— Eu te odeio.

— Você me ama. Não sei como sobreviveu à faculdade sem mim.

— Quase que ele não conseguiu — observa Seb, o que faz Coop lançar a ele um olhar mortal.

Ele parece estar considerando violência física, então me interponho entre os dois suavemente. Seb pode ter sido adotado depois da morte de seus pais aos onze anos, mas ele e Coop agem como se fossem gêmeos de verdade. O que significa muita porrada.

— Você tem cinco minutos — digo a ele. — Vou esperar no carro.

Quando Coop se retira para o quarto, Seb se dobra de tanto rir, sacudindo gotículas de água por todo lado.

— Já odeia morar com a gente? — pergunta ele.

— Nada, sabe que eu amo vocês dois. Senti saudade quando estava na Louisiana.

Mais ou menos uma semana se passou desde que me mudei — especificamente para a suíte principal, com licença —, e tenho me sentido em casa quando não estou ocupado com os treinos de futebol americano. Sentia falta de morar com meus irmãos. Embora sempre estivéssemos ocupados com nossas agendas de temporada, morar juntos significava que nos víamos pelo menos parte do tempo. Às vezes, isso significava dizer "oi" para Coop quando eu chegava em casa depois do treino e ele estava indo para o rinque ou assistir ao final de um dos jogos de Seb depois de treinar. Tivemos folgas e verões desde o início da faculdade, mas nos últimos anos tenho me sentido mais solitário do que gostaria de admitir. Eu tinha amigos na LSU, bons companheiros de time, mas sempre fui mais próximo da minha família. Dos meus pais, que são pessoas incríveis. De Coop e Seb, mesmo quando estão sendo terríveis. E de Izzy, a melhor irmãzinha que um cara poderia desejar. Poder morar com meus irmãos por um último ano antes de me formar e ir para alguma cidade, sabe-se lá qual, para jogar na NFL, é um presente.

Seb sorri. Ele pode não ser um Callahan de sangue, mas tem um sorriso que se encaixa perfeitamente. Um pouco do charme Callahan.

— Também senti saudade de você. Boa sorte hoje, manda ver na aula.

Faço uma careta ao descer.

— Se eu sobreviver, né?

Coop desce correndo as escadas com a mochila Nike pendurada em um ombro. Enfia os pés em chinelos e sai porta afora até meu carro, esfregando os olhos sem parar.

— Que aula você tem mesmo? — pergunto enquanto dirijo para fora da vaga.

Ele rouba um gole do meu café. Lanço um olhar indignado, mas ele só dá de ombros e diz:

— Ei, você não me deu tempo de fazer meu próprio café.

— O que me leva à minha pergunta: você se atrasa para a aula todo dia?

— Não conta pros nossos pais. E a aula é de literatura russa.

Solto um assovio.

— Parece difícil.

Ele fica carrancudo.

— Nem me fala. Eu me odeio todos os dias por escolher esse curso idiota.

Quando meu pai convenceu Cooper a não entrar no *draft* da NHL aos dezoito anos para poder ter quatro temporadas garantidas na NCAA, Cooper tentou se vingar escolhendo o curso menos prático em que conseguiu pensar: Letras. Ele gosta de ler, então, faz sentido, mas ele subestimou seriamente o trabalho que exigiria, um fato que sempre faz Seb gargalhar que nem uma hiena.

— Talvez você finalmente tenha algo em comum com Nikolai.

Nikolai é o nêmesis de Coop. Um defensor russo que faz faculdade nos Estados Unidos, ele é o astro da maior rival de hóquei da McKee: a Universidade Cornell. Coop o odeia, principalmente por seu estilo sujo de jogar, o que é hilário, considerando que Coop acaba no banco de penalizados em todo jogo. Não conheço os meandros do hóquei como ele, mas tenho quase certeza de que evitar faltas é tão prioritário quanto no futebol americano.

— Rá. Duvido.

Nossa casa fica em Moorbridge, uma cidade que envolve os arredores do campus espalhado da McKee, então, felizmente, chegamos rápido onde precisamos estar. Deixo Cooper no prédio dele e faço o trajeto curto até o meu. Tenho cinco minutos antes de precisar sentar minha bunda em uma cadeira cercada de calouros.

Aff.

Paro no estacionamento estudantil mais próximo e corro até o prédio. Para conseguir arrancar uma nota passável nesta aula, tenho que causar uma boa primeira impressão.

Encontro a sala certa e abro a porta com facilidade. Droga, a turma é muito menor do que eu esperava. A McKee realmente leva a sério a proporção professor-aluno, pelo jeito.

Vou me esgueirando para o fundo, onde uma garota está sentada sozinha, com a cabeça inclinada sobre o que deve ser ementa do curso.

Quando chego a trinta centímetros dali, fico paralisado. É ela. A senhorita anjinho. Porra, a garota que me beijou melhor do que qualquer outra na minha vida e depois foi embora como se não tivéssemos acabado de faiscar feito um raio.

Sem falar que ela é a ex do Darryl. A mesma que eu disse a ele para tratar com respeito, uma hora antes de ela me beijar. Depois que ela fugiu da festa, Darryl me confrontou por causa do beijo, mas felizmente acreditou em mim quando falei que não sabia quem ela era. Ainda não sei, na verdade; só sei que se chama Beckett, que é linda de morrer e que beija como se o mundo estivesse queimando ao seu redor.

Ah, e que é proibida.

Não é possível que ela seja caloura, então o que está fazendo aqui?

Eu me sento ao lado dela. Ela tem um cheiro bom, de baunilha e talvez algo floral. E está grifando cuidadosamente partes da ementa. Como não tenho uma, pergunto:

— Tem uma cópia extra disso aí?

O professor, um homem idoso com óculos de aro dourado, para de falar. Pigarreia e baixa os olhos para uma pilha de papel.

— Sr. Callahan?

— Sim. Presente.

O professor mantém os olhos em mim enquanto fala:

— Alunos, por favor, anotem mais uma vez o horário desta aula. Oito e meia, não nove. Evitar os atrasos vai beneficiar a carreira acadêmica de vocês. Outros professores podem não ser tão... flexíveis.

Ele pontua isso enquanto passa uma cópia do conteúdo programático para mim.

Caralho. Sinto meu rosto esquentar como um incêndio devastador.

— Me desculpe, professor. Eu acordei cedo para o treino e fui para casa me trocar antes de vir, e devo ter confundido os horários com minhas outras aulas da manhã.

Uma garota olha para trás e dá de ombros para mim, como quem diz: "Que merda, hein?" Resisto à vontade de fazer careta para ela. Ao meu lado, Beckett suspira.

— Que foi? — pergunto.

— Acabei de perder uma aposta comigo mesma. Achei que você tinha se atrasado porque o despertador não tocou.

— Eu sou atleta. Meu despertador sempre toca.

— Ah, é, verdade. Esqueci que vocês são deuses que nunca precisam de despertador, enquanto nós, meros mortais...

O sr. Professor pigarreia de novo. Continua olhando para mim, apesar de eu ficar satisfeito por ele estar levantando a sobrancelha para Beckett também.

— Como eu ia dizendo, os princípios da escrita acadêmica em nível universitário incluem...

— O que é que você está fazendo aqui? — sussurro.

Ela bate o pé no meu por baixo da mesa.

— Eu é que te pergunto.

— Fui reprovado nesta disciplina da primeira vez.

Não sei o que me leva a ser totalmente sincero com ela. Talvez sejam aqueles grandes olhos castanhos, ou a forma como ela está girando a canetinha em gel brilhante, ou a lembrança insistente da sensação dos lábios dela nos meus.

Afasto o pensamento. Ela é ex do meu colega de time. Mesmo que estivesse interessada, eu não poderia aceitar.

— Vim para cá transferida no ano passado — murmura ela. — Apesar de eu ter feito aulas assim na minha faculdade comunitária, eles não aceitaram todos os meus créditos.

— Que droga.

Ela dá de ombros de leve.

— Não é como se fosse tão difícil, né? Já estamos na faculdade há três anos.

Olho a ementa. Encontros duas vezes por semana, no estilo de seminário. Tarefas de escrita semanais. *Avaliação dos pares*. Minha pele se arrepia. Podem me dar equações diferenciais que eu fico de boa, mas isso? Isso é impossível.

E, claro, um terço da nota é um artigo de pesquisa final sobre um assunto a nossa escolha. Puta. Que. Pariu.

Esta aula pode não ser difícil para ela, mas vai ser um inferno para mim.

Dou à garota o que espero ser um sorriso seminormal e me acomodo pelo restante da aula. Ela está tão linda agora quanto estava antes, toda arrumada com aquele vestidinho branco. E é meu tipo; seus peitões me distraem até por baixo da camiseta.

Será que ela escolheu me beijar porque também sou o tipo dela? Não sou burro, sei que foi para se vingar de Darryl. Mas podia ter chegado em qualquer cara daquela festa, e escolheu a mim.

A garota morde o lábio enquanto pensa. Que fofo.

O professor encerra a falação com uma tarefa para fazer em sala. Temos que ler um artigo sobre pesquisa em escrita acadêmica e resumi-lo em um parágrafo, explicando a tese e os principais pontos.

Fico olhando minha cópia do artigo por tanto tempo que as palavras viram um borrão. Ao meu redor, os outros alunos estão grifando palavras-chaves e anotando nas margens; Bex parece ter todo um código de cores rolando. Puxo o colarinho da minha blusa e olho de soslaio para o relógio. Temos vinte minutos para a tarefa, e cinco já se passaram.

Eu me forço a ler de novo o primeiro parágrafo. Pego minha caneta, batendo na mesa antes de sublinhar uma frase com uma palavra em negrito. Me lembro de uma dica de um dos professores particulares que tive ao longo dos anos; não sei se foi o que meus pais contrataram no ensino médio ou um dos vários com quem tentei trabalhar no centro de escrita da LSU.

— Se estiver empacado, tenta ler primeiro os tópicos frasais — diz Bex.

Olho para ela, que bate no meu papel com a caneta.

— Olha — continua ela. — Tem algumas seções no artigo, e cada uma aborda um tópico diferente.

— Mas aí passa a falar de outra coisa.

— Não exatamente. Eu sei que parece ser assim, porque começa mencionando pesquisa sobre escrita acadêmica, e aí entra uma anedota, mas isso é só para humanizar o assunto um pouco. Não é informação importante.

Só tenho uns setenta por cento de certeza de que sei o que é uma anedota, mas não quero que ela pense que sou ainda mais idiota do que devo parecer, então só assinto.

— Parece desnecessário.

Ela solta uma risadinha pelo nariz, o que faz um cara na nossa frente pigarrear.

— Pula para a parte que discute o estudo sobre educação formal para escrita — cochicha ela.

Ela me conduz pelo artigo, mostrando-me as próprias anotações como exemplos do que devo focar. Não consigo deixar de me distrair um pouco com o cheiro dela e com o desejo que tenho de me aproximar mais, mas, no final, tenho um parágrafo até que decente para entregar. Algo na maneira como ela explicou fez muito mais sentido, o que é estranho, considerando que sempre tive um bloqueio quando se trata de escrever. Se ela fosse a professora, eu provavelmente tiraria dez nesta matéria.

Eu me aproximo e arranco a caneta da mão dela. Ela me lança um olhar indignado, mas apenas sorrio e rabisco um *obrigado* em sua ementa. Tenho de resistir à vontade de incluir meu número de telefone. Isso com certeza deixaria a expressão irritada dela ainda mais adorável, mas não quero pegar muito pesado — um plano está se formando em minha mente e preciso que ela tope.

Afinal de contas, quem diria não a uma tutoria paga?

7
BEX

— Ei, Bexy.

Eu me viro para James, já com irritação no olhar. Imaginei que ele fosse correr atrás de mim, mas ninguém me chama de Bexy. Darryl arruinou totalmente esse apelido.

Puxo a mochila no ombro e protejo os olhos do sol com a mão ao levantar a cabeça para James. Ele é ainda mais alto do que Darryl. É seriamente injusto ele estar tão lá em cima e eu tão aqui embaixo.

— É Bex.

— Foi mal. Bex, podemos conversar?

Achei que ele fosse bonito na festa, todo arrumado de terno preto, mas isso consegue ser ainda melhor. Ele está com uma regata (mostrando ombros de babar), shorts esportivos e chinelos, e não sei por que o visual está funcionando tanto para mim, mas está. A parte irracional do meu cérebro está entoando: *vai lá lamber ele!*

Ridículo.

Mas os olhos dele são *tão* azuis.

Finco o pé mentalmente.

— Tenho que ir pro trabalho.

— Onde você trabalha?

— Só fala rápido — digo, bufando. — Preciso estar do outro lado do campus em quinze minutos.

— Vamos conversar enquanto andamos, então.

Ele literalmente sai andando, e não consigo evitar: caio na risada. Parece tão confiante, mas, se fosse para aquele lado, ia acabar no centro da cidade.

James vira para trás e me olha, a frustração tensionando o maxilar.

— O que foi?

— É por aqui. — Aponto na direção oposta e começo a andar rápido. — E você pode ir comigo, mas só porque tenho a sensação de que você vai forçar essa conversa a acontecer de um jeito ou de outro.

Ele corre para me alcançar.

— O que te faz pensar isso?

Levanto os olhos para ele.

— Nós nos beijamos.

— Sim — concorda ele, e abaixa a voz: — Foi um bom beijo.

— Desculpa por ter feito aquilo — solto, com minhas bochechas esquentando. — O Darryl...

Paro de caminhar abruptamente e dou um encontrão nele. Ele me segura, as mãos grandes nos meus ombros; por um segundo, elas parecem ferretes emanando calor direto para o meio das minhas pernas. O que esse cara tem? Meu corpo ama quando ele está perto. O tempo todo que o ajudei com a tarefa, eu queria apoiar a cabeça no ombro dele.

— Bex — diz ele. — Olha para mim.

Se eu olhar para aqueles olhos cor de oceano, tenho medo de ele conseguir ver quanto está me afetando.

James põe o dedo sob meu queixo e levanta minha cabeça. Minhas mãos pairam em torno dele por meio segundo antes de encontrarem o caminho para a lateral do seu corpo, onde repousam de leve. Mesmo através da camiseta que ele está vestindo, sinto o poder que emana de seu corpo. Atletas idiotas com seus corpos esculpidos idiotas. Saber a dedicação que eles têm que colocar para criar e manter isso me afeta toda vez.

— Ei — diz ele, ainda me segurando. Fico paralisada, levantando os olhos para ele, dividida entre me afastar e continuar aqui. — Fica tranquila. Sei reconhecer um beijo pra causar ciúme.

— Eu não sabia que vocês eram do mesmo time.

Ele só dá de ombros.

— Como eu disse, fica tranquila. Nós conversamos, e está tudo bem.

— Ah. Que bom. — Paro e me afasto, colocando alguns passos de distância entre nós. — Hum. Mesmo assim, não podemos.

— Eu sei — diz ele, com tranquilidade. — Mas quero falar de outro assunto.

O fato de ele não contestar me magoa, o que é idiotice, porque eu acabei de mandar que ele se afastasse. Nunca daria certo. Mesmo que a gente só se pegasse, isso deixaria as coisas mais estranhas entre ele e Darryl, e ainda estou firme no território de zero relacionamento. Não o conheço, mas a intensidade que ele irradia praticamente grita que ele não faz nada pela metade.

— Como assim, "eu sei"? — pergunto.

Ele dá um sorrisinho.

— Uma garota que nem você merece mais do que eu posso oferecer, Bex.

Arrisco um passo para mais perto dele. Ergo o queixo para olhá-lo.

— Como sabe que tipo de garota eu sou? A gente mal se conhece.

— Eu vi como você ficou depois de a gente se beijar. Vai por mim, é uma garota que curte um namoro sério.

Sinto uma pontada de irritação. Ele tem razão, mas a forma casual como diz isso faz parecer algo negativo.

— E você não namora?

— Meu único amor é o futebol americano. — Ele fecha e abre as mãos nas alças da mochila. — Vamos só virar essa página, tá?

— Tudo bem — digo enquanto continuamos caminhando. Garanto que haja alguns passos entre nós, para eu não fazer algo idiota tipo tentar beijá-lo de novo. Apesar de termos decidido virar a página há menos de dois segundos, ainda sinto aquele frio na barriga. Nunca pensei muito em atração química antes, mas qual seria outra explicação? — O que você queria me perguntar?

— Obrigado de novo por me ajudar na aula. — Ele passa a mão pelo cabelo e abaixa a cabeça. — Hum… você sabe que eu reprovei nessa disciplina da primeira vez, né?

— Sei.

— Eu realmente não posso repetir desta vez. Preciso me formar, e eles só oferecem a disciplina no outono.

Eu suspiro.

— É. Acho meio merda da parte deles, já que levam tão a sério essa coisa.

— Você obviamente sabe o que está fazendo. Preciso da sua ajuda. Preciso que me dê aula particular.

— Tem um monitor. Você pode ir nos plantões de dúvidas.

— Não posso.

— Não pode?

— Tenho treino em todos esses horários — explica.

Ele parece genuinamente frustrado, o que quase me faz dizer sim, mas me dou uma sacudidela mental. Não tenho mesmo tempo de ser professora particular de ninguém, mesmo que ele me pague. Para não mencionar a atração que, pelo jeito, não consigo desligar. Ficar sozinha com esse cara para dar aula para ele? Parece o paraíso... Quer dizer, uma tortura.

Ele esfrega o chinelo na calçada.

— Vou pagar pelo seu tempo, claro.

— Eu também estou com a agenda de aulas cheia. Seis disciplinas. Além do meu emprego.

E de correr sempre que a lanchonete precisa de ajuda, penso, mas não falo em voz alta. Sempre tem algo errado na Abby's Place e nunca é minha mãe quem pode consertar.

— Não tem nada que eu possa oferecer para te convencer?

— Não.

Ele levanta as sobrancelhas.

— Todo mundo tem um preço.

— Todo mundo menos eu, pelo jeito. — Checo meu celular e xingo baixinho ao ver o horário. — Foi mal, preciso ir.

— Eu vou descobrir — grita ele quando estou quase no topo da ladeira seguinte.

Olho-o por cima do ombro. James está sorrindo, mas tem alguma outra coisa em seu olhar. Um desafio. De repente, percebo um fato muito importante: ele é atleta. E atletas não desistem.

— Qualquer que seja seu preço, eu vou descobrir, Bex.

Ele dá um passo à frente. Tento engolir, mas minha garganta está mais seca que um deserto. Uma pequena parte traiçoeira de mim quer que eu pergunte se é uma promessa.

— Duvido muito. A gente se vê por aí, Callahan — consigo dizer, me virando para ir embora.

Sinto o olhar dele em mim pelo restante do caminho, me fazendo arder inteira.

8
JAMES

Seguro a bola firmemente e recuo um passo, esquadrinhando o campo à frente. Apesar de ser só um treino, os caras estão jogando sério; os defensores do outro lado lutam para passar pelos meus bloqueadores. Só tenho mais um ou dois segundos antes de alguém quebrar o bloqueio e eu ser derrubado.

Vinte jardas à frente, Darryl se solta de seu defensor e levanta a mão. Lanço a bola na direção dele. Sai um pouco alta, então espero que passe por cima da cabeça dele, mas, no último instante, ele a agarra e leva para o peito. Ele corre com a bola presa sob o braço, na diagonal, para se afastar da defesa, e sai do campo. O técnico Gomez apita para terminar a jogada.

Corro até onde a linha ofensiva se uniu, secando o suor do rosto com a barra da minha camisa de treino. Darryl vem devagar até nosso *huddle*, a rodinha que fazemos para organizar cada jogada.

Desde aquela festa, vi Darryl vezes demais e Bex vezes de menos. Apesar de termos resolvido a situação do beijo, nunca foi tão óbvio que um cara me detestava. No campo, ele dá seu melhor, mas, no *huddle*, nas laterais e no vestiário, age como se eu não existisse. Depois da nossa vitória contra o West Virginia no último sábado, na qual ele pegou dois dos meus *touchdowns*, achei que ele fosse relaxar, mas que nada. Do jeito como vem agindo, parece até que ele flagrou a gente trepando em cima da mesa de sinuca, em vez de se beijando *uma vez* quando estava óbvio que eu nem sabia quem ela era.

Estou convencido de que ele consegue ler minha mente e sabe que eu não consigo parar de pensar em Bex. Dei um jeito de pegar o telefone dela na última aula e andamos trocando mensagens, mas, não importa o que eu ofereça em troca das aulas particulares, ela recusa. O que não quer dizer que ela não esteja a porra do tempo todo na minha cabeça. Eu quase me atrasei para o treino hoje de manhã porque fiquei batendo punheta no chuveiro pensando em como as curvas macias dela iam se encaixar no meu peitoral rígido.

— Bela pegada — digo, quando Darryl enfim nos alcança.

Ele morde o protetor bucal.

— Valeu.

Beleza, então.

— Venham todos aqui, senhores — chama o técnico Gomez. Ele cospe, com as mãos nas cinturas, enquanto formamos um círculo. Estende a mão para dar um tapinha nas costas de Darryl, e um sorriso genuíno passa pelo seu rosto. — Bela pegada, cara. Então, garotos: acho que estamos resolvendo um pouco daquelas jogadas desleixadas que nos atrasaram na semana passada.

Assentimos em concordância. Semana passada obtivemos uma vitória, e é isso o que, no fim das contas, importa. Mas em alguns momentos podíamos ter liderado muito mais a partida.

— Se continuarmos jogando desse jeito, vamos sair da abertura em casa com uma vitória — continua ele. — Quero que todos vocês voltem amanhã bem cedo para passarmos os filmes. O novo *tackle* esquerdo deles é um filho da puta enorme que vamos precisar refrear se quisermos ter alguma esperança de chegar até o *quarterback* da Notre Dame.

Do outro lado do *huddle*, Darryl me lança um olhar. Eu o devolvo com frieza, mas, por dentro, estou revirando os olhos. Não estou nem aí se ele me odeia, desde que deixe Bex em paz, mas não quer dizer que não seja irritante.

A maior parte do time volta para os chuveiros, mas eu fico. E Darryl também.

— Quer me falar alguma coisa? — pergunto.

Cruzo os braços em frente ao peito. Porra, estou suado para caralho e o que mais quero é tomar um banho antes de voltar para casa, mas cansei dessa merda. Somos colegas de time, o que significa que somos irmãos e, se eu precisar falar na cara dele que não vou dar em cima de Bex, é o que vou fazer.

Mesmo que vá doer. Sentar do lado dela na aula, apesar de ser só duas vezes por semana, é uma forma especial de tortura. Ontem ela estava de vestidinho, e eu quase fiquei de pau duro vendo o jeito como ela cruzava uma perna bronzeada por cima da outra.

Darryl enfia a ponta da chuteira na grama.

— Fiquei sabendo que você anda falando com ela.

— Quem disse?

— É verdade?

— Não vejo como isso seria da sua conta.

— Ela é minha garota.

— *Era* sua garota. E pode trocar mensagem com quem quiser, principalmente se for sobre uma aula.

Ele dá um passo à frente devagar.

— Mas você está a fim dela — diz.

— Ei — brada o técnico Gomez. — O que vocês dois ainda estão fazendo aí?

Respondo sem tirar os olhos de Darryl:

— Só falando de estratégia, professor.

— Preciso conversar com você, Callahan. — O técnico olha de um para o outro, como se conseguisse literalmente ver a tensão faiscando no ar. — Lemieux, vai tomar banho antes do Ramirez acabar com a água quente.

Darryl continua me encarando por um bom tempo antes de ir embora.

— Tem algum problema que eu deva saber?

Não conheço o técnico Gomez há muito tempo, mas percebi logo que gosta de estar a par dos problemas pessoais no time. E o cara é sério, é quase tão em forma quanto quando jogava, além de mandar o papo reto. Os fios grisalhos do cabelo quase todo escuro brilham na luz de fim de tarde enquanto ele espera minha resposta.

— Não. Tivemos um probleminha de comunicação, mas estou resolvendo.

Ele assente.

— Que tipo de problema de comunicação?

Droga, eu estava torcendo para ele deixar por isso mesmo. Se eu tentar mentir, ele vai sentir o cheiro de longe, com certeza.

— Uma garota.

A vergonha queima minha garganta com a confissão. Por meio segundo, estou de volta com o técnico Zimmerman, tentando explicar por que a administração tinha ligado para mandar que ele me colocasse no banco de reservas por eu estar em suspensão acadêmica. *Uma garota.*

O técnico solta um xingamento.

— Callahan...

— Está resolvido.

— É mesmo?

— É.

Ele me lança um olhar que parece de raio X.

— Quando concordamos em te trazer, falamos de distrações — diz ele. — Lembra?

— Lógico.

Ele se inclina e bate o punho duas vezes no meu peito.

— Filho, você vai ser um astro na liga. E quero te ajudar a chegar lá. Mas lembre: guarde as distrações de fora do campo para depois de ter assinado seu primeiro grande contrato. Depois que seu futuro estiver garantido, você pode começar a pensar em quem vai fazer parte dele.

— Sim, senhor — digo, assentindo.

Depois de tudo o que aconteceu com Sara, meu pai sentou comigo e com o técnico Gomez para conversar, o que me levou a concordar em me transferir para a McKee, e ele deu o mesmo conselho naquela época. Eu não estava mentindo para Bex quando falei que o meu único amor era o futebol americano. Da última vez que tentei conciliar as duas coisas, quase perdi tudo.

Não penso mais muito em Sara, mas, ultimamente, ela vem à tona mais do que fico confortável em admitir.

— Muito bem. E como você está se adaptando à McKee?

— Tem sido bom, professor. Eu gosto de morar com os meus irmãos de novo.

— Uma pena Rich Callahan ter três filhos, mas só um ter escolhido o esporte certo. — Ele dá uma risadinha, mudando o peso de uma perna para a outra. — E como vão as aulas? E aquela de escrita? Ainda fico chateado de não ter conseguido te livrar dela.

— Não tem problema. Eu reprovei na primeira vez, mereço ter que fazer de novo. — Passo a mão pelo cabelo suado. — Tá tudo bem.

— Tem certeza? Posso ajudar com alguma coisa?

No vestiário, enfiado no fundo da minha mochila, está meu primeiro trabalho formal para essa aula imbecil.

Tirei seis. Quem dá um seis? O cara devia ter me reprovado logo. Ainda não consigo acreditar nessa nota; passei mais tempo no último domingo nessa única página de escrita do que em qualquer um dos trabalhos das minhas outras aulas. Pensar em todas as marcações vermelhas no pedaço de papel amassado, escondido que nem um boletim de criança, faz minha mente ferver.

E talvez seja por isso que minto.

Já falei uma verdade ao técnico Gomez. Não tenho certeza de que consigo lidar com outra. Ele está me dando uma chance de vida, me deixando vir para cá liderar o time dele no que espero que seja uma temporada vitoriosa, restaurando a visão que a NFL tem de mim antes de chegar o *draft* da primavera que vem. Ele não deveria ter que se preocupar com nada além do jogo. Não deveria ter que se preocupar comigo ficando distraído por causa de uma garota. Nem com o fato de eu ainda escrever mal para cacete.

— Aham — digo. — Contratei uma professora particular e tudo.

O rosto dele relaxa.

— Ótimo. Quem é? Alguém do centro de mídia? Uma monitora?

— Ela é da minha turma. Já fez a aula antes e foi bem, na faculdade antiga, mas a McKee não aceitou o crédito.

Ele balança a cabeça.

— Essa política acadêmica, juro por Deus. Bom, fico feliz, filho. Vamos manter o foco. Sem distrações.

— Sem distrações — repito. — Pode deixar, professor.

Não sei muito de escrita, mas sei que já tive muitos professores particulares na vida e, por algum motivo, Bex conseguiu me explicar de um jeito que ninguém mais foi capaz. Se tem alguém que pode me ajudar com esta aula, é ela. Só vou precisar colocar minha atração em uma caixinha, não pensar nisso e me concentrar...

Mas, primeiro, preciso convencê-la.

9
BEX

— Prontinho, Sam. Precisa de mais alguma coisa?

— Não, senhora, parece perfeito.

Sam, um dos clientes regulares da Abby's Place, sorri para mim de sua banqueta no balcão. Ele desembrulha os talheres com dedos trêmulos. Resisto à vontade de oferecer o sal antes que ele derrube de novo. Como qualquer lanchonete de cidade pequena, a Abby's tem os mesmos clientes vindo todo dia para tomar café e almoçar, e muitos são idosos que não querem ou não conseguem mais cozinhar. Sam é viúvo. A esposa cuidava da comida em casa, mas, agora que ela faleceu, ele vem aqui comer seus ovos matinais.

Sorrio antes de limpar as coisas do lugar ao lado dele. Pego a gorjeta, mas, em vez de enfiar no bolso, ponho no pote comunitário. Stacy e Christina andam precisando mais do dinheiro do que eu. Christina me vê fazendo isso e balança a cabeça, mas mesmo assim vejo a gratidão em seu olhar. Ela é mãe solo, e o pai do filho dela é um babaca. Ela o processou por causa da pensão, mas ainda não está resolvido.

Pego minha caneca de café e dou um golão. O rush da manhã passou, deixando para trás alguns idosos como Sam. O horário de almoço é sempre cheio, graças à nossa localização no centro de Pine Ridge, e abrimos algumas vezes por semana à noite para vender torta e sorvete aos adolescentes dando voltas pela cidade. Desde que entrei na McKee, não consigo fazer todos os turnos de fim de semana, mas tento quando posso, já que dias de semana são mais difíceis para mim.

Alguém que entrasse aqui casualmente talvez não enxergasse o que enxergo. Em vez disso, veria as fotos que tirei e emoldurei cuidadosamente nas paredes, o amortecedor de metal polido que contorna o balcão ou o acabamento ripado nas mesas que pintei de branco dois verões atrás. Tenho um acordo com o florista vizinho de manter flores frescas na frente do restaurante e em todas as mesas. Mas eu só consigo me concentrar nas manchas no teto, no buraco na parede que estamos cobrindo com uma foto e na geladeira melindrosa nos fundos. A Abby's Place é um lugar popular, mas, como todas as lanchonetes, sangra dinheiro. A mera compra de ingredientes custa uma quantia astronômica, especialmente com minha mãe mudando o cardápio semana sim, semana não. Clientes como Sam querem os ovos do jeito que sempre comeram. Não precisam de creme de avocado como acompanhamento, mesmo que seja delicioso.

A sineta sobre a porta toca, anunciando a entrada de uma mulher e um homem. São um casal jovem, provavelmente só alguns anos mais velhos do que eu e, sinceramente, parecem muito meus colegas da McKee. A mulher está vestindo Lululemon e um colar dourado que provavelmente custa o valor necessário para substituir todos os eletrodomésticos da cozinha, e o homem está igualmente arrumado, com uma camisa social e calça casual. Não conheço a marca, mas com certeza é cara. Provavelmente é o tipo de coisa que James usaria em um restaurante.

O pensamento em James me atravessa, me cortando como um raio.

Ainda não consigo acreditar que ele não desistiu de tentar me convencer a dar aulas particulares para ele. Faz uma semana, e suas ofertas estão ficando cada vez mais ridículas. Ontem à noite, ele me disse que ia lavar minha roupa por um ano. Isso só me fez pensar nele vendo minhas calcinhas, o que não ajudou nem um pouco.

Preciso tirá-lo da cabeça.

— Mesa para dois? — pergunto, indo até o casal com cardápios embaixo do braço.

— Podemos sentar naquela lá atrás? — pede a mulher. — Esse lugar é tão charmoso.

Sorrio enquanto os levo até os fundos, ao lado da janela panorâmica.

— Obrigada. É da minha mãe.

— Falei para o Jackson que a gente devia checar o comércio local antes de se mudar para cá. — Ela aceita os cardápios, sentando-se. — Bom, não exatamente para cá, lógico.

Meu sorriso fica tenso.

— Lógico.

Pine Ridge não é uma região ruim, de forma alguma, mas com certeza alguém como ela, com dinheiro, está procurando casa em uma das áreas mais caras de Hudson Valley. Aposto que ele trabalha com finanças ou algo assim na cidade e quer uma mansão suburbana bonita e grande para ele poder voltar à noite.

— Posso trazer café?

— Sim — diz o cara. — Água também. Mas só se for filtrada.

Enquanto estou indo pegar os cafés, a porta se abre de novo. Levanto a cabeça automaticamente... e na mesma hora desejo não ter feito isso.

— O que você tá fazendo aqui, porra? — sibilo ao encontrar Darryl na porta.

Ele se abaixa e me dá um beijo na bochecha.

— Que jeito de me cumprimentar, gata.

Dou dois passos para trás. Minhas mãos estão tremendo, então enfio-as nos bolsos do avental, torcendo para meu olhar de raiva o ajudar a entender a porcaria do recado.

— Que gata? Eu não sou mais sua gata, Darryl. O que tá rolando?

A porta de trás do balcão se abre. É embutida na parede, então, na maior parte do tempo, você não a nota; se você a atravessa, imediatamente encontra um lance estreito de escada que leva a um apartamento lá em cima. Foi onde cresci. Primeiro com meu pai e minha mãe, depois só com ela.

Sinto o cheiro da minha mãe no momento em que ela entra na lanchonete. O aroma é de fumaça e perfume floral. Quando cheguei hoje de manhã cedo para abrir a loja, ela ainda estava dormindo. Fiquei torcendo muito para ela só passar o dia lá em cima e não termos que conversar, mas minha mãe sempre teve um timing impecável.

— Darryl! — cumprimenta ela, afetuosa, puxando-o para um abraço. — Achei mesmo que tinha visto seu carro lá na frente. A Bexy não traz você aqui em casa há séculos.

— É porque não estamos mais namorando — digo.

Ela me repreende.

— Não seja grossa com esse menino bonzinho. Ele dirigiu até aqui em dia de jogo só para te ver, não é fofo?

— Tenho mesas para atender.

Ponho os cafés em uma bandeja junto com leite e açúcar e vou até o casal. Talvez se eu continuar o ignorando, Darryl entenda o recado e se mande.

Não foi suficiente eu beijar o James na frente dele?

Minha mãe tem razão: é sábado, eles têm jogo em casa. Darryl devia estar com James, se preparando. Apesar de todos os defeitos, ele é um bom jogador, e esse devia ser seu foco hoje. Não devia estar focando em... o que quer que seja isso. Me envergonhar na frente de um cômodo lotado de gente. Atrair minha mãe para baixo para ela tacar mais lenha na inevitável fogueira.

— Desculpa pela demora — digo ao casal. — Estão prontos para fazer o pedido?

— É seu namorado? — pergunta a mulher, se inclinando com um sorriso conspiratório. — Ele é lindo.

— Ele é familiar — comenta o homem. — McKee?

— Futebol americano — admito.

— Ei, cara! Manda ver lá hoje!

Darryl levanta a mão em um aceno. Aperto os dentes e sorrio, torcendo para que o calor que estou sentindo não esteja aparecendo em meu rosto.

— Hum, os pedidos?

Não preciso escrever, porque consigo memorizar os pedidos desde sempre, mas faço questão de anotar. Qualquer coisa é melhor do que ter que falar com o Darryl.

Na cozinha, entrego a comanda ao Tony, o cozinheiro-chefe. Ele espia ao meu redor com uma expressão de preocupação no rosto enrugado.

— Quer que eu expulse ele daqui pra você?

— Que nada. — Mostro um sorriso a ele. — Obrigada. Eu consigo resolver.

— Lógico que consegue.

Ele vocifera o pedido para os cozinheiros de linha. Fico lá parada por um bom tempo, só os observando se moverem com fluidez pela cozinha apertada.

Darryl obviamente entendeu o beijo como flerte, não como despedida. Ele não está apenas ignorando o que digo: está ignorando o que vê também.

Quando saio, puxo Stacy de lado.

— Pode atender minha mesa nos fundos? Preciso resolver isso.

— Claro. — Stacy tem a idade da minha mãe. Ela revezava com minha tia Nicole, irmã da minha mãe, para ficar comigo quando eu era mais nova, depois de o meu pai ir embora e minha mãe parar de funcionar. Stacy puxa meu rabo de cavalo e me dá um sorriso meio triste. — Vou tentar fazer com que ela suba também.

— Valeu.

Minha mãe está com Darryl no balcão, servindo café e uma fatia de torta. Fico observando-a acender um cigarro e soprar a fumaça com destreza. Ela ri de algo que Darryl diz, com a mão no antebraço dele, apertando.

Meu Deus.

— Darryl, vamos conversar.

Ele se recosta.

— Finalmente. Bexy, fica tranquila, eu te perdoo por beijar o Callahan.

— Lá fora.

Abro com um puxão a porta da frente, tentando ignorar o olhar interessado que minha mãe me lança. Com certeza ela está louquinha para saber quem é "Callahan".

Darryl não protesta quando o arrasto pelos fundos do prédio.

— Você fica bonita brincando de garçonete, gata.

— Não estou "brincando" — murmuro. — Foi por isso que você me traiu, lembra? Porque eu vivia aqui.

— Aquelas garotas não significam nada pra mim.

— E daí? Isso não quer dizer que não seja traição.

— Quem disse?

— Eu disse! — explodo. Mordo o interior da bochecha para segurar as lágrimas que ameaçam escorrer. — Darryl, é sério. Você sabe o que fez. Acabou. Só me deixa em paz.

— Acho que não. — Ele dá mais um passo para se aproximar, estendendo o braço para entrelaçar nossas mãos. — Fala sério, gata. Não sei qual era a sua ideia ao beijar o Callahan, mas ele me disse que não está interessado em você, então não tem problema. Tudo pode voltar a ser como antes.

Ele disse ao Darryl que não está interessado? Isso dói mais do que deveria.

— Vocês falaram de mim?

Ele me puxa ainda mais para perto.

— Lógico que falamos. Eu tinha que saber se precisava brigar com ele por dar em cima da minha garota, né?

Ele desliza a mão para cima, envolvendo meu pulso, e faz o mesmo com meu outro braço. Fico paralisada.

— Bex — diz ele —, é só você se entregar e aceitar ser feliz. Estar comigo pode abrir muitas portas para você. Depois de eu entrar na liga, vamos vender esta merda de lugar e você vai poder só cuidar de mim. Era o que você queria ano passado, então por que estragar tudo agora? Não é como se sua vida fosse ser grande coisa sem mim.

Ele aperta mais forte ao se abaixar para me beijar. Continuo paralisada, perplexa demais para me mexer enquanto seus lábios roçam os meus. Sempre soube que ele era possessivo, mas isso é outro nível. Isso me assusta.

— Darryl — sussurro.

— Fala, gata.

— Vai se foder. — Puxo o braço para me soltar, esfregando os pulsos, e o empurro para passar. — Vai jogar seu jogo. E, se você me incomodar de novo, especialmente aqui, vou chamar a polícia.

Ele cerra os punhos. Fico olhando, morrendo de medo do momento em que o golpe vai chegar ao meu rosto. Meu pai bateu na minha mãe exatamente uma vez, pouco antes de ir embora para sempre, e ela ficou com o olho roxo por semanas. Não que importasse muito, já que ela ficou na cama em luto pelo casamento e pelo aborto espontâneo causado pela mágoa, mas eu, aos onze anos, via aquela marca todos os dias ao subir na cama para me deitar ao lado dela.

Se alguém me perguntasse enquanto estávamos namorando, eu teria dito que Darryl nunca me machucaria de verdade.

Mas eu também nunca achei que meu pai fosse machucar minha mãe, e ele a destruiu.

Darryl chega tão perto que meu coração quase sai pela boca. Ele está com um olhar inexpressivo que odeio intensamente e me puxa de novo, os dedos apertando meus pulsos com tanta força que solto um grito.

— Você vai se arrepender de ter dito isso, gatinha.

Engulo em seco, tentando ignorar o ardor em meus olhos.

Depois de alguns segundos que se estendem pelo que parece uma eternidade, ele me empurra. Cambaleio, vendo-o se afastar. Coloco a mão trêmula na frente da boca, tentando engolir o choque e a dor.

Eu devia entrar de novo, voltar ao trabalho, mas não consigo me obrigar a me mexer. Uma lágrima desce por minha bochecha, e eu a seco com força.

Nada de chorar, apesar de meus pulsos ainda doerem.

Duas coisas estão claras. A primeira é que não consigo mais acreditar que já senti alguma coisa por um cara tão escroto. E a segunda é que preciso de um novo plano, porque, obviamente, ele não vai se afastar.

Preciso de James.

10
JAMES

Vencer é sempre divertido, mas a primeira vitória em casa na temporada é outro nível. O índice de comparecimento foi incrível; todas as cadeiras do estádio enorme da McKee estavam ocupadas. Entre a banda marcial e os gritos dos alunos, eu mal conseguia ouvir os juízes. Ainda estou sob efeito da adrenalina uma hora depois, pronto para comemorar com o time.

— Tem um bar lá no centro — diz Bo enquanto pegamos nossas sacolas e saímos. — Red's. Você vem?

— Não vou beber, mas vou, sim.

— Boa. — Ele berra a mesma pergunta a Demarius, que faz um joinha do outro lado do estacionamento. — Tem sempre um bando de mulher lá depois de uma vitória, então, se estiver a fim de pegar alguém, vai ser facinho.

— Bom saber.

Não que eu esteja planejando fazer isso, e por duas razões. A primeira é que não quero criar expectativas falsas em alguma coitada. A segunda é que a única mulher sobre quem tenho fantasiado é a Bex. Tentei evitar — não é como se fosse acontecer alguma coisa —, mas, sempre que bato uma, é nela que penso. Os peitos fantásticos dela. A forma como o nariz se enruga quando ela está frustrada. A curva dos lábios fazendo beicinho.

Caralho. Preciso descobrir um jeito de parar com isso, especialmente se ela aceitar ser minha professora particular.

— Olha ele aí — diz Coop, vindo na minha direção. Ele me abraça, aí dá um passo para trás para Seb poder fazer o mesmo. — Ótimo jogo, irmão.

Sorrio.

— Não sabia que estavam aí — digo.

— São os benefícios de treinar de tarde. E eu arrasei, por sinal. Estou pronto para relaxar.

— Estou indo para um bar, querem vir?

— O Red's?

— Acho que sim.

— Boa — responde Seb. — É bem legal lá. Eu topo.

— Idem — concorda Cooper. — Quem sabe esbarro com a Elle lá.

— A garota da festa da república? Achei que você não ficava com alguém mais de uma vez.

— Não fico. — Ele abre um sorriso. — Mas não quer dizer que ela não possa tentar.

Reviro os olhos ao entrar no carro.

— Me indica o caminho. — Tiro o celular do bolso da calça jeans com dificuldade, desbloqueio e jogo para Coop. — Tem alguma mensagem? Não tive tempo de checar, a ESPN quis fazer uma entrevista ao vivo logo depois do jogo terminar.

Ele bufa, bem-humorado.

— Só você para fazer isso parecer casual. E, sim, a mãe e o pai mandaram mensagem. Uh, e outra pessoa.

— Quem? — Tento espiar enquanto estamos no farol vermelho, mas Coop segura o celular perto do peito.

— Olha, Seb. — Ele entrega o celular a Seb, que solta um assovio.

— Já me arrependi — murmuro. — Quem é?

— É aquela garota — diz Seb. — Beckett.

Meu coração bate mais forte no peito.

— Beckett Wood?

— Você conhece mais de uma Beckett?

— O que diz a mensagem?

— Ela quer conversar.

— Só isso?

Seb e Coop se entreolham.

— Devia ter mais coisa? — pergunta Coop.

— Bem, não. — Viro à direita seguindo a instrução de Coop. — Mas, como ela não me deixou simplesmente contratar os serviços dela, ando tentando descobrir seu preço.

— Ah, ótimo — diz Seb. — Especialmente porque você foi lá e mentiu sobre ela ser sua professora particular.

— Nem me lembre.

— Talvez Beckett queira que você fique com ela — considera Coop. — Como pagamento, quero dizer.

Repasso nossa conversa depois daquela primeira aula. Eu praticamente pisoteei qualquer chance de isso acontecer.

— Cara, não vou transar com minha professora particular.

— Por que não? Ela é gostosa.

— E ex do meu companheiro de time.

Coop faz um aceno de desprezo com a mão.

— Não conta. Eles terminaram antes de você vir para cá.

— Com certeza ele não pensa assim.

— Bom, de todo jeito, ele é um idiota.

Estaciono o carro em uma vaga no fim da rua do Red's e solto um suspiro.

— Não tenho como discordar — digo.

Em frente ao bar, que está lotado tanto de universitários quanto de clientes regulares da cidade, pego meu celular.

— Eu entro em um minuto. Pede uma cerveja sem álcool para mim, tá?

A mensagem de Bex tem duas palavras simples:

Podemos conversar?

Ligo para ela em vez de responder. Parece importante demais para uma mensagem e, tá bom, talvez eu queira ouvir a voz dela.

— Callahan — diz ela ao atender.

— Bex. E aí?

— Onde você está?

Olho ao redor. Várias garotas de camisa de futebol americano — algumas aparentemente só com a camisa, de tão curtos os shorts — acenam para mim ao atravessar a rua e entrar no Red's.

— No centro de Moorbridge, no Red's. Não pode falar pelo telefone?

— Não sobre isso.

Seguro o aparelho com mais força.

— Você está bem?

Escuto chaves e um apito; imagino que ela esteja destrancando o carro.

— Estou ótima. Só acho que se vamos conversar sobre os termos desse… acordo, deveria ser pessoalmente.

— Acordo, é?

— Eu vou até o Red's.

— Onde você está? Estou sóbrio, posso te pegar.

— Pine Ridge.

— Onde fica isso?

Ela ri. O som doce e rouco faz meu coração bater um pouco mais rápido.

— Não muito longe. Te vejo já, já, Callahan.

— Pode me chamar de James, sabe.

Ela faz uma pausa, aí escuto o carro dela ligar.

— Eu sei.

Pesquiso onde fica Pine Ridge assim que ela desliga. Não fica muito longe daqui, só meia hora de distância. O que ela está fazendo lá?

Talvez ela tenha um novo namorado, provoca minha mente.

Eu me forço a entrar, apesar de só querer mesmo esperar lá fora. Afinal, eu devia comemorar a vitória. Acabamos com a Notre Dame hoje. Assim que entro no bar, vejo meus irmãos e colegas de time acenando para mim, então vou até as mesas de sinuca nos fundos. Coop me entrega minha cerveja sem álcool — que tem quase o mesmo gosto de uma cerveja normal, apesar de ele nunca acreditar em mim — e cutuca meu ombro.

— O que tá rolando?

Eu me apoio na parede, procurando uma posição confortável.

— Ela tá vindo aqui pra conversar.

Já me sinto mais relaxado. Não sei o que a Bex quer em troca das aulas particulares, mas vou dar. Um valor ridículo por hora, sei lá. Posso pagar. E o fato de isso significar que vou vê-la muito mais? Também não vou reclamar disso.

— Sobre o… negócio?

Reviro os olhos.

— É. O negócio.

— Isso aí, porra — diz ele. — Que ótimo, cara.

Vejo Seb alinhar sua próxima tacada na partida de sinuca que está jogando contra Demarius. Uma das coisas de que mais gosto no meu irmão é que ele consegue se enturmar em qualquer lugar. Nunca passou muito tempo com esses meus colegas de time, mas está totalmente à vontade. A tentativa dele passa longe, e Seb ri de si mesmo, aceitando mais um shot de Demarius.

— Cada rodada perdida é um shot — murmura Coop. — No fim da noite, vamos ter que carregar ele pra casa.

— É o seu irmão? — pergunta alguém.

Eu me viro; tem uma garota do meu lado, me olhando toda inocente enquanto toma cerveja. É bonita, com cabelo platinado jogado por cima de um ombro e lábios carnudos. A blusa com gola V mostra o topo de um sutiã de renda cor-de-rosa. Vendo que chamou minha atenção, ela se inclina um pouco à frente, roçando meu braço exposto com a mão.

Sorrio para ela.

— É, sim, meu bem. Quer que eu te apresente?

— Tentador — diz ela. — Mas algo me diz que você tem mais… experiência.

Desta vez, ela toca meu jeans com a ponta dos dedos. Ela morde um pouco o lábio, com a unha feita esfregando a costura interna.

— Não quer perguntar meu nome?

Entro na dela.

— Qual é seu nome?

— Kathleen — responde ela. — Mas pode me chamar de Kitty.

O babaca do Cooper tenta transformar a risada em um espirro. Eu sei que devia me afastar dela, apontá-la na direção de meus colegas mais dispostos, se o que ela quer é uma porra de jogador de futebol americano, mas seu toque é gostoso. Não estou tão desesperado a ponto de ficar de fato excitado, mas faz um tempo que isso não acontece.

Fora o beijo de Bex.

Merda, agora estou pensando na Bex de novo. Como se conseguisse perceber minha mente suja, Kitty chega ainda mais perto até seus lábios estarem roçando minha orelha.

— Posso te colocar na lista de convidados da festa da sororidade amanhã? Sou candidata.

— Foi mal, mas não vou em festas durante a temporada.

— Você pode ficar só um pouquinho. O tema é TMR. — Ela beija meu pescoço, pontuando cada palavra com uma mordiscada. — Tudo. Menos. Roupas.

Lentamente me solto dela. Aposto que, quando fica bêbada, ela é grudenta. Se eu aceitar ir nessa festa, ela vai considerar que estamos juntos e se recusar a sair do meu lado a noite toda. E, fala sério, em um domingo? Não vou a uma festa domingo desde que era calouro. Prefiro fazer lição de casa enquanto os jogos da NFL passam na televisão.

E preferiria mesmo é que fosse a Bex me convidando.

— Por mais que eu fosse amar ver o que você faria para deixar um saco de papel sexy, meu bem, não é nada pessoal. É por causa do futebol americano.

Ela faz um beicinho brincalhão.

— Que sério.

Do outro lado do salão, a porta do bar se abre. Bex não é particularmente alta, mas acho que vejo de relance aquele cabelo loiro-avermelhado. Dou uma olhada para Darryl, mas ele está concentrado em uma conversa com uns caras do time.

— Talvez tenha mais sorte com ele — falo, apontando-o para Kitty enquanto vou até a frente do bar.

Bex está vestindo um moletom da McKee e um short jeans, além de sandálias e brincos compridos que percebo que são fatias de torta esculpidas. Que amor. Seus olhos se iluminam ao me ver, e ela fica na ponta dos pés para dizer ao meu ouvido:

— Quer conversar lá fora? Juro, metade dos alunos da McKee está aqui.

Caramba, eu iria atrás dela até no banheiro, se ela quisesse ir para lá. Deixo que ela saia na frente.

Quando estamos lá fora, ela contorna a lateral do bar, longe das janelas.

— Darryl está lá no fundo — digo a ela. — Mandei uma garota para ele.

— E com certeza ele está flertando com ela. — Bex suspira. — Apesar de ter ido hoje na lanchonete e exigido que a gente voltasse.

Afasto a onda de possessividade que me atinge. Não tenho direito nenhum a esse sentimento. Um beijo não significa nada, e, com sorte, ela está prestes a virar minha professora particular. Caras legais não transam com professoras. Nem com as ex-namoradas dos colegas de time.

— Lanchonete? Achei que você trabalhasse no Purple Kettle.

— Trabalho, sim. A lanchonete é da minha mãe. Fica em Pine Ridge, por isso vim para cá de carro. Obrigada por esperar.

Ofereço minha cerveja.

— Devia ter perguntado se você queria uma bebida. Quer um gole? É sem álcool.

Ela fecha a mão por cima da minha e vira o gargalo da cerveja na boca. Eu não devia ficar observando, mas não consigo evitar, especialmente quando ela dá um passo para trás e me olha por trás daqueles cílios.

— Obrigada. Você não bebe?

Pigarreio.

— Hum, bebo, mas não muito durante a temporada.

Ela assente.

— Inteligente da sua parte. Me lembro do Darryl reclamando de estar de ressaca no treino.

Dou mais um gole na bebida.

— Então, isso quer dizer que você reconsiderou minha proposta? Pode falar o preço, eu pago.

Um sorriso curva os lábios dela.

— Eu sei. Você me mandou umas ofertas realmente ridículas nos últimos dias.

— E aí, qual você vai querer? Uma cesta cheia de filhotinhos de cachorro? Ingressos de temporada para a vida toda, nos jogos do time que você escolher? Eu lavando sua roupa pelo resto do ano?

Isso a faz rir, e, caralho, que som maravilhoso. Nada delicado, mas vindo da garganta, quase como um estrondo. Gosto de descobrir esses detalhes a respeito dela. Ela não tem frescura para tomar um gole da bebida de outra pessoa, tem uma risada contagiante e usa brincos com formato de fatias de torta.

— Não — diz Bex, baixando os olhos para a calçada. — Se bem que foi tentador.

Espero mais, mas ela fica em silêncio, ainda olhando para baixo como se, com esforço suficiente, fosse conseguir abrir um buraco no asfalto. Sinto meu estômago revirar. Há algo estranho; a conexão que achei que estivéssemos construindo desaparece como fumaça na noite.

— Bex?

Finalmente, ela me olha, enfiando os dentes no lábio inferior.

— Eu te dou aula — diz ela. — Mas só se você aceitar fingir que estamos namorando.

11
BEX

No instante que as palavras saem de minha boca, fico vermelha. Sinto o rubor chegando até a ponta das orelhas. Pedir ajuda — por meio de um acordo — é diferente de se humilhar.

Mas meus pulsos estão doendo onde Darryl os agarrou. Ele não vai me deixar em paz se não souber, ou pelo menos achar que sabe, que sou de outro. Terminar com ele educadamente não funcionou. Ser direta não funcionou. Eu o conheço bem o suficiente para saber que a única coisa que vai mantê-lo distante é enfiar naquele cérebro de homem das cavernas que estou com outro cara.

É constrangedor. Mas ele é uma distração que precisa acabar, e esse é o melhor jeito que consigo pensar de fazer isso acontecer.

Agora, só preciso que o James concorde em ajudar.

— Callahan? Você me ouviu?

— Eu ouvi. — Ele me encara até eu ser forçada a encontrar seus olhos. — Por quê?

— Porque ele não quer me deixar em paz.

A voz dele fica dura ao dizer:

— Não quer te deixar em paz em que sentido?

— Tá tudo bem...

— Tá tudo bem o cacete. — Ele segura mais forte a cerveja. — Ele anda te assediando?

Meu rosto está pegando fogo.

— Não, sério. Ele só não tá me escutando. Fica ignorando o que eu digo e até o que tentei mostrar a ele quando eu... Quando a gente...

Ele lambe os lábios.

— É.

— Se ele vir que estou com outro, vai se afastar. Eu conheço ele. É uma merda, mas é verdade. Eu preciso me livrar do Darryl, e você precisa passar nessa disciplina. Nós dois precisamos virar o jogo nas nossas vidas, então achei que podíamos fazer um acordo.

Por um segundo aterrorizante, acho que ele está prestes a ir embora. O maxilar está tenso como se ele quisesse sair correndo.

— Ele joga no meu time.

Meu estômago revira. Claro que ele não ia querer arruinar o relacionamento com um colega de time, mesmo que fosse o Darryl.

— Ele disse que vocês tinham conversado e resolvido as coisas.

— E isso estragaria tudo.

Balanço a cabeça.

— Você tá certo — digo. — Foi mal, foi burrice. A gente se vê por aí.

Eu me viro e respiro fundo, jogando os ombros para trás. Ainda sou capaz de me afastar com dignidade, apesar de ter acabado de abrir o coração para o cara e ser rejeitada. Mas, antes de eu dar dois passos, sinto a mão dele circundar meu pulso dolorido e machucado, puxando-me para trás.

Não consigo evitar: me encolho de dor.

Ao baixar a cabeça para onde está me tocando, o olhar dele fica sombrio.

— Bex...

Sacudo a cabeça, apertando bem os lábios. Nem fodendo vou admitir em voz alta que deixei o Darryl me machucar.

— Foda-se. Eu nem gosto daquele cara mesmo. — Ele relaxa a mão e depois a enfia no bolso. — Você realmente não se importa de me dar aula?

Vejo que ele gostaria de insistir. De perguntar mais sobre Darryl. Mas, agradecida, agarro a mudança de assunto.

— É uma troca, certo? Uma mão lava a outra. Você me leva em uns encontros para ele ficar sabendo, e eu te dou aulas para garantir que você passe na disciplina.

Ele assente.

— Tá. Posso fazer isso.

— Você não tá preocupado com a possibilidade de ele tentar brigar com você?

James ri.

— Por que eu teria medo? Ele que tente. Sou mais forte que ele, amor.

Levanto a sobrancelha, torcendo para que isso disfarce o tesão que me percorre com o apelido carinhoso... e o jeito casual como ele está falando de brigar com o Darryl.

— "Amor"?

— Se estivéssemos mesmo namorando, usaríamos apelidinhos, né? — Ele se inclina e põe uma mecha de cabelo atrás da minha orelha. — Você prefere outra coisa? Meu bem? Bebê? Vida?

— Vida, não, com certeza.

— Princesa?

— James...

Ele me dá um sorrisinho.

— Vai ser esse.

— Só para deixar claro, nada disso é real.

Ele usa a mão grande para segurar meu maxilar. Luto contra a vontade de virar um pouco a cabeça para me aconchegar nela. Foco. Preciso me concentrar. Sair para alguns encontros juntos para todo mundo — e mais especialmente o Darryl — achar que estamos namorando não é a mesma coisa que namorar de verdade. Isso vai funcionar bem porque obviamente sentimos atração um pelo outro, mas as pessoas vivem tendo química sexual sem dar em nada.

— Eu sei — diz ele. — Futebol americano, lembra? Mas, se você quer que as pessoas acreditem, precisa ser convincente, princesa.

Concordo, assentindo. Ele tem o futebol americano. Eu tenho a lanchonete e tudo mais. É um acordo mutuamente benéfico, tipo... tipo peixes-palhaço e anêmonas-do-mar. Se o Darryl não acreditar que eu superei, não vai me deixar em paz, e esse é o jeito de garantir que ele acredite.

É motivação suficiente para beijar James de novo.

Ele sorri contra meus lábios, passando os braços pela minha lombar.

— Sabe — murmura ele —, pode me chamar do que quiser, mas gosto mesmo é do jeito que você diz "James".

Chego mais perto, envolvendo o pescoço dele com os braços. O beijo é tão arrebatador quanto o primeiro, inexplicavelmente viciante. Ele está com um pouco de barba por fazer, e, enquanto nos beijamos, a fricção em minhas bochechas e meu maxilar me faz estremecer.

Então, ele abaixa mais as mãos, me levantando e apoiando minhas costas na parede externa de tijolo áspero do bar. Minhas pernas automaticamente se fecham na cintura dele, procurando apoio, e meus braços devem estar apertados em seu pescoço, porque ele ri e diz:

— Calma, Bex.

Eu derreto por dentro. Como é que Darryl falando meu nome nunca acendeu um fogo assim dentro de mim, mas James fala uma vez e estou quase abandonando meus princípios? Ele me beija como se estivesse com fome; sinto gosto de cerveja em seus lábios e a sensação de suas mãos me prendendo como se fossem de ferro. Apesar de ser só para os outros verem, ele obviamente está curtindo.

E então ele beija meu pescoço. E fico paralisada.

Beijar é uma coisa. Mas isso não é só beijar. Se ele for mais longe, vou ficar com a calcinha encharcada no meio do estacionamento.

Viro a cabeça para o lado, empurrando o peito dele até ele me pôr no chão. James obedece, mas não antes de passar o polegar pelo meu lábio inferior.

Puta que pariu. Endireito meu moletom e o olho, brava.

— Pra que isso?

Ele dá de ombros.

— Você parecia querer ser beijada. Precisamos praticar para as pessoas acreditarem.

— Isso não foi beijar, isso foi...

Ele sorri.

— Você nunca foi beijada assim?

Dou um tapinha de leve no peito dele.

— Não na frente de um bar!

Ele segura minha mão e entrelaça nossos dedos.

— Vamos entrar.

— Agora?

— Por que não? Eu falo que estamos saindo. Podemos jogar sinuca, conversar um pouco.

— Ele está lá.

— Eu sei.

— E se ele... — Não completo, porque sinto minhas bochechas esquentando. — Sabe?

— Aí eu resolvo.

— Simples assim?

— É para você ser minha garota, certo?

Faço que sim.

— Mas não de verdade.

— Eu sei — responde ele de novo, paciente. — Mas ele precisa acreditar e, se eu estivesse mesmo saindo com você, ia te defender sempre que alguém ousasse te olhar do jeito errado.

Meu corpo todo fica quente.

— Você tem muita lábia, James Callahan.

Deixo que ele me guie até o bar.

12
JAMES

Assim que entramos de volta, Bex é atacada por uma garota com cabelo encaracolado escuro e o grito mais estourador de tímpanos que já escutei fora dos filmes. Ela abraça Bex forte, beijando sua bochecha e deixando uma marca de batom.

— Achei que você tivesse que trabalhar!

— Eu convenci ela a vir passar um tempo com o namorado — digo, levantando a mão.

Bex fica vermelha como um tomate. Isso me faz querer beijá-la. Em vez disso, aperto a mão dela.

— Bom...

— Ah, não — diz a garota. Seus olhos se iluminam ao ver que Bex e eu estamos de mãos dadas. — Sério?

— É... complicado — diz Bex. — Né, amor?

Dou de ombros.

— Não tão complicado. Ela me beijou, eu chamei ela pra sair, ela disse não, depois reconsiderou.

Bex revira os olhos, claramente lutando contra um sorriso com a lembrança de como chegamos a esse acordo.

— Esta é a Laura, James. Ela é minha melhor amiga, então sabe tudo sobre mim, né, Laura?

— Disso aqui eu não sabia — diz Laura, com um biquinho. — Não acredito que você não mencionou que evoluiu para um bom namorado do futebol americano.

Entendo a dica de Bex; ela está prestes a contar à Laura que não estamos namorando de verdade.

— Querem algo pra beber, meninas? — pergunto. — Se quiser beber álcool, sempre posso te levar de carro pra casa depois, princesa.

Laura fica boquiaberta.

— Você é minha nova pessoa favorita — afirma ela, olhando para o cara parado ao seu lado. — Barry? Presta atenção e vê se aprende com o James.

Bex assente afetuosamente.

— Acho que aceito uma cuba-libre, se você não se importar.

— Com limão?

— Claro.

— Eu também — pede Laura.

— Já trago.

Vou até o bar, mas no caminho sou parado por uns caras que me reconhecem e querem conversar sobre o jogo. Quando olho para trás, vejo que Bex arrastou Laura para o canto mais distante.

Tomara que Laura ainda goste de mim depois de saber a verdade. Ela parece ter personalidade forte; deve dar trabalho para aquele tal de Barry.

No bar, peço as bebidas e mais uma cerveja sem álcool para mim. Continuo observando Bex enquanto me recosto no bar para esperar. Caralho, como ela é linda. Se eu tivesse que fingir estar namorando alguém, a escolheria cem vezes. Beijá-la de novo, finalmente, fez minha pele arder. Eu não ficava duro assim com um beijo há séculos; no segundo em que as pernas dela se fecharam na minha cintura, tive que me impedir de deliberadamente fazer com que a gente perdesse o controle. Ela estava com o gosto da minha cerveja e de hidratante labial de fruta, e seu corpo lindo e curvilíneo estava muito quente contra meu peito, mesmo através do moletom grosso. Vai ser difícil não levar isso longe demais.

Mas não é como se eu tivesse outras opções; preciso da ajuda dela para ser aprovado. Se é isso que ela quer em troca, vou fazer, e vou fazer bem. Darryl não vai nem saber de onde veio a pancada; vai saber apenas que Bex tem alguém para defendê-la, alguém que vai foder com qualquer um que tente machucá-la.

O barman serve os drinques bem no momento em que vejo Bex levantar as mangas da blusa e estender os pulsos para Laura.

Puta que pariu. Bem que ela se encolheu quando segurei o pulso dela. Eu não sabia se era só coisa da minha cabeça.

Praticamente jogo o dinheiro no balcão do bar antes de pegar as bebidas. Mas não estou mais a fim de curtir e relaxar sabendo que Darryl machucou Bex. Saio empurrando a galera, feliz por meu tamanho facilitar a abertura do caminho. No momento em que chego nas garotas, pergunto:

— Qual foi a gravidade?

Bex levanta o olhar para mim.

— Não muita. James...

— Ele machucou você, caralho.

— E não vai mais fazer isso depois de saber que estamos juntos. Ele é um covarde. Fala muito, mas...

Eu a interrompo de novo; não consigo evitar.

— Ele não vai mais fazer isso porque estou indo lá quebrar a porra da cara dele.

Bex balança a cabeça ao pegar minha mão e apertar nossas palmas uma contra a outra.

— Você não pode fazer isso.

— Não só posso, como vou.

— Não vai — diz Laura.

Eu me viro para ela.

— Sem querer ofender, mas não pedi sua opinião.

Laura põe a mão na cintura, me fuzilando com o olhar, claramente nem um pouquinho intimidada pela energia que irradio.

— Se você começar alguma coisa, vai sair como culpado. Pode ser suspenso, e isso é o de menos.

Cerro os dentes.

— Ele machucou ela.

— E você não estará ajudando ela se fizer isso.

— Ela tem razão — concorda Bex. — Você não pode arriscar.

Respiro fundo. Agora que a onda imediata de emoção está passando, me sinto um pouco mais calmo.

— Vocês estão certas.

Não acredito em como cheguei perto de perder a cabeça de novo. No segundo em que decidi que Bex era minha — mesmo que só como encenação —, já estava pronto para jogar tudo fora por ela. É exatamente o que o técnico Gomez me alertou a não fazer. Sara provou que não posso me deixar ser sugado completamente para esse tipo de situação. Eu pulo do precipício sem nem pensar duas vezes.

Os olhos dela buscam os meus.

— Me promete que você vai deixar ele pra lá. Aja como se estivesse tudo normal. É só dizer que não é da conta dele quem eu namoro. Prometo que ele vai entender o recado.

— Tem certeza?

— Tenho. — Bex se inclina para cima e beija minha bochecha. — Mas obrigada.

Minha única escolha é acreditar nela.

— Tá. Mas me avisa se ele tentar alguma coisa.

Ela pega o drinque da mesa e dá um golinho.

— Sabe, acho que é comum que as namoradas sejam apresentadas ao time.

— Tem certeza? Ele tá bem ali nos fundos.

Ela pega minha mão e me guia em meio à multidão.

— Eu sei.

Quando chegamos aos fundos, ainda estamos de mãos dadas. Seb engasga com a cerveja, e Bo me lança um olhar sério. Cooper chega a se afastar da garota que está beijando para ver.

E Darryl parece prestes a me atacar na mesa de sinuca. Por meio segundo, todos ficam paralisados, esperando para ver como ele vai reagir. Ao meu lado, Bex aperta minha mão com força. Está sorrindo, mas é fachada. Ela está com medo do que Darryl vai fazer.

Se eu precisar me jogar na frente dela, farei exatamente isso.

— Ei, Bo — diz Bex. — Bom jogo hoje.

— Hum, valeu. — Bo me olha ao completar: — Não achei que você fosse vir.

— Pois é, eu sei — responde ela, dando uma risadinha. — Já que faz tanto tempo que o Darryl e eu terminamos.

Darryl bate a cerveja com tanta força que a mesa chacoalha.

— Gata, eu sei qual é seu jogo, e você precisa parar agora com essa palhaçada.

— Não tem jogo. Eu só virei a página. — Ela dá um sorriso para ele. — Você não?

Ele move o maxilar, tentando forçar um sorriso que não dá muito certo.

— Fica de olho aberto — diz Darryl para mim. — Ela vai te largar de mão. Ela é uma puta de uma...

— Uma o quê? — pergunto, em um tom agradável. — Não consigo te ouvir.

Darryl considera falar, considera mesmo. Consigo ver as engrenagens funcionando na cabecinha nojenta dele, se perguntando se a satisfação de xingar Bex vai valer bancar a minha ameaça. Finco o pé, bastante ciente do olhar fixo dos nossos colegas de time. Pelo canto do olho, vejo Seb ir até Cooper. Os dois estão prontos para entrar em ação e me defender se isso virar uma briga.

— Vamos — murmura Darryl, enfim, para alguns amigos.

Um deles — um *safety* com quem ainda não interagi muito — me lança um olhar de desprezo ao passar.

— Fica ligado, Callahan. O técnico Gomez pode ter se desdobrado pra te trazer pra cá, mas você não é intocável.

— Ah, que fofo — digo. — Essa é sua tentativa tosca de me atingir? Não é à toa que a Notre Dame te atropelou hoje.

Ele bufa, mas, com um olhar de Darryl, mete o pé dali.

Quando eles vão embora, a tensão se esvai de mim. A mão de Bex também fica frouxa na minha; eu não tinha notado quanto ela a estava apertando até sentir o fluxo sanguíneo voltando enquanto a esfrego.

— Foi mal — diz Bex. — Eu não queria que as coisas ficassem ainda mais estranhas.

— Não tem problema.

— Será que não? — Ela agora está sussurrando, olhando por cima do ombro para todo mundo que ficou. — Não posso foder com o seu time.

— Eu já tinha falado antes que, se ele desrespeitasse uma mulher, incluindo você, eu ia parar de passar a bola pra ele. Todos eles sabem disso.

Eu a levo até a mesa que Darryl acabou de deixar e me sento. Leva um momento, mas ela decide se empoleirar no meu colo. Eu a estabilizo com a mão em seu joelho, lutando para segurar o sorriso que ameaça tomar conta do meu rosto. Tenho a sensação de que estar perto de Bex significa estar sempre surpreso.

— Quando foi isso? — pergunta ela.

— Antes mesmo de eu saber quem você era. Ele tava falando merda de você naquela festa.

Bex arregala os olhos.

— Antes de eu te beijar?

Coop e Seb se acomodam nas outras duas cadeiras. Levanto a sobrancelha para eles, mas os dois só trocam um olhar sério.

— Mano — diz Seb. — Que caralhos está acontecendo?

13

JAMES

Quando entro na sala — um total de quinze minutos adiantado, com licença, sr. Professor —, vejo imediatamente que consegui chegar antes da Bex. Mandei bem. Em todas as outras aulas da disciplina, ela já estava na sala antes da hora, com o notebook aberto, escrevendo na agenda com uma de suas canetas de gel fofas. Mas, hoje, posso ter um momento sozinho na nossa mesa antes de enfrentá-la.

Fingir namorá-la tornou esta aula mais fácil e mais difícil, tudo ao mesmo tempo. Por um lado, é mais fácil porque ela está cumprindo a parte dela do acordo e me dando aulas. Mas, por outro, é bem mais complicado porque aparentemente me sinto atraído por ela como uma mariposa a uma porra de uma lâmpada, e ficar sentado ao seu lado por mais de uma hora enquanto é esperado que eu preste atenção em algo chato como uma aula de escrita é um tipo de castigo cruel e incomum. Já desisti de lutar contra minha atração por ela. Atração é ok; é seguro. E daí que eu reconheço que ela é linda e que o que eu mais amaria seria transar com ela? É com os sentimentos que preciso tomar cuidado. Foi isso que me criou problemas com Sara.

Apoio os dois cafés na mesa e deslizo a mochila do ombro. Fui ao Purple Kettle um monte de vezes, principalmente para ver se conseguia bater um papo com a Bex, e percebi que ela gosta de café gelado com duas doses de xarope de caramelo, então comprei isso, além de um café preto gelado para mim. Por impulso, acabei comprando também um muffin de abóbora para ela. Algo me diz que ela é o tipo de garota que fica animada com tudo de sabor de abóbora que aparece no outono.

Os alunos começam a chegar aos poucos. Um bando de meninas fica me olhando, mas isso sempre acontece, então ignoro. Elas andam encarando Bex abertamente — acho que a notícia do nosso "relacionamento" está circulando —, mas ela não parece ligar. Talvez, se fosse real, eu iria querer que ela se mostrasse mais possessiva, mas, do jeito que está, fico aliviado. Aliás, estou mais preocupado com isso virar uma bola de neve para a qual não estou pronto emocionalmente por *minha culpa* em vez da dela.

Bex entra faltando só alguns minutos para o início da aula, conversando com alguém no celular. Ela está sussurrando, a boca parecendo tensa, e lança um olhar de desculpas para o professor ao passar por ele.

— É — diz ela. — Só fala pra ele que vou dar um jeito de pagar mais tarde. Vou realocar um dinheiro.

Os olhos dela se arregalam de um jeito adorável quando ela vê a surpresa que deixei do lado dela da mesa. *Obrigada*, gesticula em silêncio, sentando-se. Escondo meu sorriso e tomo meu café.

— Saquei. Aham. Obrigada. — Ela desliga o celular, guarda-o na bolsa e dá um gole no café. — Como sabe o café que gosto?

Dou de ombros.

— Acabei reparando.

Ela se inclina e me dá um beijo estalado na bochecha.

— Obrigada. Ainda não tomei café da manhã, então é perfeito.

— Tá tudo bem?

Ela geme ao pegar o notebook.

— É só a lanchonete. Um eletrodoméstico resolveu dar problema, e tenho que realocar o dinheiro para pagar pela peça que o cara do conserto precisa.

— Que merda.

Ela parte um pedaço do muffin e me oferece, mas recuso com pesar.

— Não, valeu. Infelizmente, muffin de abóbora não entra na dieta do futebol americano.

— Que tragédia — diz ela, mordendo o muffin. — Ainda pior do que uma geladeira quebrada.

Quero responder, mas o professor começa a aula, então abro um documento em branco para anotações e dou mais um gole no café. Não é a primeira vez que fico me perguntando por que é Bex quem lida com todas as dores de cabeça do negócio da mãe, sendo que ela devia estar apenas na faculdade. Não quero dizer que ela não seja capaz, porque claramente é, mas por que ela precisa fazer isso? A mãe não é a dona? Não parece que o pai dela seja presente, mas boa sorte para quem quiser conversar com Bex sobre isso. Perguntei da família dela uns dias atrás enquanto estávamos na biblioteca do campus para uma aula, e ela se fechou de um jeito que absolutamente odiei ver.

Estou tentando digitar algumas anotações da fala monótona do professor quando Bex cutuca meu braço. Olho para ela; está apontando o caderno, onde escreveu algo com tinta azul brilhante.

Temos que planejar aquele encontro.

Íamos fazer uma aparição em uma festa juntos no fim de semana passado, mas Bex teve um trabalho inesperado em uma das aulas, então não rolou. No entanto, ela tem razão, devíamos ter um encontro de verdade. Apesar de termos nos encontrado para aulas particulares em lugares públicos de modo que as pessoas nos vissem, não é o mesmo que sair como um casal sairia.

Boliche?, escrevo de volta.

Ela faz uma careta e escreve: *De jeito nenhum.*

Fliperama? Minigolfe?

— Você só tem sugestões de machinho? — cochicha ela.

— Ei, não deixa minha irmã te escutar falando isso. Ela é a rainha do minigolfe — respondo igualmente baixo, mantendo os olhos na frente da sala. — No que você estava pensando?

— Que tal um antiquário?

— Nem ferrando.

— Livraria?

— Talvez.

Ela solta um suspiro pesado.

— Tá bom. O fliperama não é má ideia, tem um bem no centro.

— Sério? — Não consigo disfarçar a nota de esperança na minha voz.

— Você está livre hoje?

)((+1+1+)(

A sensação da bola de basquete em minhas mãos é muito diferente das curvas de uma bola de futebol americano, mas, quando lanço, ela cai na cesta sem bater no aro. Sorrio, dando uma pancadinha com o quadril na lateral do corpo de Bex.

— E é assim que faz o mestre.

Ela revira os olhos enquanto pega uma bola. Estamos andando pelo fliperama há meia hora, testando jogos diferentes. Em noites de dia de semana, não costuma ficar muito cheio, e prefiro assim. Segundo Bex, esse fliperama, Galactic Games, é um destino popular tanto para adolescentes quanto para universitários, então às vezes pode ficar lotado. Por enquanto, ela me venceu no Pac-Man, o que foi surpreendentemente satisfatório de ver — quando está indo bem em um jogo, ela fica meio provocadora, o que faz com que eu me lembre da minha irmã —, e eu arrasei no hóquei de mesa. Não sou muito fã de basquete, mas ela parece curtir, então deixei que me arrastasse até lá. É divertido vê-la relaxada assim. Quando chegamos, comprei para ela uma raspadinha de framboesa, da qual tenho roubado uns goles apesar de saber que minha nutricionista não ia gostar. Eu não tomava raspadinha desde um fim de semana memorável em uma feira estadual com meus irmãos e minha irmã há alguns anos, e o gosto me lembra das risadas deles e dos raios de sol daqueles dias.

Dou mais um gole enquanto Bex se prepara. Com a cintura para a frente, a bunda dela se empina de um jeito adorável, e o jeans skinny escuro que está vestindo deixa a visão ainda mais fantástica. Quero tocar aquela curva e deslizar a mão para o bolso traseiro, mas isso com certeza a faria pisar no meu pé. Só namorados de verdade é que podem se safar de coisas assim, e eu não sou um. Preciso me lembrar disso, por mais que esteja me divertindo.

O lance dela vai direto para a cesta. Bex pula na ponta dos pés, com um sorriso largo e contagiante. Bato na mão dela em comemoração.

— Boa, garota. Vamos ver quem marca mais pontos por tempo?

— Eu vou acabar com você — diz ela, com um brilho no olhar que me mostra que está falando sério.

Adoro isso. Não estava esperando esse lado dela, mas, como atleta em uma família de atletas, acho espírito competitivo sexy para cacete. Qualquer um que olhe agora provavelmente vê o desejo no jeito como a observo, e não estou nem aí.

É bom para a imagem que estamos tentando promover, né?

Ela coloca o cronômetro para um minuto, e, no segundo que começa a contagem, nós nos apressamos. Agarro bolas de basquete e lanço-as na cesta o mais rápido que consigo, mas ela é quase tão rápida quanto eu, mordendo o lábio em concentração. Quando o alarme dispara, estou apenas cinco pontos à sua frente, o que é bem menos do que eu esperava.

— Boa tentativa, princesa.

Bex franze o nariz enquanto toma mais um pouco de raspadinha.

— Vamos de novo.

Roubo a raspadinha dela.

— Sabe quantos passes completos eu fiz hoje só durante o treino?

Desta vez, Bex escolhe as mesmas bolas que eu, me dando encontrões e tentando sabotar minhas posições. Que trapaceira. Venço mesmo assim, mas desta vez só por dois pontos, e no fim ambos estamos rindo. Ela se apoia em mim e, automaticamente, a abraço e aperto o seu quadril.

— Vamos apostar agora — propõe ela. — Se eu vencer, você entrega seus tíquetes no caixa e me dá um daqueles bichos de pelúcia.

Acaricio o quadril dela, resistindo à vontade de enfiar a mão por baixo da regata.

— E se eu vencer? — pergunto.

Ela finge pensar, batendo o dedo no queixo.

— Eu te dou um beijo.

Isso desperta meu interesse. Quando estamos em público, andamos demonstrando afeto, mas não nos beijamos de verdade desde o Red's, e chega a ser injusto quanto eu tenho pensado em fazer isso de novo. O relacionamento pode ser de mentira, mas os beijos com certeza não foram. Eu *sei* quanto a afeto.

— Combinado, princesa.

Quinze minutos depois, ela está agarrando um ursinho de pelúcia no peito, e eu continuo amuado.

Ela dá uma risadinha ao ver minha expressão.

— Ah, amor. Você parece que precisa de algo que te anime.

— Um beijo ajudaria.

Ela fica na ponta do pé e me beija na bochecha.

— Melhorou?

Seguro-a no lugar antes de ela conseguir se afastar, amassando o coitado do bicho de pelúcia entre nós. Ela deu um nome assim que o coloquei em seus braços: Albert. Não faço ideia do motivo, mas ver o sorriso dela fez com que perder quase valesse a pena.

Quase.

Dou um beijo de verdade nela, passando a língua pela abertura dos lábios. Ela fica ofegante e abre a boca, deixando que nossas línguas se encontrem. Quando me afasto, meu coração está palpitando, e, se o rubor em seu rosto for indicação, Bex está sentindo a mesma coisa.

Dou uma piscadela.

— Agora melhorei.

14
BEX

Ajeito meu rabo de cavalo enquanto espero James atender a porta. Antes dele, eu nunca tinha dado aulas particulares, mas tenho quase certeza de que o trabalho não costuma envolver reservas para jantar depois. Mas aqui estou eu, com o notebook e o livro de exercícios de escrita acomodados na minha bolsa junto com um vestido e um par de sapatos extra.

Minha vida está *tão* estranha no momento.

Pelo jeito, até um namoro de mentira inclui um monte de mensagens e encontros. Nas últimas semanas, James me mandou fotos dele no treino, fez FaceTime comigo enquanto os irmãos competiam no *Super Smash Bros* e me mandou uma quantidade bizarra de vídeos de bichinhos fofos. Ele chama isso de "doses de felicidade", o que me derrete mais do que deveria. Na semana passada fomos juntos ao fliperama, onde acabei com ele no Pac-Man, e ele desenvolveu o hábito de aparecer no Purple Kettle quando estou trabalhando para dar oi e pegar um café.

E sinceramente? Por mais que me assuste, eu meio que amo isso.

Na primeira vez que ele me mandou mensagem do nada, supus que fosse para fazer uma pergunta sobre nossa última tarefa da aula. E em parte era — mas não antes de ele querer saber de mim. Eu estava na lanchonete, então contei para ele o drama mais recente de um fornecedor dando cano, e ele compartilhou como tinha sido o treino.

Foi quase suficiente para parecer real, e justamente por isso é que acabei logo com essa história. Agora, só conversamos um pouco antes de ele me perguntar algo relacionado à aula.

A porta se abre, mas não é James quem me recebe. Cooper sorri para mim.

— Oi, Bex. O James está lá em cima.

Eu o olho desconfiada.

— Por que você está sem camisa?

Ele fecha a porta depois que eu entro.

— Por que não estaria?

Não conheço os irmãos de James há muito tempo, mas dez minutos na presença de Cooper foram suficientes para me mostrar que ele é metido para cacete e que tem total noção de que, pela sua aparência, pode ser metido quanto quiser. Seu corpo é parecido com o do irmão, perfeitamente definido, como se cada gomo do abdome fosse feito de diamante. Hoje, ele está só com uma calça de moletom de cintura bem baixa e o cabelo úmido, como se tivesse acabado de sair do banho. Falando objetivamente, ele é lindo. Mas o cabelo não cai por cima da testa que nem o do James. Os olhos não são tão azuis. A barba é bonita, mas prefiro o maxilar sem pelos e bem barbeado do James. Será que o caminho da felicidade que desce do umbigo é parecido ou...

Percebo que o estou observando e forço meu olhar para o chão. Vim aqui para ajudar James, não para ficar babando no irmão e fantasiando sobre o tanquinho dele.

— Agora que você parou de me secar — diz Cooper, alegre —, quero te agradecer. O James contou pra gente que o último trabalho dele não foi tão merda assim. Ele tirou o quê, sete?

— Sete e meio, babaca. — James desce a escada à nossa esquerda aos saltos. Quando chega ao meu lado, me puxa para um abraço lateral e me dá um beijo na testa. Os irmãos dele sabem que não estamos juntos de verdade, então não tem necessidade de fingir, mas, se tem um conceito que James Callahan desconhece é o de "fazer algo pela metade". Ele aperta minha cintura. — Coop, vamos ficar na cozinha. Você vai sair?

Cooper geme.

— Bem que eu queria, mas tenho que terminar de ler *Crime e castigo*.

James se abaixa para cochichar no meu ouvido:

— Esse é mesmo o título?

— É — cochicho de volta, sentindo arrepios onde seu hálito roça minha pele. — Peraí, me diz que você sabia disso, por favor.

A risada dele é adorável.

— É divertido te provocar, sabia?

Nós nos acomodamos à mesa grande da cozinha. É o lugar mais seguro para estudarmos: se ficarmos no quarto dele, tenho medo de fazer algo idiota, tipo pedir um beijo quando não tem ninguém por perto. Mesmo que estejamos sozinhos aqui, é uma área comum. Tiro minhas coisas e me sento em uma cadeira, esperando James fazer o mesmo.

Antes, ele fuça na geladeira.

— Quer beber alguma coisa?

— Trouxe minha garrafa de água.

Levanto a garrafa reutilizável detonada. Está coberta de adesivos, um prazer secreto meu. Não tenho muito dinheiro para gastar com compras impulsivas, mas, quando elas acontecem, o que compro são adesivos ou pares de brincos fofos.

Hoje, porém, estou usando as únicas joias boas que tenho: brincos pequenos de ouro que eram da minha avó. E o vestido na minha bolsa peguei emprestado com Laura. James me falou que íamos em um lugar chique, o que eu *disse* que não era necessário para um namoro de mentira, mas ele insistiu.

James pega um copo de chá gelado e se acomoda na minha frente.

— Terminei meu esboço.

— É? Posso ver?

— Tentei escrever à mão como você sugeriu e acho que funcionou. Terminei mais rápido do que quando estava tentando digitar e não parava de deletar coisas.

Ele abre o caderno e me passa por cima da mesa. Seus dedos roçam os meus sem querer, o que me faz morder o interior da bochecha. Foco. Preciso me concentrar em ajudá-lo, em cumprir minha parte do acordo. Fora algumas mensagens irritantes, Darryl tem me deixado em paz, como eu sabia que ele faria se achasse que eu estava indisponível. Isso me permitiu manter o foco na faculdade e no trabalho.

Estamos estudando como implementar pesquisa em nossa escrita. Sendo estudante de administração, faço isso o tempo todo, mas é uma habilidade que leva tempo para desenvolver e não culpo James por ainda precisar de prática. Passo os olhos pelo trabalho dele com a caneta na mão enquanto ele espera.

— Sua letra é uma bagunça.

Ele dá de ombros.

— Vai chegar um momento que só vou precisar escrever uma coisa.

— O quê?

— Meu autógrafo.

Abro um sorriso enquanto sacudo a cabeça.

— Meio egocêntrico, né?

— Não é ego. É manifestação.

Ele toma um gole da bebida e levanta as sobrancelhas para mim em um gracejo quando o chuto por baixo da mesa.

— Não achei que fosse seu tipo de coisa — comento.

— Tem muita coisa que você não sabe sobre mim — diz ele. — Por enquanto, lógico. Você é minha namorada de mentira, então vai precisar saber de tudo em algum momento.

Solto o caderno e lanço meu olhar mais sério para ele. Funciona sempre que preciso ser firme com um cliente.

— Vamos estudar ou não?

James levanta as mãos.

— Tem razão. Vou guardar o papo de encontro para o encontro.

— Obrigada. — Absorvo as palavras dele depois de meio segundo. — Não é um encontro. É um jantar.

— Ninguém vai só jantar no Vesuvio's. É um lugar para encontros.

— É lá que a gente vai?

Graças aos céus eu trouxe os saltos bons. Aquele restaurante é o lugar mais chique que uma cidade universitária pequena como Moorbridge tem a oferecer. Estou surpresa por ele estar disposto a pagar por isso, e, sim, um pouco lisonjeada. Se formos lá, ninguém vai achar que nosso namoro é de mentira. É tão claramente um lugar para encontros que, por alguns meses ano passado, alguma fofoqueira da McKee fez uma conta no Instagram que aceitava envios de fotos de todos os casais vistos lá.

— Até parece que ia levar minha namorada para comer massa ruim — diz ele.

— Namorada de mentira — corrijo.

Ele sorri.

— Não foi isso que eu acabei de falar?

Pego o caderno e faço questão de enterrar meu nariz na página. Apesar de a letra dele ser horrível, consigo ler e faço uma dancinha feliz na cadeira ao ver que ele foi superbem nas transições. Foi o ponto crítico do último trabalho, e não tivemos tempo de revisar por causa da agenda dele, então James acabou tirando um sete e meio em vez do oito que devia ter tirado.

Quando termino, anoto alguns comentários de revisão para ele e começo a trabalhar em meu próprio artigo enquanto James edita o dele. Ele passa para o computador para poder digitar, e, mais de uma vez, tenho que me lembrar de que não posso só ficar olhando os dedos longos e precisos dele se movendo pelo teclado. Ele é surpreendentemente gracioso nisso, como em todo o restante — provavelmente por ser atleta. Tem uma desenvoltura natural pela qual não consigo deixar de me sentir atraída.

Mordo o interior da bochecha enquanto olho meu próprio notebook. Eu sabia que seria difícil me aproximar dele. Não funciono de maneira racional quando tem atração envolvida, e é por isso que é melhor só não me envolver. Mas ele vai me levar no restaurante mais chique da cidade e já sei que vai querer me beijar à mesa caso tenha bisbilhoteiros olhando.

Preciso definir regras mais rígidas. Permitir só uma bitoca na bochecha, não beijos que nem os que ele me deu do lado de fora do Red's e no Galactic Games. Isso não é real, e não é como se ele fosse querer um relacionamento de verdade. Ou mesmo eu. Não quero absolutamente nada além de escapar deste semestre — do ano todo, na real — sã e salva, o mais pronta possível para o futuro.

— Bex?

— Hum?

Levanto os olhos como se não estivesse olhando para a forma como os dedos dele ficavam batucando na mesa enquanto ele pensava no que digitar em seguida.

— Você tá pensando tão alto que consigo ouvir daqui.

O calor irrompe em minhas bochechas.

— Foi mal.

— Tá tudo bem?

Olho para ele, o que não ajuda em nada. Ele está me observando com preocupação genuína nos olhos azuis, e, por um segundo horrível, eu me imagino me inclinando por cima da mesa, jogando meu trabalho para o lado e o beijando.

James beija *tão* bem que chega a ser criminoso.

— Tudo. — Engulo em seco, prendendo o cabelo atrás da orelha. — Como estão indo as revisões?

— Bem, acho. — Ele franze a testa, olhando de relance para a tela. — Pode dar uma olhada nesta citação? Acho que fiz certo, mas não tenho certeza.

Quando me dou conta, estou me levantando e contornando a mesa para poder olhar por cima do ombro dele. James fica um pouco tenso quando me aproximo. Acho que cheguei perto demais. Estranhamente, fico grata pelo lembrete de que ele não me deseja de verdade. Pode ser arrogante e meio paquerador, mas é só o jeito de fazer o papel de namorado. E, apesar de não ter relacionamentos, ele definitivamente fica com outras garotas — todo cara popular que nem ele faz isso. O jeito como me beijou é com certeza o jeito como beija todo mundo.

A citação me parece ok, então digo isso a ele e me viro para me mandar de volta à segurança do outro lado da mesa, mas James me para segurando delicadamente minha mão. Engulo em seco de novo, tentando ignorar o friozinho idiota na barriga.

Esse acordo está ficando mais ridículo a cada segundo.

— Estou com fome — diz ele, levantando os olhos para mim. — Quer se arrumar?

— E a reserva?

— Consigo dar um jeito de entrarmos mais cedo.

— Simples assim? É tão cheio lá.

Ele dá de ombros.

— Minha família conhece o dono, então, sim. Simples assim.

Nós nunca daríamos certo por muitos motivos, mas um deles é que James e a família estão em uma estratosfera totalmente diferente. Minha mãe e eu moramos em um apartamento podre com uma secadora de roupas pifada. Ele provavelmente teve babás e tudo que queria na infância — o pai dele, afinal, ainda é um dos atletas mais famosos do país. Durante a temporada de futebol americano, todo mundo o vê na TV a cabo, porque ele é comentarista esportivo.

Forço um sorriso.

— Ótimo, então. Posso trocar de roupa no seu banheiro?

15
JAMES

Essa garota vai acabar comigo.

Fiquei com algumas meninas desde Sara, mas nenhuma me fez sentir metade do que sentia com ela. E agora, mesmo não tendo nem transado com Bex — não que eu vá transar —, o jeito como meu corpo reage a ela é igualzinho a como fazia com Sara. Como uma porra de um incêndio florestal, ameaçando me queimar vivo se eu me aproximar demais.

Sara me queimou de fato. Não posso deixar a mesma coisa acontecer com Bex. Mas que caralhos posso fazer quando só o cabelo dela roçando no meu ombro faz meu pau ficar duro? Que bom que ela voltou logo para o outro lado da mesa, porque eu estava a ponto de puxá-la para o meu colo. Melhor a gente jantar cedo para eu não fazer uma coisa completamente imbecil dessas enquanto estamos sozinhos. O restaurante vai ter testemunhas. Isso vai me lembrar de que é tudo uma encenação.

O que torna tudo pior é que sei que ela também está a fim de mim. Vejo na forma como ela me olha, na forma como sua respiração falha quando chego perto demais. Sei que ela não quer complicar as coisas também e fico contente, porque, se ela estivesse um tiquinho mais disposta, eu talvez jogasse as regras pela janela. Quero mais do toque dela. Mais dos sons suaves que ela faz. Mais dela, com aquele cheiro de baunilha e aquela pele de veludo.

Como era com Sara.

Pensar nisso faz meu maxilar ficar tenso enquanto termino de abotoar minha camisa. Bex tomou conta do meu banheiro, então estou no quarto me arrumando para o jantar. Por meio segundo depois de ela fechar a porta, pareceu algo familiar e natural, como se fôssemos um casal de verdade e isso fosse algo que fazemos toda semana. Felizmente, essa sensação passou.

Agora, abotoaduras. Pego o "C" de aço, presente do meu pai, e prendo na camisa. Sara era um abismo. Cada ligação chorando, cada briga dramática, cada foda desesperada me arrastava mais para o fundo do poço, até eu parar de entregar trabalhos e comparecer às aulas e aos treinos. Como podia treinar quando minha namorada estava implorando para eu não ir e dizendo que, se eu fosse, ela talvez fizesse uma loucura? Perdi minha vida por ela.

Bex não é Sara. Sei disso. Mas, se eu me permitir me aproximar demais, vou fazer qualquer coisa por ela. Não importa quanto seja ridícula, exagerada ou danosa.

A porta do banheiro se abre. Bex sai devagar, com a mão cobrindo os olhos.

— Está vestido?

Dou risada.

— Você perdeu por pouco.

Ela me olha de cima a baixo.

— É, que bom que eu trouxe esse vestido.

O vestido em questão é de um lindo tom de lilás, com um corpete justo que molda as curvas dela e uma saia volumosa que balança quando ela se aproxima. Nos pés, ela colocou um salto preto que faz suas pernas parecerem ainda mais longas. Os brincos são os mesmos: estrelinhas douradas que brilham enquanto ela passa uma escova no cabelo.

— Você está tão linda.

Ela sorri.

— Obrigada. E, olha, eu não estou mais tão baixinha.

Ela dá um giro que faz a saia subir uns centímetros.

Engulo em seco, focando um ponto na parede para não pensar em algo indecente, tipo passar a mão por baixo daquele tecido bonito para ver que tipo de calcinha ela está usando.

— Pode fechar nas costas?

— Hum?

— O zíper das costas.

Ela se vira para eu ver que o vestido só está fechado pela metade. Está usando um sutiã roxo com alguma coisa de renda nas alças. Talvez a calcinha combine. Claramente é o look chique que ela usa para encontros. Será que ela já o vestiu para ir a esse mesmo restaurante quando namorava com Darryl? Por algum motivo, duvido que ele tenha topado pagar um jantar lá. Mesmo assim, ela pode ter usado essa roupa sexy em algum momento, tirando peça por peça para ele depois de voltarem para casa.

Bex me olha de relance.

— Hum, James?

— Foi mal.

Pigarreio enquanto subo o zíper do vestido, tentando tocar o mínimo possível da pele dela. Ela tem uma marca de nascença adorável nas costas, bem no meio das escápulas. Eu podia beijá-la agora mesmo. Depois beijar mais embaixo. E tirar todo o vestido.

Mas não faço isso. Deixo que Bex se vire. Ela sorri para mim.

— Você também está bonito. Bom saber que você consegue se arrumar direitinho.

— É uma exigência para os Callahan. Não quer nem imaginar em quantos eventos beneficentes já fui.

Ela põe a escova na bolsa grande e tira uma bolsa menor.

— Eu sei.

— Ah, é? — pergunto, fechando a porta atrás de nós.

Ela me olha de relance ao andar até a escada.

— Pode ser que eu tenha, hum…

— Ah — digo quando cai a ficha. Berro para Cooper que estamos saindo, aí vou na frente para meu carro. — Você me pesquisou no Google?

— Mais especificamente, pesquisei seu pai. Sua família. Mas você apareceu. — Ela põe o cinto de segurança do banco do carona e morde o lábio ao me olhar. — Tem problema? Foi mal.

— Não é como se você estivesse bisbilhotando. Está tudo na internet.

Mas, na verdade, me sinto estranho. Não tenho grandes segredos, fora o motivo real do caos do último outono, mas saber que Bex me pesquisou, como se eu fosse algum assunto de reportagem, me dá uma sensação esquisita e não sei bem por quê.

— É. — Ela alisa a saia. — A Fundação Familiar Callahan, né?

— O orgulho dos meus pais. Eles levam muito a sério.

Em um farol vermelho, eu a olho de soslaio. Algo na expressão dela me abala. Eu me esforcei muito para deixá-la à vontade, mandando mensagem, conversando, conhecendo-a. Só porque não podemos namorar de verdade não quer dizer que não possamos ser amigos. Eu gosto dela e me sinto agradecido que esteja tirando tempo de sua vida ocupada para me ajudar com a matéria. Mas, de repente, parece que todo o progresso que fizemos desapareceu no ar, e agora não somos nem amigos.

No restaurante, eu me aproximo e falo discretamente com o gerente, que fica mais do que feliz de nos receber uma hora antes. Ele nos leva até os fundos, onde há uma pequena mesa circular encaixada em um nicho.

Bex já está sentada antes mesmo de eu conseguir puxar a cadeira para ela.

— Você não estava mentindo, conhece mesmo o dono.

— Ele também tem um negócio de bufê. Contratamos ele para vários eventos.

Ela assente enquanto abre o guardanapo, colocando-o com cuidado no colo. Faço o mesmo, absolutamente odiando o clima desconfortável. Ela dá um gole na água, olhando para o teto como se houvesse algo fascinante para ver ali.

— Aconteceu alguma coisa?

Ela me olha.

— Não.

— Aconteceu alguma coisa.

— Eu tô bem. Sério.

Ela abre o cardápio. Mas é óbvio que algo não está bem, porque o maxilar dela parece todo tenso.

— É minha família? — pergunto.

Ela não me olha.

— Bex — insisto —, me diz o que aconteceu.

Ela morde o lábio, enrolando enquanto passa o dedo pelo cardápio.

— É que é estranho, tá? Lembra isso. — explica ela. — Que a sua família é famosa e você também vai ser.

— E isso é um problema?

— Eu sou só uma pessoa aleatória que por acaso está jantando com você.

— Você não é uma pessoa aleatória.

Ela enfim me olha. Solto a respiração ao ver seus lindos olhos castanhos.

— Sou, sim. Não estou com você de verdade nem estou dizendo que deveria estar ou que... eu queira isso, mas é que não somos o mesmo tipo de pessoa. — Bex solta o cardápio, gesticulando para o restaurante. — Eu não sou o tipo de pessoa que vem em lugares assim.

— Eu não vejo a diferença.

— Claro que não, você tem tudo. — Ela estende a mão para tocar meu pulso, virando meu braço para mostrar as abotoaduras. — E vai continuar tendo tudo. Não estou dizendo que você não mereça. Você merece, sim. É talentoso em algo que ama. Mas eu nunca vou ser assim e acabei de me lembrar disso.

Bex recua, mas eu seguro delicadamente a mão dela, traçando as linhas da palma.

— O que você ama?

Ela balança a cabeça.

— Namorados de mentira não têm direito de saber isso.

— Então tem alguma coisa.

— Fotografia — responde ela, levantando os olhos para mim. — Eu sou fotógrafa. Se pudesse fazer outra coisa, seria isso.

— Mas...

— Mas não posso, tá? — interrompe ela. — Não começa. Eu já sei meu futuro.

— Que é?

— A lanchonete.

— Você pode vender a lanchonete. Está se formando em administração. Pode fazer o que quiser.

Ela dá uma risada curta.

— Eu pedi seu conselho?

Solto a mão dela.

— Não.

— Vamos só jantar, tá?

Há uma nota de cansaço na voz dela que odeio perceber, mas tenho medo de continuar insistindo e ela simplesmente se levantar e ir embora, o que não seria bom para a imagem que estamos mostrando ao mundo, então deixo para lá.

É melhor assim mesmo. Se formos vulneráveis demais um com o outro, vai ser ainda mais difícil nos despedirmos quando Bex decidir que Darryl não é mais um problema.

Já estou temendo a chegada desse momento.

16
BEX

Sou uma idiota.

James viu que tinha alguma coisa errada e tentou ajudar, e eu o rejeitei a cada tentativa. Se estivéssemos realmente namorando, eu estaria no páreo para o prêmio de pior namorada do mundo. Do jeito que as coisas estão, o que sou é uma péssima amiga.

É isso que somos? Amigos?

Não me parece certo. Mas qual é a alternativa? Ele não está interessado em namorar, e eu também não deveria estar. Podemos ser amigos enquanto fingimos, mas eu estaria me iludindo em achar por um segundo que poderia ir além. Mesmo que eu quisesse — e não quero —, não daria certo. *Quarterbacks* ricos com pais que estão no Hall da Fama não saem com fotógrafas amadoras que fritam batatas e mal têm onde cair mortas que nem eu.

E, mesmo que tentássemos, ele ia acabar percebendo que não valho a pena e indo embora. Que nem… meu pai.

O futuro dele é em uma cidade diferente. O meu é a meia hora de distância.

Não somos iguais, e preciso parar essa linha de raciocínio, porque esse jantar está ficando mais desconfortável a cada segundo. Além disso, outro casal da nossa idade acabou de sentar-se à mesa mais próxima de nós, e a forma como a garota está nos olhando deixa claro que ela sabe quem é o James e que simplesmente adoraria ouvir nossa conversa. Ainda pior do que ter que fingir ter um namorado para começo de conversa seria Darryl descobrir o fingimento.

— Parece uma delícia — comento com a garçonete que põe meu ravióli na minha frente. É de lagosta com molho de tomate, algo que amo, mas quase nunca posso comer. Ela sorri para mim, mas muda para uma expressão mais sedutora quando serve o filé de James.

Se quero que esse encontro de mentira seja bem-sucedido, preciso aumentar a aposta. De olho no prêmio. Estico a mão de forma possessiva até o braço de James.

— Parece delicioso, amor. Vou querer uma mordida, hein?

Se ele fica surpreso, faz a cortesia de esconder.

— Lógico, princesa, mas só se dividir o seu.

Dou uma risadinha e olho nos olhos da garota da outra mesa.

— Como você é generoso.

Ele toca meu braço e me puxa mais perto para poder sussurrar no meu ouvido:

— Que caralhos está rolando? Há dois segundos, achei que você ia voltar a pé para sua casa.

Mantenho o sorriso ao cochichar de volta:

— Aquela garota ali não para de olhar. Estou fortalecendo a credibilidade do encontro. Vem na minha.

Para meu alívio, ele se recosta de novo na cadeira.

— Ainda não me contou como foi seu dia — diz enquanto corta o filé.

Aproveito a oportunidade, sentindo o aperto em meu estômago relaxar.

— Foi bom. Fiz uma apresentação na minha aula de gerenciamento.

— E como foi?

Desvio o olhar da garota — que precisa muito ir cuidar da própria vida — e o encaro ao responder:

— Fantástico. Nem fiquei tão nervosa, a professora é muito de boa. O que, considerando meu curso, é raro. A maioria dos meus professores é realmente difícil.

— Eu fiz umas aulas de administração antes de decidir focar em matemática — conta ele. — É verdade mesmo.

— Aliás, ainda não consigo acreditar que você faz isso.

— O quê?

— Estuda matemática.

Faço uma careta enquanto ponho um pedaço de ravióli na boca.

James segura um sorriso.

— Eu gosto.

— Eu faço a contabilidade da lanchonete. Sempre erro alguma coisa, sem falta.

— Tipo, à mão?

Suspiro.

— Infelizmente. Eu sei que tem software pra isso, mas não posso fazer muita coisa com uma empresa que só aceita dinheiro.

— Só dinheiro até hoje? Uau.

— Tem muita coisa que minha mãe se recusa a mudar.

Tudo que meu pai estabeleceu antes de ir embora parece até que foi gravado em pedra. Fazer melhorias tem sido um processo lento e doloroso.

Antes de eu acabar me emaranhando demais por esse caminho, mudo de assunto:

— Como foi o treino? Com quem vocês vão jogar mesmo esta semana?

— Foi bom. Mas vamos jogar contra a LSU.

— Seu antigo time.

Ele assente com uma expressão séria.

— Vai ser uma partida interessante. Eles me conhecem bem, mas eu também conheço eles. — Ele dá um cutucão no meu ombro. — Você devia vir no sábado. Tem que trabalhar? É ao meio-dia.

Parte de mim quer negar de cara, mas uma namorada não iria aos jogos do namorado, em especial quando é contra o antigo time dele? Provavelmente seria mais estranho eu não estar lá.

— Claro, parece legal.

— Maravilha. — James abre um sorriso largo, e seu rosto passa de meramente bonito para deslumbrante. Minha respiração fica presa por meio segundo na garganta antes de eu lembrar que não devo deixar a atração se enraizar mais ainda. — Pode ficar à vontade pra levar a Laura ou quem você quiser, tenho bastante ingresso.

— Seus irmãos vão?

— O Cooper não, infelizmente. Ele tem um jogo em Vermont. Mas Seb vai estar lá, e meus pais também.

Quase engasgo com a bebida.

— James.

— Que foi? — Ele se aproxima um pouco e abaixa ainda mais a voz: — Namoradas de mentira também podem conhecer os pais.

— E amigas? — sussurro de volta.

Por algum motivo, isso o faz roçar os lábios em minha testa.

— Com certeza.

O beijo dispara um calafrio pela minha barriga. Andei tentando ignorar — especialmente quando ele cruzou o limite —, mas é inútil. Algo em meu corpo reage ao dele de uma forma que não acontece com mais ninguém. Quero sentir seus lábios nos meus. Suas mãos. Quando ele tocou minha pele ao subir o zíper do vestido mais cedo, precisei pressionar uma perna na outra para aliviar a urgência inspirada pelo toque dele.

A julgar pelos beijos, James deve ser sensacional na cama. Se eu fosse capaz de manter as coisas casuais, já estaria me jogando em cima dele. Nunca íamos dar certo como casal, mas como ficantes?

— Você tá me encarando — digo a ele.

James sorri.

— Meu bem, foi você quem começou.

Merda. Provavelmente é verdade.

Ele põe a mão na minha coxa. É por baixo da mesa, então, ninguém consegue ver; não é para enganar a garçonete nem o casal enxerido. É muito claramente para uma única pessoa — eu.

Engulo em seco. O olhar dele percorre meu pescoço e desce mais antes de voltar e se fixar em meu rosto. A mão dele, que cobre com facilidade minha coxa, aperta de leve.

— Não tenta tornar isso mais nem menos do que pode ser — diz ele. Faço que sim com a cabeça, e ele continua: — Não me abandona hoje, amor. Fica.

Eu não devia aceitar. Devia manter as barreiras entre nós o mais sólidas possível. Porque isso me assusta. Isso podia muito facilmente levar a sentimentos mais profundos e seria eu quem ficaria com cara de trouxa no segundo em que James achasse alguém com quem quisesse ficar de verdade ou decidisse que não precisa mais do nosso acordo.

Antes dele, eu não tinha dificuldade nenhuma de fazer o que era mais racional. Agora? Tomo decisões que não devia a torto e a direito. Tipo propor um acordo de namoro falso para alguém por quem meu corpo implora.

E mesmo assim a tendência continua: eu concordo. Eu me inclino para ele. Dou um beijo demorado em sua boca, prometendo a ele — e a mim — algo que não tenho direito de oferecer.

Mas, neste momento, com a luz de velas bruxuleando na mesa e os olhos de oceano de James nos meus, não estou nem aí.

17
BEX

No segundo em que entramos na casa, James me lança por cima do ombro. Dou um gritinho para ele tomar cuidado com o vestido, o que só o faz rir. Jogada sem cerimônia no ombro dele, fico ciente de cada um de seus músculos. É por isso que atletas são os melhores: o corpo deles é tonificado à perfeição. Ele me estabiliza pondo a mão na minha bunda e me fazendo tremer ao subirmos as escadas.

Tomara que Cooper esteja muito envolvido com *Crime e castigo*. Do jeito que sou azarada, não ficaria surpresa se ele saísse bem a tempo de ver James me arrastando, que nem um homem das cavernas, para sua toca. Sabia que ele estava maquinando algo; ficou com a mão no alto da minha coxa durante todo o caminho para casa.

Talvez eu esteja *um pouquinho* excitada de estar afetando tanto alguém. Isso vai me ferrar, mas estou resignada e determinada a me divertir primeiro.

— Você está sendo selvagem, sabe.

Ele ri.

— Não finge que não gosta.

— Você não sabe do que eu gosto. — Pontuo o comentário beliscando as costas dele. O aperto mais forte que ele dá na minha bunda é o único indicativo de que ele sentiu o beliscão. — Só estamos namorando de mentira, lembra?

— Lembro. Claramente.

Ele abre a porta praticamente com um chute. Minha bolsa está no exato mesmo lugar que deixei quando saímos para o jantar. Eu esperava só trocar o vestido, pegá-la e me mandar para casa para ver alguns episódios de *New Girl* antes de pegar no sono. Isso é… diferente.

Eu podia parar tudo agora. Dizer a James que não posso.

Mas não paro. Em vez disso, deixo que me coloque na ponta da cama, uma justaposição surpreendentemente gentil à toda a situação de me carregar. Ele sacode os ombros para tirar o paletó, que pendura nas costas da cadeira da escrivaninha antes de — para minha surpresa — se ajoelhar na minha frente.

Minhas mãos acham os ombros dele, alisando o tecido da camisa.

— James?

Ele desce a mão pela minha perna até chegar no tornozelo e abre a fivela do meu salto. Dou um gemidinho quando ele tira o sapato; estava apertando meus dedos a noite toda. Ele tira o outro também e coloca os dois de lado com delicadeza.

— E, do nada, você virou mini de novo.

Dou um tapinha leve no ombro dele.

— Que grosseria.

— E se eu dissesse que prefiro você assim?

— Prefere?

Ele dá um beijo no interior da minha coxa, bem na barra do vestido.

— Você já devia saber que não curto muito mentira.

Não consigo segurar o sorriso que cruza meus lábios.

Ele mantém a boca onde está, falando contra minha pele:

— Podemos fazer isso. Obviamente estamos a fim um do outro.

— Só uma vez, pra tirar da cabeça. Depois podemos só ser amigos.

Ele levanta os olhos para mim.

— Exato.

Meu corpo já está implorando por ele. Na posição em que estamos, seria muito fácil ele deslizar a cabeça por baixo da minha saia e sentir meu gosto.

Se fizesse isso, eu não o afastaria. Não agora. Agora, me recuso a pensar no futuro. Falei sério antes — não somos iguais —, mas a atração não liga para isso. Meu corpo quer o dele, pura e simplesmente. Só tentei transar algumas vezes depois de Darryl, e nunca foi bom, mas tenho a sensação de que James não vai decepcionar. Afinal, ele é muito talentoso com o corpo de outras formas.

Ele me puxa para um beijo que faz meu coração dar um salto mortal.

— Tem certeza?

— Tenho — sussurro contra os lábios dele. — Se você também tiver.

James desce devagar o zíper do meu vestido, que cai e fica preso na cintura, mostrando meu sutiã de renda. O calor no olhar dele quase me queima. Sem uma palavra, ele me levanta, puxa cuidadosamente o restante do vestido e o pendura na cadeira junto com o paletó dele.

Enquanto ele se despe, passo a língua pelo lábio inferior. Puta merda, que peitoral incrível. Cada músculo é perfeitamente definido, mostrando com facilidade a força que há neles. Ele tem uma tatuagem na altura do coração, algum tipo de forma arredondada e entrelaçada, desenhada com linhas pretas grossas. Meus olhos focam o rastro de pelos escuros que leva até a virilha, onde ele claramente já está quase duro, o pau esticando o tecido da boxer preta.

Sei que estou olhando fixamente, mas claro que isso só o faz soltar uma risada.

— Gostou do que viu, princesa?

— Vem cá.

Começo a abrir o sutiã, mas ele faz isso por mim, jogando-o no chão. Fico ofegante quando ele segura meus seios, massageando delicadamente. Então ele se abaixa para lamber meus mamilos e minha mente entra em curto. Solto um gemido quando ele belisca um e chupa o outro até que enrijeça.

— Você é sensível aqui — diz ele. — Aposto que, se eu brincasse bastante tempo com eles, você ia ficar com a calcinha toda molhada.

Sacudo a cabeça, sem parar de gemer.

— Não. Eu quero você dentro de mim.

— Vou chegar lá, meu bem. Eu tava sonhando com isso, me deixa curtir.

Ele continua me provocando, raspando os dentes na parte sensível embaixo dos meus seios e deixando um chupão no topo de um deles. Eu me contraio com as sensações inebriantes. Nesse ritmo, vou estragar totalmente a calcinha. Nunca gozei só com esse tipo de estímulo, mas algo me diz que James conseguiria me levar até lá se tentasse o suficiente. Arranho as costas dele e finco as unhas sem querer quando ele desce a mão grossa pela pele macia da minha barriga. Quando seus dedos encontram o cós da minha calcinha, deixo escapar um gemido alto.

Ele se afasta, a boca molhada da própria saliva, e me dá um sorriso arrogante que faz minha boceta se apertar.

— É fácil te provocar, sabia?

Dou um impulso com o corpo para a frente.

— Não para de me tocar.

Ele puxa a calcinha com força pelas minhas coxas.

— Da próxima vez, vou ver se consigo fazer você gozar só com isso, Bex. Com minha boca nesses peitos maravilhosos, te provocando até você se molhar.

Fico paralisada, apesar de a mão dele estar bem no topo da minha boceta e eu querer que ela desça mais.

— Não vai ter próxima vez — digo.

O sorriso some da cara dele.

— Certo.

— É só sexo. — Não consigo impedir que minha voz vacile. Mas é exatamente o que é, e, quanto mais claro estivermos em relação a isso, melhor.

— Eu sei. — James se inclina e beija o canto da minha boca. — Mas não quer dizer que não podemos nos divertir.

— Só… só não fala de um futuro que não pode acontecer.

— Tá bom. — Ele acaricia lá embaixo, subindo a outra mão para mexer de novo em meu mamilo. — Mas vou experimentar seu gosto.

— Não precis…

Ele me interrompe, abrindo minhas pernas e enterrando a cabeça no meio das coxas.

18
BEX

Sufoco um gemido, minhas mãos agarrando o cabelo de James com força enquanto a língua dele explora minha boceta. Minhas pernas estão tremendo e querendo fechar, mas ele as mantém abertas com facilidade. Quando sua língua encontra meu clitóris, ele chupa até eu gritar e arquear o quadril para fora da cama. Ele geme em resposta e leva a boca mais para baixo, lambendo em cima e dentro da abertura.

Meu cérebro entra em curto quando ele pressiona um dedo dentro de mim, perto da língua. Ele usa a outra mão para continuar brincando com o clitóris enquanto lambe, me fazendo apertar o dedo dele. Arquejo de alívio quando ele insere outro e faz um movimento de tesoura, me alargando.

— Isso, princesa.

James fala bem perto da minha pele, e o tremor de sua voz só intensifica as sensações que me percorrem. Ele leva a boca de volta ao meu clitóris, beijando-o em um gesto inesperadamente gentil antes de lamber, e enfia um terceiro dedo em mim. Estou tremendo, mal conseguindo me segurar na beira do abismo enquanto ele me provoca com a língua. Agarro o cabelo dele com tanta força que deve doer, mas ele não tenta me impedir.

Ele vira a cabeça e beija o interior da minha coxa.

— Seja boazinha e goza pra mim.

E pontua isso pressionando o polegar lá atrás.

Gozo com um grito, meu quadril se erguendo da cama. Ele continua me masturbando, me provocando, me *torturando* enquanto retorno do meu clímax. Quando finalmente tira os dedos e beija minha barriga, estou tão sensível que cada movimento me faz ofegar.

Ele tira meu cabelo da testa. Seus lábios e seu queixo brilham com meus fluidos, e, quando ele me beija, sinto meu gosto.

— Vai se foder, James.

— Vamos?

Sentando-se na cama, ele me puxa para o colo, as mãos encontrando minha bunda e me fazendo roçar na virilha dele. Assim de perto, só consigo me concentrar no perfume dele e na sensação daquele pau duro em mim. Ele é tão grosso que, ao nos movermos, percebo que estou latejando. Os dedos dele foram bons, mas, no fim das contas, eram uma provocação. Posso gozar de novo e quero fazer isso com ele dentro de mim, me fodendo com toda a força de seu corpo.

Jogo os braços em torno do pescoço de James e o beijo, me esfregando até sua respiração falhar. Ele está fazendo o que quer comigo, e eu adoro, mas não vou de jeito nenhum deixar que fique com toda a diversão. Abaixo a mão e agarro o pau dele, massageando devagar. Ele geme, enterrando o rosto na curva do meu pescoço enquanto o masturbo, passando o polegar pela cabeça.

Ele dá um beijo na minha orelha.

— Porra, você é uma delícia, amor.

— Você tem camisinha, né?

Ele estica o braço e, às cegas, pega uma da mesa de cabeceira. Tiro da mão dele, agora impaciente, e tento rasgar a embalagem com os dentes. Não consigo. Ele ri ao tomá-la de mim, abrir com facilidade e colocar.

— Pronto.

Passo os dedos pelos traços da tatuagem dele. Será que tem algum significado ou ele a fez só por diversão? Pensando bem, o irmão tem uma no mesmo lugar. Talvez eles tenham feito juntos. A ideia chega a ser injusta de tão fofa.

Se estivéssemos mesmo namorando, eu perguntaria. Mas é o tipo de pergunta que vem de uma namorada, não de uma ficante casual. E, se tem algo que preciso lembrar, é que isso não é real. É só para resolver uma coceira que nós dois estamos sentindo. Mesmo que ele me chame de princesa e me faça ver estrelas ao gozar.

James nos rola, me deita de costas e abre minhas pernas com o joelho. Eu o ajudo, agarrando os braços dele para me estabilizar enquanto ele se prepara. Um músculo do braço dele salta quando aperto. Ele esfrega o pau na entrada, molhando a pontinha.

— James — arquejo quando a mão dele roça em meu clitóris ainda sensível. — Não provoca.

Ele baixa os olhos para mim, com uma expressão impossível de identificar.

— Não vou, Beckett.

Ele entra. De pouco em pouco, o rosto tenso de concentração, me deixando hipnotizada de ver a intensidade em seu olhar. Beckett. Ele me chamou pelo nome completo. Não Bex, não "princesa".

Beckett.

Não devia, mas isso faz meus dedos se curvarem.

Quando ele enfim se acomoda inteiro dentro de mim, já estou arqueando as costas, as pernas enroscadas com força no quadril dele. James fica imóvel por um momento, mas, fiel à sua promessa, não provoca. Ele é grosso para cacete; os dedos ajudaram, mas ainda percebo uma sensação deliciosa de alargamento. Ele tira quase tudo, puxando o pau de um jeito primorosamente lento, e entra de novo.

— Tá gostoso assim? — pergunta ele, criando um ritmo. — Me fala se eu precisar fazer algo diferente.

Confirmo assentindo e apertando-o mais forte.

— Em voz alta, amor — insiste ele.

— Sim — digo, a palavra entremeada com um grito quando ele atinge um ponto dentro de mim que me faz derreter. — Continua. Por favor, não para.

— Boa garota — elogia James, jogando o quadril para a frente. A mão dele acha de novo meu clitóris, esfregando no ritmo das estocadas. — Caralho, isso é que é uma boa garota.

Fecho os olhos, perdida no tsunami de prazer que está me atingindo de todos os ângulos: o pau enorme dele dentro de mim, os dedos talentosos, o ímpeto com que ele está dando prazer a nós dois. Quando ele abaixa de novo a cabeça para meus seios, eu gozo, o orgasmo arrancado de mim junto com minha voz. Ele me aperta contra o peito e seu ritmo fica errático, finalmente terminando dentro de mim com um gemido grave.

Por alguns minutos, não falo nada. Sinto o coração de James palpitando, como o meu, e é reconfortante saber que ele precisa tanto quanto eu de um minuto para respirar. Ele faz menção de sair de cima de mim, mas nego com a cabeça, fincando as unhas na pele dele.

— Eu gosto disso — murmuro. — Você é tipo um cobertor sexy.

Ele ri no meu pescoço.

— Não quero te esmagar.

— Hum. Você *é* puro músculo.

— Sou mesmo.

Ele fica onde está, acariciando meu cabelo suado.

No fim, porém, acaba se mexendo. Eu me sento enquanto ele vai se livrar da camisinha. Por mais que eu odeie a ideia de me vestir e dirigir de volta ao campus, sei que preciso fazer isso.

Ele sai do banheiro passando a mão pelo cabelo e sorri ao me ver aconchegada perto da cabeceira. Aquele sorriso não tem direito de ser tão charmoso.

— Ei — diz ele. — Tá bem tarde.

— Eu sei — respondo rápido. — Obrigada, já vou trocar de roupa e te deixar em paz. Me manda mensagem sobre o jogo, tá?

James vai até a cômoda e tira uma camiseta. Em vez de vestir, joga-a para mim.

— Fica. Tá tarde, não quero você na rua uma hora dessas.

— São dez minutos até o campus.

— Muita coisa pode acontecer em dez minutos. — Ele cruza os braços na frente do peito. — Preciso acordar bem cedo pra fazer musculação e ir para o treino da manhã, então você vai ter bastante tempo pra chegar aonde precisar. Fica aqui. Podemos ver algo juntos ou só dormir, se você já estiver com sono.

É tão tentador aceitar. Não tenho aula amanhã cedo, então seria tranquilo. E que garota diz não para um cara que a convida para dormir junto? Em geral, a reclamação é que eles *não* oferecem o momento da conchinha.

Mas isso é perigosamente coisa de casal. É íntimo demais. E, por mais que eu queira, sei que não posso ter isso, mesmo que seja só uma noite de fingimento.

Levanto e dou um beijo suave nele antes de sair da cama.

— Não posso.

Ele fica me vendo pegar minhas roupas e vestir o que eu estava usando quando cheguei na casa dele. Depois, guardo o vestido e os sapatos na bolsa. Sei que provavelmente estou toda amarrotada — nem quero pensar na bagunça que deve estar meu cabelo —, mas não consigo me obrigar a me importar. Com alguma sorte, Laura já vai estar dormindo ou passando a noite com Barry.

— Me liga quando chegar no seu alojamento — diz James, finalmente. Ele põe uma calça de moletom e me leva até a porta. — Tá bom?

— Posso só mandar uma mensagem.

— Me liga.

A voz dele tem uma nota surpreendentemente séria, então levanto a cabeça para olhá-lo.

— Não quero te incomodar.

— Não vai incomodar. Quero ter certeza de que você chegou bem.

Espero que James abra a porta e me deixe sair, mas ele não faz isso. Só continua me olhando, claramente esperando uma resposta.

— Tá bom — concordo. — Eu te ligo.

— Ótimo. — Ele se inclina, hesitando por meio segundo antes de me dar um beijo na bochecha. — Podemos falar do jogo amanhã.

Enquanto dirijo para casa, só um pensamento ecoa em minha mente: *acabei de transar com meu namorado de mentira.*

19

JAMES

— Filhinho! — chama minha mãe.

Ela está no meio do estacionamento, mas com os braços abertos, prontos para me envolver. Vou correndo até ela e deixo que me puxe para um abraço. A gente se fala pelo FaceTime toda semana, mas nada é melhor que vê-la de verdade. Inspiro o aroma floral familiar de seu perfume enquanto ela me dá um beijo estalado na bochecha. Um abraço de Sandra Callahan é a melhor coisa do mundo. Já estou quase com a cabeça no jogo, mas não consigo deixar de relaxar um pouco. Sei que nem todo mundo tem um bom relacionamento com os pais, mas tenho a sorte de ter duas pessoas que me apoiam e me defendem muito, assim como aos meus irmãos. Ainda me sinto mal por Bex ter ficado intimidada ao pensar neles. Sim, temos muitos privilégios, mas meus pais são boas pessoas e usam o dinheiro deles para fazer o bem. Se eu tiver a metade do sucesso deles na carreira e na vida, vou considerar que foi um trabalho bem-feito.

Meu pai chega até nós quando minha mãe dá um passo para trás. Ele estende a mão e aperta a minha antes de também me puxar para um abraço e me dar um tapinha nas costas.

— Como você tá, filho? Se sentindo bem?

— Meio nervoso — admito.

O jogo é só no fim do dia, mas estou pensando nele desde que acordei para malhar. Não tenho muitos rituais de dia de jogo — quanto mais simples forem as coisas, melhor —, mas não consigo deixar de sentir o nervosismo revirando meu estômago. Se ganharmos hoje, vamos manter o histórico perfeito que obtivemos na temporada. Além disso, uma vitória vai ajudar a provar para todo mundo que tomei a decisão certa ao sair da LSU e ir para a McKee no último ano.

Cada jogo de que participo nesta temporada é um teste para duas coisas: o Troféu Heisman e o *draft* da NFL. Embora o *draft* só vá acontecer na primavera, o que me dá a temporada toda para impressionar meus futuros chefes em potencial, o Heisman é entregue em dezembro, antes dos *bowls* universitários. Não me permiti pensar muito nisso, mas as indicações vão chegar logo e sei que meu nome está em pauta. E quem mais foi vencedor do Heisman? Meu pai, que está me olhando com orgulho nos olhos sérios. Cooper, Izzy e eu temos os olhos azuis e o cabelo escuro dele. Minha mãe sempre brinca que, se uma garota quiser saber como Cooper e eu vamos ser quando estivermos mais velhos, é só olhar para o meu pai.

Sempre fui próximo dos meus pais, mas dele principalmente. Cooper, Sebastian e Izzy jogam os esportes deles com talento e garra, mas fui eu que escolhi seguir os passos do papai. Ele teve a sorte de ter uma carreira completa na NFL com os Cardinals e os Giants, várias vitórias no Super Bowl e, desde a aposentadoria, uma carreira de sucesso na televisão. Eu o admiro desde que era pequenininho e, quanto mais perto chego da liga, mais pressão sinto para me tornar ele. Caramba, começaram a escrever reportagens sobre meu potencial para o futebol americano profissional quando eu estava no ensino fundamental. Qualquer coisa diferente de um caminho de sucesso como *quarterback* da NFL vai ser uma decepção para todo mundo, mas principalmente para mim e meu pai.

— Você vai se sair superbem — diz ele, com a voz rouca. — O Gomez não para de me mandar mensagens sobre o seu progresso.

Sinto meu rosto ficar vermelho.

— Sério? Pai...

Ele levanta as mãos como se estivesse se rendendo.

— Eu sei, eu sei. Você quer fazer suas coisas sozinho. É que eu tenho orgulho, filho.

De repente, um borrão de cabelo comprido escuro e uma camisa esportiva roxa da McKee me engolem. Vou na onda, fingindo cambalear para trás quando Izzy me abraça com tanta força que dói. Ela esfrega a bochecha na minha, e dou um beijo no topo da cabeça dela.

— Oi — diz ela, sem fôlego, ao dar um passo atrás. — Foi mal, o Chance me ligou.

Levanto uma sobrancelha para ela.

— Ah, ainda está com o Chase?

Ela ruboriza, prendendo o cabelo atrás da orelha.

— Tô com ele faz quase um ano. E você sabe o nome dele.

— O que eu sei é que Chance é um nome idiota — respondo alegremente. — Como você está, Iz? Que bom que deu pra você vir.

— Eu queria ir pra Vermont ver o jogo do Coop, mas a mãe e o pai não me deixaram ir sozinha — explica ela.

— E deixar o Cooper te levar pra uma festa universitária? — pergunto, horrorizado só de pensar. Eu amo a minha irmã, mas ela é extrovertida demais para o próprio bem e isso causou algumas dores de cabeça para nossos pais na escola preparatória. Por um lado, é bom ela estar no último ano e finalmente prestes a se formar, mas, por outro, não tenho certeza de que a McKee esteja pronta para ela. — De jeito nenhum.

— Exato! — concorda minha mãe.

Izzy solta um suspiro.

— Enfim, essa pode contar como minha visita ao campus da McKee. Vou mandar minha inscrição assim que terminar minha carta de apresentação.

— Que ótimo — falo para ela. — Ainda acho um saco a gente não estudar aqui ao mesmo tempo.

Ela dá de ombros.

— Eu fico com o seu quarto.

Solto uma risada alta só de pensar em Cooper deixando nossa irmãzinha caçula ficar com a suíte principal. Ela sempre dá um jeito de nos ter na palma da mão — ser a irmã mais nova de três caras protetores dá nisso —, mas aposto que aí já vai ser demais.

— Boa sorte com isso.

— O Seb vem, né? — pergunta ela enquanto entramos no restaurante.

Após vir de Long Island, eles decidiram passar o dia todo, então estamos tomando café da manhã em Moorbridge. Depois disso, preciso realmente mergulhar na preparação do jogo, e aí eles vão ficar por conta própria, mas estou animado de saber que vão assistir à partida. E uma parte ainda maior minha está animada com o fato de que Bex também vai estar assistindo.

— Vem — digo a Izzy. — Aliás, ele já chegou, olha.

Seb levanta de seu assento à mesa dos fundos, com um sorriso.

— Izzy!

— Sebby! — grita ela, se lançando para mais um abraço de urso.

Meu pai me dá um sorriso exausto enquanto vamos até os fundos.

— Queria que você continuasse aqui para ficar de olho nela.

— Vou obrigar Coop e Seb a fazerem isso — respondo. — Mesmo que eu esteja em San Francisco.

— Se você for o primeiro escolhido, vai pra lá com certeza — concorda ele. — Mas eu não descartaria a Philadelphia.

Antes de chegarmos à mesa, ele me puxa de lado.

— Como estão as coisas, de verdade? — pergunta. — E aquela aula que você teve que fazer?

A voz dele fica séria, entrando no modo técnico. Ele nunca me treinou oficialmente quando eu era criança, mas é tanto meu mentor de futebol americano quanto é meu pai, e, quando estamos conversando assim, há um conjunto tácito de regras.

Ajeito a postura ao responder:

— Está indo bem, senhor. Estou tendo aula com uma professora particular.

Bex não é só professora particular; no segundo em que ela entra em minha cabeça, começo a pensar em como foi bom para caralho finalmente ceder à nossa atração mútua. Sei que concordamos que não haveria repetição, mas, nos poucos dias desde então, fiquei me coçando para beijá-la de novo. Para ouvir os sons lindos que ela faz quando está excitada. Para fazê-la sentir prazer o bastante para se contorcer no meu pau, ofegando, expondo os peitos maravilhosos ao arquear as costas.

É um problema, mas não posso contar ao meu pai. Depois de Sara, esclarecemos minhas prioridades rápido para cacete. Quando ele conhecer Bex mais tarde, vai ficar sabendo só das aulas particulares e de como nos tornamos amigos. Com sorte, todo o relacionamento de mentira que estamos construindo não vai nem ser mencionado.

Ele assente em resposta.

— Que bom. E o time? Algum problema?

O rosto arrogante de Darryl me vem à mente. Bex tinha razão sobre ele; fora algumas mensagens irritantes de tempos em tempos, ele a deixou em paz por achar que ela está com outro. É uma idiotice, mas, desde que ele saia da vida de Bex, estou pouco me lixando. Ainda assim, não quer dizer que eu goste do cara.

— Nada sério.

Ele só continua me olhando. Juro, às vezes, o olhar do meu pai é tão intenso que parece um raio X.

— Sério, senhor. Sem problemas.

— Que bom. — Ele põe a mão no meu ombro. — Lembre-se dos seus objetivos, filho. Você vai ter tempo para todo o resto depois de garantir seu lugar onde precisa estar. Essa temporada é importante, são os tijolos para construir tudo o que vai vir depois.

Ele não podia deixar as coisas mais claras nem se tivesse me dito explicitamente para não foder com tudo. Apesar de eu saber, fico satisfeito com o lembrete. Posso estar pensando muitíssimo em Bex ultimamente, mas isso não quer dizer que essa história vai dar em algum lugar. Eu nunca tentei ser só amigo de uma garota com quem transei, mas tem uma primeira vez para tudo, né?

O mais importante agora é vencer esse jogo.

20
BEX

Quando entro cambaleando na pequena cozinha no sábado de manhã, tem um pacote me esperando na mesa.

Laura, ainda de pijama — uma camiseta cinza que deve ser do namorado — bebe um gole da caneca que está segurando com as duas mãos. Quando levanto a sobrancelha apontando para o pacote, ela só dá de ombros.

— Estava apoiado na porta quando voltei da casa do Barry. Ah, e eu trouxe bagels.

— Ah! Você saiu pra comprar bagels? — Coloco uma nova cápsula de café na máquina em nossa minúscula bancada e ponho-a para trabalhar enquanto fuço na sacola de papel ao lado. Tem um bagel ainda quente me esperando, de gergelim com cream cheese e cebolinha, uma combinação verdadeiramente imbatível. — Você é tudo.

— Eu sei. — Laura sorri, batendo na caneca com as unhas compridas.

Quando ficou sabendo que eu tinha ingressos para o jogo e queria que ela me acompanhasse, Laura foi à manicure; agora, as unhas dela estão prateadas e roxas, as cores da McKee. Precisei trabalhar, então não pude ir junto, mas ontem à noite ela pintou as minhas unhas de roxo também. Tomara que James não ache tosco.

Coloco leite no meu café e torro meu bagel, depois me sento à mesa na frente de Laura. O pacote parece me observar, e não consigo impedir meu coração de palpitar ao olhar para ele. Não vejo James desde que transamos; nós dois estivemos ocupados demais para uma aula particular. Mas andamos trocando mensagens e, toda vez que o nome dele brilha na minha tela, eu sorrio.

— Vamos torcer para ser do James, não do Darryl — digo, puxando o pacote mais para perto. Alguns dias atrás, Darryl me encurralou na biblioteca para tentar me passar um papinho, então eu não duvidaria de nada.

— Ainda não acredito que você transou com ele — comenta Laura. — E que não me deu os detalhes!

Fico ruborizada.

— Você sabe que foi bom.

— *Óbvio* que foi bom, mas como ele é na cama? Fofo? Dominador?

Só reviro os olhos.

— Vou abrir logo isso.

Tem um bilhete em cima, e, quando vejo meu nome na letra de James no envelope, tento segurar um sorriso, mas não consigo. Dentro, há um pedaço de folha de caderno com apenas uma frase, assinada com um J.

Achei que você fosse precisar da camisa certa, princesa.

Laura arranca o bilhete da minha mão enquanto rasgo o pacote.

— Princesa? Ele te chama de princesa?

— Meio que sim.

— Isso é *tão* romântico.

Ela arqueja quando desdobro a camisa esportiva. É dele, claro; tem o número 9 bordado dos dois lados e CALLAHAN nas costas em letras de forma. Eu tinha a camisa de Darryl, mas joguei fora junto com mais um monte de coisas na primavera depois de descobrir que ele estava me traindo.

— É do tamanho perfeito — comento.

Laura assente com um ar sábio.

— Vai marcar bem seus seios. Com certeza ele escolheu pensando nisso.

Dou um chute nela por baixo da mesa, mas Laura só ri e, depois de um momento, também começo a gargalhar. Tenho uma apresentação a preparar para uma aula, além de um ensaio para escrever, mas, no fim do dia, vou ver James jogar futebol americano.

<hr>

Graças a Deus não estamos tentando enganar os pais de James com nosso relacionamento falso, porque tenho quase certeza de que Richard Callahan me odeia.

Quando Laura e eu chegamos no camarote, Sebastian me apresentou como amiga de James. Sandra imediatamente me puxou para um abraço e perguntou como eu conhecia seu filho, então expliquei sobre as aulas particulares, deixando de fora a outra metade do acordo. Richard me cumprimentou com educação, mas o jogo já está quase no fim e ele ainda não parou de me fuzilar com o olhar.

Talvez seja a camisa — namoradas usam as camisas dos namorados, todo mundo sabe. Mas, sinceramente, por que ele se importa com quem o filho está namorando? Talvez consiga ver que, mesmo se eu e James estivéssemos juntos de verdade, não seríamos uma boa dupla. Os Callahan são ricos e famosos. Eu sou só uma rata de lanchonete. Quando James acabar namorando com alguém para valer, ela vai ser igual a ele e vai virar a perfeita esposa da NFL.

Pensar nisso me faz segurar minha bebida com mais força.

Sebastian me cutuca.

— O James voltou para o campo. A LSU só fez um *field goal*.

Olho a grande tela de televisão à nossa frente, que no momento mostra um close do rosto de James enquanto ele analisa o campo. Ele tem um corte no nariz devido a um *sack* no segundo quarto, e a camisa dele, que no começo do jogo estava impecável, está coberta de manchas de terra e grama. Ele aponta e grita para ajustar a linha ofensiva. Observo enquanto ele pega o *snap* e imediatamente entrega para um dos outros caras, que passa por um buraco na defesa e ganha vinte jardas. A multidão irrompe em gritos de comemoração. De canto de olho, vejo Richard assentir com a cabeça, com o rosto sério e inclinado à frente na cadeira.

Tem sido um jogo de idas e vindas, com a McKee tendo várias oportunidades ofensivas, mas a LSU também. A McKee está na frente, mas por pouco, então um *touchdown* nesta posse é importante. Eu não prestava muita atenção em futebol americano antes de Darryl, mas, no último outono, me envolvi bastante e agora sei o que está rolando. James organiza a linha ofensiva de novo e joga um passe desta vez, mas a bola passa longe, então eles vão para uma segunda descida.

Sebastian se aproxima.

— Vai sair com a gente depois, né?

— Ela vai, sim — responde Laura antes de eu ter essa chance.

Reviro os olhos.

— Claro. A Izzy praticamente me ameaçou de uma morte dolorosa se eu não for.

— Você se acostuma — diz ele. — Ela consegue ser bem convincente.

Por um momento, desejo que o que ele acabou de dizer seja verdade; que eu me acostume porque, como namorada dele, vou ver muitas vezes sua família. Mas balanço de leve a cabeça, banindo esse pensamento. No máximo, posso me permitir ficar confortável sendo amiga dele. Mas só.

McKee avança no campo pelas próximas jogadas, e uma penalidade lhes dá um novo conjunto de descidas. Richard junta as mãos para comemorar, rindo e respondendo algo que o cara ao seu lado diz. Sebastian solta um gritinho e fica de pé para ver melhor o campo. Faço o mesmo, apesar de a altitude me dar tontura. O estádio de futebol americano da McKee é enorme e está balançando no momento, com luzes acesas no fim de tarde nublado.

James escapa de um *sack* e joga a bola enquanto cai para trás; de algum modo, ela acha um dos *receivers*, que pega com a ponta dos dedos e joga bem na beira da *red zone*.

— Vai, James! — grito.

Aí fico vermelha porque metade do camarote me olha. Mas meu coração está batendo no ritmo da multidão, e James está tão perto de acabar de vez com o jogo que não consigo evitar a euforia que corre em minhas veias. Eles voltam à posição inicial, e ele finge um passe antes de girar e lançar para a *end zone*. Passa por cima da cabeça do *receiver*.

Eles tentam de novo. Mesmo resultado.

— Vai — sussurro, meu estômago se contraindo quando vejo os closes dele correndo até o técnico Gomez para um reagrupamento no intervalo. É a terceira descida. Se eles não conseguirem o *touchdown* aqui ou uma penalidade para mais descidas, provavelmente vão tentar o *field goal*, e isso deixa a porta aberta para a LSU tentar vencer com um *touchdown* no último minuto.

Ele está muito sério ao montar a linha, mas, de algum jeito, muito relaxado também. Nunca fui atleta, então não consigo entender, mas algo me diz que ele tem tudo sob controle.

Desta vez, o passe conecta na *end zone*. Eu grito, me balançando na ponta dos pés enquanto Laura segura forte minha mão, comemorando no meu ouvido. Izzy grita o nome do irmão, e Richard e Sandra se olham nos olhos e sorriem, o que é um gesto inesperadamente fofo. Lá no campo, James levanta o punho em uma comemoração silenciosa, depois vai correndo até os colegas de time.

Eles vão vencer esse jogo. Consigo sentir, e o restante da galera também, porque está todo mundo pirando. A LSU tem um minuto, mas precisa de um *touchdown* e uma conversão de dois pontos para empatar, e a defesa da McKee fecha tudo antes de isso acontecer.

A McKee continua com uma temporada perfeita. *James* continua com uma temporada perfeita. Seu antigo time veio à sua nova casa, e ele mostrou para eles a porta de saída.

Caramba, estou tão orgulhosa que não consigo parar de sorrir.

21

JAMES

Leva um tempo dolorosamente longo para chegar até Bex e minha família. Primeiro, a equipe de mídia da ABC, que televisionou o jogo, quer me entrevistar, então ponho os fones e tento responder às perguntas do repórter com charme, apesar de ainda estar sem fôlego e meus companheiros de time não pararem de vir me cumprimentar. Aí, tem a comemoração do vestiário, onde o técnico Gomez me faz dar um discurso. Sou horrível nessas paradas, então falo algo do tipo "bom jogo, garotos", o que faz todo mundo rir. Depois chego aos chuveiros, onde lavo rapidamente a lama e o suor; porém, assim que me visto, o técnico me puxa para uma conversa em particular. Finalmente, ele me libera com um tapa forte nas costas, e só aí consigo pegar minha malinha e ir direto para o lobby.

Vejo meu pai; está conversando com alguém longe da multidão. Meu estômago revira quando percebo que é Pete Thomas, o olheiro mais respeitado da NFL. Ele foi jogador dos Dolphins por anos antes de passar a ser técnico e, por fim, olheiro. E, apesar de já termos nos conhecido, Pete ainda me intimida. Presta atenção a cada coisinha com o olhar mais afiado do que o de uma águia. Em seus relatórios, desnuda um jogador até as habilidades mais básicas. Estatísticas elaboradas não querem dizer nada quando é preciso melhorar os fundamentos. Com certeza, por melhor que eu tenha jogado hoje — e sei que joguei bem, fora a interceptação no segundo quarto —, ele tem muita coisa a criticar.

É o tipo de homem que está sempre cochichando nos ouvidos dos meus futuros chefes em potencial, dizendo a eles quem vale a pena e quem não vai passar para a NFL. O fato de ser amigo do meu pai não quer dizer nada.

— Senhor — cumprimento quando chego até eles. — Não sabia que estaria aqui.

Meu pai tem uma expressão rigorosa, o que é estranho: ele não devia estar feliz por eu ter conseguido arrancar uma vitória? Mas então ele sorri, estendendo um braço para me puxar para um meio abraço.

Só que não é o tipo de sorriso que chega aos olhos. Já vi o suficiente dos dois para saber a diferença.

— James — diz Pete, estendendo a mão para apertar a minha. Há respeito genuíno em seus olhos castanho-escuros, o que me faz relaxar um pouco. — Eu estava falando com seu pai sobre o jogo. Foi um prazer te ver jogar, filho. Feliz por você ter saído com a vitória.

— Obrigado, senhor.

— Não tenho dúvidas de que, se continuar conquistando vitórias assim, você vai acabar sendo o vencedor do Heisman. Cá entre nós, sei de fonte segura que você vai ser indicado ao prêmio.

Minha nuca arde. Tomara que eles não consigam ver evidências do meu rubor no rosto. Ganhar o prêmio seria incrível, e é exatamente por isso que tentei não pensar no assunto.

— Seria uma honra, mas foi uma vitória coletiva. Esta temporada deu certo porque os caras estão mostrando todo o seu potencial.

— Falou como um verdadeiro jogador de equipe — diz Pete, em aprovação. — Rich, você fez um bom trabalho com ele.

Abaixo a cabeça, com orgulho inflando no peito, enquanto meu pai murmura uma concordância.

— Claro, aquele erro de leitura na terceira descida do segundo quarto foi um grande deslize — continua Pete.

Levanto a cabeça de repente.

— Sim, senhor. Vi o replay no intervalo.

Ainda estou me culpando por isso. Intercepções são uma bosta sob qualquer circunstância, mas especialmente quando sei sem sombra de dúvidas que foi culpa minha. Cuidar da bola é a prioridade número um, sempre.

Ele assente.

— Estar disposto a reconhecer seus erros também é importante. Estou animado para ver mais de você, James.

Pete aperta a mão do meu pai, aí a minha de novo, e vai embora, atravessando a multidão com facilidade por causa de sua robustez.

Eu me viro para meu pai, esperando que ele tenha algo a dizer sobre aquela interceptação, mas, antes de ele poder falar, Bex aparece ao meu lado. Ela segura meu braço e fica na ponta do pé para me dar um beijo na bochecha.

— Oi.

— Oi, princesa — respondo automaticamente. Lanço um rápido olhar de relance para meu pai; ele está franzindo a testa de um jeito desagradável. Merda. — Gostou do jogo?

Ela vira meu rosto com o dedo e me beija na boca. O motivo fica claro no momento que vejo Darryl passando. Ele me olha com raiva, mas não vem até a gente (graças aos céus, porra).

— Você foi sensacional — elogia ela, com os lindos olhos castanhos brilhando de animação. Tem glitter em seu cabelo e espalhado pelas bochechas, e a camisa que mandei hoje de manhã ficou maravilhosa nela. Sinto um frio na barriga agradável ao pensar nela usando meu nome e número nas costas. — Eu me diverti muito. Fora que sua irmã é hilária.

— Beckett — diz meu pai —, você se importa de nos dar um momento a sós?

Bex olha entre nós, franzindo a testa.

— De modo algum. Desculpa.

Não quero que ela vá embora, mas também não protesto.

Meu pai está puto.

Ele se afasta das pessoas, indo mais para dentro do estádio, e sigo-o sem falar nada. Eu sabia que chamar Bex para ver o jogo do camarote era arriscado, mas esperava ter a chance de explicar tudo primeiro. Não a culpo por me beijar — afinal, agirmos como casal é o acordo, especialmente na frente de Darryl —, mas não quer dizer que o timing não tenha sido uma merda.

Quando estamos sozinhos, meu pai se vira com os braços cruzados bem colados no peito.

— Quando você ia mencionar o fato de que está trepando com sua professora particular?

O tom dele é pausado, impaciente. Respiro fundo. Meu pai é maravilhoso, mas desde Sara, fica desconfiado toda vez que eu *olho* uma garota por mais de meio segundo. Me ver beijar alguém que está usando minha camisa deve ter disparado um alarme na cabeça dele. Mas não é o que ele está pensando.

— A gente ficou uma vez — explico. — Não estamos namorando de verdade.

— Ela com certeza parece achar que estão.

— Estamos fingindo namorar — corrijo. — Em troca das aulas particulares. Ele mexe o maxilar.

— Fingindo — repete ele.

— O ex dela… não a deixa em paz. É um escroto que está ameaçando ela. — Não menciono que ele também está no time, já que isso só adicionaria mais uma complicação. Mais um motivo para meu pai duvidar do meu comprometimento, quando, na realidade, estou fazendo isso porque estou mais comprometido do que nunca. — Eu precisava de aulas particulares para a disciplina de escrita, e ela está conseguindo me ensinar de um jeito que outros professores não conseguiram. A Bex não queria dinheiro, mas disse que, se eu fingisse ser namorado dela em público, ia me ajudar. Isso está mantendo o ex dela longe.

Ele resmunga:

— E aí você transou com ela.

— Só uma vez. — Passo a mão pelo cabelo ainda úmido. — Nós somos amigos, pai. Convidei ela para vir ao jogo porque é minha amiga. E a gente ter ficado não tem nada a ver com o meu jogo.

Ele balança a cabeça.

— Não gosto disso.

— Anotado.

Viro-me para ir embora porque meu pai está começando a me emputecer, mas aí ele chama meu nome. Dou meia-volta.

Vejo preocupação genuína nos olhos dele. Essa é a questão com meu pai. Ele às vezes é duro comigo, mas isso é sempre motivado por amor. Nunca duvidei. Quando aconteceu toda a situação com Sara, ele agiu primeiro como pai e depois como técnico.

— Eu te amo — diz ele. — E quero o melhor pra você. E um namoro não é o melhor pra você agora.

— Eu já disse que não estamos namorando.

— Ela está vestindo a sua camisa, filho.

— Centenas de pessoas neste estádio vestiram a minha camisa hoje. Talvez milhares.

Se bem que o argumento dele faz sentido, apesar de ele não saber. Bex está usando minha camisa porque dei a ela. Fui à livraria do campus, escolhi a que mais gostei, embrulhei como presente e deixei na porta dela. É a que eu queria que Darryl a visse vestindo. A que *eu* queria vê-la vestindo.

Meu pai suspira e esfrega a mandíbula.

— Você disse que o ex está ameaçando ela?

— O ex é um babaca. — Lembro como ela se encolheu, os hematomas no pulso, e sinto meu estômago revirar. — Mas não precisa se preocupar comigo.

Ele analisa meu rosto. Encontro seu olhar, apesar de parte de mim querer desviar. Ele deve gostar do que vê em minha expressão, porque, no fim, assente.

— Desde que você não se deixe envolver.

— Não vou. Foi coisa de uma vez só.

— Ótimo.

Meu pai me puxa para um abraço e bate tão forte nas minhas costas que arde.

Posso tê-lo convencido, mas, no fundo, não tenho tanta certeza de que vou conseguir manter a relação casual.

⊬⊬⊬⊬⊬

Mais tarde, de volta ao campus da McKee, Sebastian estaciona o carro na frente de um dos muitos prédios bonitos de tijolo. Ele olha por cima do ombro para Bex e Laura.

— É esse, né?

— É, sim, valeu — diz Laura, abrindo a porta do carro. Olha para Bex com uma curva provocativa no sorriso. — Adorei sair com vocês. Te vejo lá dentro, Bex.

Bex espera até Laura desaparecer dentro do alojamento antes de tirar o cinto de segurança.

— Me leva até a porta?

— Precisa pedir?

Ela sorri.

— Tchau, Seb. Foi divertido passar um tempo com você e a sua irmã hoje.

Seb me lança um olhar enquanto saio do carro, que ignoro. E daí se pareço namorado dela de verdade? Não é real. Falei a mesma coisa ao meu pai hoje. É só educação, já que ela foi minha convidada ao jogo hoje.

Segundo Seb, Bex se divertiu. Teria sido divertido vê-la reagir às jogadas no campo, já que cada um fica de uma forma quando está empolgado. Tem gente que grita e bate palma, mas também tem gente que fica em silêncio, suplicando aos deuses do futebol americano para que cada jogada funcione ao seu favor. Assim que o jogo terminou, eu quis vê-la e absorver sua reação.

Ela deve ter ficado tão linda com os olhos brilhando de animação.

Pego a mão dela enquanto caminhamos na direção do prédio dos alojamentos.

— Ei, você pintou suas unhas de roxo. Que fofo.

— A Laura insistiu.

— Você se divertiu mesmo?

Ela sorri.

— Sim. Eu sabia que você era talentoso, mas isso foi além. Você é incrível no campo.

O prazer arde dentro de mim.

— Obrigado.

Ela abaixa a cabeça, corando.

— Com certeza te dizem isso o tempo todo.

— É mais importante vindo de você.

— Sério?

— Sério. Você fica linda com a minha camisa. — Prendo uma mecha do cabelo dela atrás da orelha. — Você é linda.

— James — sussurra ela.

Eu a beijo.

Ela faz um som faminto, passando a língua pelos meus lábios. Minhas mãos encontram o quadril dela e a puxam para perto. A voz do meu pai ecoa em minha cabeça, e sei que ele tem razão, sei que não devia. Não tem ninguém aqui, fora meu irmão. Ninguém para enganar.

Mas não consigo me segurar.

— Entra — pede ela.

Não consigo dizer não.

22

JAMES

Depois de mandar mensagem falando para Seb voltar para casa, deixo Bex me levar ao prédio dela. O alojamento fica no terceiro andar e, a cada novo andar que chegamos, ela me puxa para um beijo. Ainda estou cheio de adrenalina do jogo e meu sangue flui quente. Quando chegamos à porta dela, estou quase duro. Se ela me mandasse ficar de joelho e a chupar bem aqui, eu obedeceria sem hesitar.

Quero ela com essa camisa e mais nada. Imediatamente.

Bex para com a chave na porta.

— Ainda é só sexo — diz.

— Com certeza.

— Estamos só explorando nossa atração.

Beijo o pescoço dela, assentindo.

— Me leva pra dentro.

Ela abre a porta com uma expressão tímida, revelando uma pequena área de estar/cozinha. Tem uma manta rosa em um dos braços do sofá, que está coberto de almofadas. Não tenho certeza de como alguém consegue sentar-se nele, mas descobrir isso não é o objetivo. Quero saber qual das portas leva ao quarto de Bex.

Ela fica na ponta dos pés para me beijar. Fecho os braços em torno dela, a puxando para cima; ela pula e prende as pernas em minha cintura. Segurá-la assim, sentindo o cheiro de baunilha do perfume dela, me deixa tão desesperado de estar de novo pele com pele que estremeço.

— Qual é o seu quarto?

— Direita.

Ela me beija profundamente, mordendo meu lábio inferior.

Abro a porta, tateando à procura do interruptor. A luz do teto se acende, revelando um quartinho organizado. Tem uma cama no canto, perfeitamente arrumada com uma colcha floral. Albert, o urso de pelúcia, está apoiado nos travesseiros. No canto oposto, há uma escrivaninha coberta de livros e papéis, além de várias fotos nas paredes. Quero olhá-las mais de perto, porque tenho certeza de que são parte da arte dela, que ainda não me deixou ver, mas, no momento, estou com tesão demais para parar e perguntar.

Um tapete grosso no chão suaviza meus passos enquanto nos levo para a cama. Eu a coloco sentada, mas, em vez de se recostar, ela se ajoelha e se pendura nos passantes da minha calça.

Ela lambe os lábios.

Seus olhos se iluminam quando abre a minha calça.

— Bex — falo, rouco.

— Estou pensando nisso desde que você me chupou — diz ela ao tirar meu pau para fora. Sua mão o acaricia, e fico ofegante. — Está tudo bem, né?

— Puta que pariu, está tudo ótimo.

Ela passa a unha pelo meu membro delicadamente.

— Que bom.

Quando ela encosta a boca em mim, é de um jeito experimental. Enfio os dedos no cabelo dela, puxando-a mais para perto. Preciso de todo o meu autocontrole para não a empurrar para meu pau. Não quero que ela se engasgue, mas, caralho, acho que nunca vi nada mais sexy do que ela de joelhos caindo de boca em mim.

Bex gira a língua pela cabeça, depois me põe inteiro na boca, massageando as bolas com a mão. Estão duras, doloridas; já estou prestes a explodir. Quando puxo mais forte o cabelo dela, ela geme no meu pau e fecho bem os olhos, vendo estrelas.

Ela engole mais fundo. Quando suga as bochechas, acaricio seu rosto com um dedo trêmulo. Sentir o contorno do meu pau em sua boca quase me faz gozar, mas consigo me controlar. Quero estender isso pelo tempo que ela estiver disposta a me dar.

— Caralho, princesa. Você fica tão linda de joelhos para mim.

Bex levanta os olhos e vejo lágrimas neles, mas ela não para. Passo o polegar pelo canto do olho dela e lambo a água salgada. Ela arregala os olhos e geme em torno do meu pau. Aperto mais o cabelo dela, que só reage firmando a mão nas minhas bolas. Eu solto um gemido, contraindo a bunda para não gozar.

Não estou exagerando ao dizer que nunca vi nada mais lindo na vida. O cabelo dela preso na minha mão, seus cílios vibrando, o cuspe escorrendo pelo queixo. Ela continua assim, avançando no meu pau com uma lentidão agonizante até ter tomado cada centímetro em sua boca maravilhosa. A garganta dela é tão apertada, úmida, quente e acolhedora, mas o que me faz perder a cabeça é notar que Bex está com a mão dentro da legging. Puta que pariu, ela está se masturbando enquanto me chupa, com tesão demais para esperar.

— Vou gozar — aviso, com um grunhido, um segundo antes de acontecer.

Ela se afasta um pouco, mas não totalmente; ejaculo em sua boca e nos lábios, em vez de garganta abaixo.

E essa safada só sorri, lambendo os lábios. A mão no meio das pernas continua se movendo. Praticamente rosno ao puxá-la para a cama, varrendo o coitado do bicho de pelúcia para o chão. Beijo-a, sentindo meu gosto na língua dela enquanto arranco a legging e a calcinha de uma vez só. Lambo o interior de sua boca, desfrutando do gemido ofegante, e enfio dois dedos dentro dela. Meu polegar encontra o clitóris e esfrega em círculos fortes e rápidos.

Não demora muito até ela gozar na minha mão, ensopando-a. Quando tiro os dedos, dou batidinhas nos lábios dela; ela abre a boca e lambe a própria umidade. Substituo meus dedos pela minha boca, beijando-a até nós dois estarmos sem fôlego e finalmente deitarmos na cama abraçados.

Chuto meu jeans para longe e puxo a camiseta por cima da cabeça, e ela faz o mesmo com a legging. Está prestes a tirar a camisa, mas eu a impeço.

— Amo te ver usando isso — digo.

Ela pressiona o rosto no meu peito nu, beijando minha tatuagem.

— Ah, é?

— Gostoso pra caralho, amor.

— Você que é. Passei o jogo todo pensando em te chupar.

Brinco com a barra da camisa dela.

— Sério?

— Você domina o campo. É um tesão, sério.

Depois de alguns minutos, nossa respiração fica estável. Eu gosto de entrelaçar minhas pernas com as dela. A cama é de solteiro, então, estou quase pendurado, mas dou meu jeito. A exaustão do jogo, para não falar do orgasmo, está me pegando. Seguro um bocejo com a mão enquanto tateio o chão, procurando Albert.

Ela senta-se um pouco e me olha.

— James?

Coloco Albert na cama ao nosso lado.

— Oi?

— Desculpa se eu tiver estragado alguma coisa com o seu pai.

Já estou balançando a cabeça antes que ela consiga falar mais alguma coisa.

— Tá tranquilo. Eu resolvi.

— Acho que ele não gostou de eu estar lá.

— Ele só ficou surpreso.

Bex junta as sobrancelhas.

— Ele sabe que não estamos namorando de verdade?

— Agora sabe — respondo, apesar de isso me provocar uma pontada de dor no peito. — Ele só estava preocupado, mas expliquei.

— Mas por que ele ficaria preocupado de você estar com alguém? Quer dizer, se fosse real, ele não ficaria feliz por você?

— Meu pai sabe que eu não namoro.

— Por causa do futebol americano.

Faço que sim.

— Ele me ajudou a tomar essa decisão.

Parte de mim quer explicar melhor, mas estou descendo do ápice de adrenalina e pensar em me expor tanto, mesmo para Bex, me deixa nervoso.

Ela continua traçando as linhas da minha tatuagem.

— Seu irmão tem uma igual.

— É. O Seb também. Fizemos juntos alguns verões atrás.

— Parece familiar. O que é?

— É o nó celta. Callahan, sabe. Raízes irlandesas.

— Fica bonita em você. — Ela dá um beijo suave. — Sei que eu não quis dormir lá da última vez. Mas você vai ficar, né?

Dou um beijo na bochecha dela antes de pedir:

— Me mostra suas fotos.

Bex pisca e arregala os olhos.

— Quer ver mesmo?

Sustento seu olhar.

— Quero. Eu ia pedir antes, mas, para ser totalmente sincero, estava com o pau duro demais.

Bex explode em uma gargalhada, desce da cama e pega uma pasta na escrivaninha. Acomoda-se encostada em mim e passo o braço pela sua cintura. Estou sorrindo; amo fazê-la dar risada.

— Andei tirando uns retratos de clientes da lanchonete, o que sempre é bom para praticar. E explorando ângulos em arquitetura — diz ela.

Acaricio o braço dela.

— Deixa eu ver.

Ela abre a pasta, que vejo agora que está cheia de provas fotográficas.

— Tenho mais no meu computador, óbvio — explica. — Imprimir é caro. Mas me ajuda ver qual é a vibe da foto física. Entende?

— Não — admito, o que a faz rir. — Mas amo ouvir você falando disso.

Folheamos devagar a pilha. Ela explica como tirou cada uma, e acho que faço perguntas quase inteligentes, porque ela começa a tagarelar sobre coisas tipo abertura de diafragma, balanço de branco e *bokeh*. É muito fofo, mesmo quando ela fica animada demais e me dá uma cotovelada na cara sem querer.

— Droga — diz ela, virando meu rosto de um lado para o outro. — Você está bem?

— Ótimo — minto, beijando-a. Na verdade, ela é mais forte do que parece, porque minha bochecha está ardendo. — Me conta desta.

Aponto para uma foto de um lugar que reconheço; é o salão principal da biblioteca da McKee. A mesa parece familiar, porque é nela que nos sentamos quando vamos lá estudar. Meu notebook está aberto na mesa ao lado da dela; nossas jaquetas estão penduradas nas costas de duas cadeiras.

Ela cora, passando os dedos pela foto.

— Tirei quando você saiu para ligar para sua irmã.

Solto uma risadinha pelo nariz quando a memória volta.

— Ela estava com medo de ter comido sem querer um brownie mágico.

— E comeu?

— Sinceramente, não tenho certeza. O Coop acha que sim. — Levanto a foto. Ver a evidência do nosso tempo juntos me faz sentir um calor por dentro, como se eu tivesse tomado um gole de chá quente. — Você é muito talentosa.

— Você quer? — Ela abaixa o olhar. — Digo, se você quiser, pode ficar com a foto.

— Não assim.

Ela levanta a cabeça, com a mágoa momentaneamente dominando seu rosto.

Dou um beijo rápido para fazer isso desaparecer.

— Princesa, tem que assinar pra mim antes.

Bex praticamente joga a foto na mesa de cabeceira e sobe no meu colo. Minhas mãos apertam automaticamente a parte de trás das coxas dela, e solto um gemido quando ela me dá beijos molhados no pescoço.

— Você consegue de novo? — pergunta, sem fôlego, esfregando a bochecha na minha enquanto se esfrega no meu colo. — Quero sentar no seu pau.

E, de novo, não consigo dizer não. Não a ela. Não tem nenhum lugar onde eu preferiria estar; nada se compara à cama de Bex, vendo-a quicar no meu pau usando minha camisa. Subo as mãos, massageando a bunda firme dela.

— Só se você me deixar chupar sua boceta gostosa depois.

23
BEX

Várias semanas depois, acordo na cama de James. De novo. Depois de Darryl, achei que não fosse acordar em uma cama que não a do meu próprio alojamento durante todo o restante do meu tempo na McKee.

Mas aqui estou eu, enterrada confortavelmente na cama de James Callahan, lutando contra o nó no estômago que sinto quando acordo sozinha.

Não estou preocupada de ele ter saído por não querer que eu ficasse; James falou ontem à noite que precisava acordar cedo para malhar. Mas isso não quer dizer que eu não queira que ele esteja aqui para podermos acordar juntos de um jeito bem mais agradável.

Esfrego meus olhos sonolentos e me sento bocejando. Antes de irmos dormir ontem à noite, ele fechou as cortinas — que admitiu que a mãe o obrigou a instalar, insistindo que o quarto precisava de toques mais caseiros —, então, apesar de já ter sol, a luz aqui dentro ainda é suave e cinzenta. Na parede oposta, vejo a foto que dei para ele. Assinei como James pediu, e ele mandou emoldurar. Fica bonita acima da escrivaninha, como uma obra de arte de verdade.

Encontro um bilhete no travesseiro, escrito com o garrancho dele. Mordo o interior da bochecha ao ler. Passo a unha pelas letras que compõem meu nome.

Bex,

Odeio te deixar. Fica, para eu poder te ver quando voltar?

— J

Detesto como preciso me lembrar mais uma vez de que não estamos namorando.

Não. Estamos. Namorando.

Depois do jogo contra a LSU, algo mudou. Eu o chamei para ir na minha casa, e ele dormiu lá. Transamos três vezes antes de enfim pegarmos no sono. Quando acordei de manhã, ele estava dormindo de conchinha comigo de um jeito quase cômico, com os pés pendurados na beira da cama, uma das mãos espalmada na minha bunda nua, a outra abraçando Albert. Fiquei olhando para ele, com o pânico ao meu redor feito fumaça, e a intensidade do meu olhar o acordou.

Ele sorriu para mim, com um olhar suave e os cantos dos olhos enrugados de um jeito lindinho.

E aí eu tentei enxotá-lo.

Fico vermelha de vergonha ao me lembrar disso.

— Preciso trabalhar — falei, apesar de ser mentira.

Saí correndo da cama, tirando a camisa e jogando-a no cesto de roupa suja antes de cruzar os braços na frente do peito nu. James se sentou, me olhando calmamente, e minha voz soou rouca quando falei que ele precisava ir.

Em vez de ir embora, James me puxou de volta para seus braços e beijou o topo da minha cabeça.

— Sem pânico — disse ele. — Isso não tem que mudar nada.

— Como assim? — sussurrei.

— Somos amigos. — Ele acariciou meu cabelo embaraçado. — Amigos que sentem atração um pelo outro. Podemos continuar fazendo isso sem complicar.

— Parece a receita do desastre.

— Você quer parar? É só falar que a gente para.

— Parar com o nosso acordo?

— Não com o acordo. Só com isso.

Balancei a cabeça. No fim, não consegui mentir.

— Eu não quero parar.

— Então não vamos.

Depois, ele me beijou de verdade, e eu bati no braço dele, protestando por causa do nosso mau hálito, mas ele só sorriu e me puxou mais para perto. Foi assim que ficou a situação. Mensagens, aulas particulares, encontros para fortalecer o namoro de mentira. Estou fazendo coisas tipo acordar na cama de James desejando que ele estivesse aqui para eu poder sentar no pau dele.

Alguns dias atrás, ele recebeu oficialmente a indicação para o prêmio chique de futebol americano, e onde eu estava? Atrás dele, fazendo uma dancinha da felicidade silenciosa enquanto ele ligava para os pais para dar a notícia.

Saio da cama, arrumo-a para deixar tudo ajeitadinho para ele depois, e uso o chuveiro. Ter um banheiro particular é um benefício excelente. Os irmãos dele têm sido legais comigo, mas mesmo assim é bom não ter que ver os dois antes de estar pronta. Visto a muda de roupa que trouxe, passo um pouco de maquiagem, ponho meus brincos favoritos de torta e guardo o celular no bolso traseiro antes de descer.

Sinto cheiro de café no ar; meu estômago ronca. Tenho um tempinho antes de precisar ir até a lanchonete — faz alguns dias que não vejo minha mãe, graças a um turno duplo no Purple Kettle e ao trabalho com James no artigo de meio do semestre — e talvez, com sorte, eu consiga arrumar um café da manhã decente. Ontem à noite, Sebastian fez frango assado, e estava uma delícia. Quem sabe sobraram algumas batatas que eu possa fritar com ovos.

Atravesso a sala sorrindo ao lembrar como James e Cooper ficaram competitivos na partida de *Mario Kart* ontem à noite. Depois de terminarmos a aula, eu ainda tinha algumas leituras a fazer, então me joguei no sofá com meu livro, mas não parava de me distrair com as provocações deles. Queria ter irmãos com quem me divertir que nem James tem.

Se não fosse pelo aborto, eu teria. Deve haver um universo alternativo em que minha mãe acabou tendo aquele bebê. Antigamente, eu me perguntava mais como seria a vida se meu pai não tivesse ido embora daquele jeito. Mas, no fim das contas, é inútil ficar presa nisso. Só me deixa triste. Tento evitar pensar nos "e se" o máximo possível.

Pisco para afastar as lágrimas repentinas que ameaçam escorrer pelas minhas bochechas e abro a geladeira. Embora tenha um bule de café na bancada, não tem mais ninguém na cozinha. Pego uma caneca de café e adiciono creme.

Tem ovos, o que é um bom começo. Batatas do dia anterior. Um pedaço de bacon. Arrumo uma cebola e meio pimentão também, o que significa que consigo fazer hash brown. Se tem uma coisa que sei cozinhar com confiança, graças à lanchonete, é café da manhã. Café da manhã e torta.

Ponho uma das minhas playlists, um mix pop que me faz rebolar, e fuço até achar uma frigideira. Em meia hora, tenho uma massa de batata deliciosa soltando fumaça na panela, bacon crocante secando em um papel-toalha e ovos prontos para fritar. Estou cortando umas frutas que achei na gaveta da geladeira quando ouço a porta da frente abrir e fechar.

— É, eu estou bem — Cooper está dizendo. — Mas ficou um hematoma feio por uns dias.

— Se eu tomasse uma dessas, não ia conseguir nem andar direito — responde Sebastian.

— Foi o que ela disse.

— Você é tão infantil.

— Lembra quando você foi atingido por aquele lançamento insano na temporada passada?

— Juro, meu quadril dói até hoje.

— Mano, você daria um péssimo jogador de hóquei.

— Ou de futebol americano — escuto James dizer. Meu estômago dá uma cambalhota gostosa quando ele aparece na porta e sorri para mim. — Oi! O que é tudo isso?

Prendo o cabelo atrás da orelha.

— Achei que vocês fossem querer café da manhã.

— O cheiro está maravilhoso — declara Cooper ao passar pelo irmão.

Ele pega uma caneca e enche de café do bule novo que fiz, aí cutuca o hash brown na panela, roubando uma mordida.

— Ei — digo. — Deixa que eu te faço um prato. Ainda tenho que fritar os ovos.

— Você não precisava mesmo fazer nada disso — diz James.

Ele serve uma caneca de café também, beijando o topo da minha cabeça antes de pegar um pedaço de bacon.

Sebastian e Cooper se entreolham. Escondo meu rubor virando-me de volta para o fogão e quebrando a primeira leva de ovos na frigideira que esquentei em fogo baixo.

— Eu cresci dentro de uma lanchonete — explico. — Faço isso de olhos fechados. Além do mais, não queria desperdiçar as batatas do Seb.

— Como posso ajudar? — pergunta James.

— Pode pôr a mesa, se quiser.

Ele faz isso enquanto esmigalho o bacon sobre o hash brown. Sebastian pega quatro pratos para mim e ponho uma colherada grande em cada um. Quando os ovos estão perfeitos, deslizo um em cada porção, finalizando com sal, pimenta e uma pitada de páprica. Não sou de fotografar comida, mas, agora, queria estar com minha câmera. Só que está no apartamento, onde a deixei sem querer quando precisei voltar às pressas ao campus para um grupo de estudos de última hora. Vou pegar quando chegar à lanchonete para o turno do almoço.

— Puta merda — diz Cooper ao pegar dois dos pratos e levá-los à mesa. — Bex, você estava escondendo um talento do caramba.

Dou de ombros, contendo um sorriso.

— Espera só até provar.

James senta-se à mesa ao meu lado, se debruçando até nossos braços se encostarem.

— Desculpa ter precisado sair de manhã. Se bem que não estou muito arrependido agora.

— Vocês três foram à academia?

— Fomos — responde ele, perfurando a gema do ovo. — Deve parecer bobeira pra você, mas é uma coisa divertida pra fazermos juntos. Ei, Coop, mostra pra ela o hematoma que você ganhou naquele jogo.

Cooper levanta a camiseta, mostrando uma marca horrorosa azul-escura e roxa na costela. Solto um arquejo.

— O que aconteceu?

— Irritei o cara errado.

Inclino a cabeça para o lado.

— Tipo... xingou? — pergunto.

Ele sorri ao comer uma garfada de batata.

— Exato. Com certeza ele está com um roxo igual; a gente bateu bem forte nas tábuas.

Sebastian revira os olhos.

— E aí você foi para o banco de penalizados por *slashing*, tentando acertar o adversário com o taco.

Cooper dá de ombros para o tom de sermão de Sebastian.

— Ele também — rebate.

— E acumular esse monte de penalidade vai acabar te prejudicando.

— Quem é você, nosso pai?

— Ele não está errado — opina James. — Você não quer dar um motivo pra sua agente ficar puta.

Arregalo os olhos.

— Você já tem uma agente?

— Não é oficial — explica Cooper. — É amiga do nosso pai, e vou assinar com ela de verdade só depois da formatura.

— O Coop ainda está irritado porque nosso pai não deixou ele entrar no *draft* — provoca James.

— Como assim? — pergunto. — Você ainda não foi convocado.

— O hóquei é diferente. Muita gente é convocada bem antes de acabar assinando com um time, mas nossos pais teriam matado ele se tivesse saído da faculdade sem terminar.

— Aff, nem me lembra — resmunga Cooper.

— Mas a NFL é diferente?

— É. A maioria dos caras só entra no *draft* no último ano. Eu vou ser convocado na primavera e ir direto para a NFL depois da formatura.

Eu me recosto na cadeira, segurando a caneca de café.

— E o beisebol?

— Diferente também — fala Sebastian. — Mesmo que você seja convocado, joga um tempo na liga menor de qualquer forma.

Meu celular vibra no bolso traseiro. Quase não atendo, mas é minha mãe.

A primeira coisa que escuto é o som das sirenes.

Meu coração quase sai pela boca. Levanto rápido, arranhando o chão com a cadeira. James me olha.

Acho que ele chama meu nome, mas não consigo ouvir. Não com a sirenes, as batidas do meu coração e, pior de tudo, o choro frenético da minha mãe.

— Mãe — digo. — Se acalma, não consigo entender.

— Aconteceu tão rápido! — diz ela. — Bex, não sei o que fazer!

Dou a volta correndo na mesa e vou direto para a escada. Entro com tudo no quarto de James, pego minha bolsa e enfio todas as minhas tralhas dentro. Mal dá para entendê-la, mas consigo discernir a palavra *fogo*.

Ao me virar, dou um encontrão em James. Ele me estabiliza e abaixa a cabeça para me olhar com uma expressão preocupada.

— Bex, o que está acontecendo?

— Quem é? — escuto minha mãe perguntar ao telefone.

— Ninguém — respondo. — Estou a caminho agora.

Não tenho tempo para isso. E não tenho tempo para a mágoa que vejo no olhar de James. Passo por ele, fuçando na bolsa atrás das chaves do carro.

— Bex! — ouço-o gritando do patamar.

Ele desce como um raio, chegando à porta da frente meio segundo depois de mim. Destranco o carro com dedos trêmulos e sento no banco do motorista.

James aparece na janela e bate.

— Bex, para. Me fala o que está acontecendo.

— Preciso ir.

— Nem ferrando. — James abre a porta do carro, cobrindo a mão com a minha para me impedir de enfiar a chave na ignição. — Você está entrando em pânico, vai sofrer um acidente. Deixa eu dirigir.

— Não. Só me deixa...

— Caramba, Bex, não! Você vai se machucar.

Seco com força as lágrimas que escorrem pelo meu rosto. De algum lugar da névoa de pânico, reconheço que ele tem razão. Não quero que James vá comigo para minha cidade; não quero que veja a lanchonete assim — *se* tiver uma lanchonete para ver — e, acima de tudo, não quero que ele veja minha mãe. Mas preciso chegar lá o mais rápido possível, e ele é a minha melhor opção.

— Tá bom — murmuro.

Ele relaxa visivelmente.

— Ótimo. Entra no meu carro, amor. Vou só pegar as chaves.

Cooper e Sebastian se aproximam. Cooper joga um molho de chaves para James, que pega com facilidade.

— Pronto. Vamos.

Neste momento, estou exaurida demais para discutir, então apenas me sento no banco do carona enquanto James liga o carro. Os irmãos dele vão para o banco traseiro. Digito o endereço da lanchonete no aplicativo de GPS do meu celular, e, no carro silencioso, a voz levemente robótica que dá instruções começa a falar.

A cada quilômetro, a tensão no meu estômago aumenta.

24

JAMES

Depois de um trajeto tenso, finalmente desacelero o carro. Estamos em uma área central; há um correio à esquerda e um café à direita. Nunca vim a esta cidade, mas me faz lembrar de Moorbridge, só que sem a influência da McKee.

Quando paro em uma vaga livre, Bex solta um arquejo. O som esgarça meus nervos já tensos, e piso um pouco forte demais no freio. Há um baque no banco traseiro, e Cooper murmura:

— Ai, babaca.

De canto de olho, vejo o brilho vermelho e azul das sirenes.

Bex abre a porta antes de eu conseguir pôr o carro em ponto morto. Depois de entrarmos na estrada, consegui arrancar dela exatamente uma informação: teve um incêndio na lanchonete. Ela está perdida no próprio mundo de pânico, se recusando a me deixar entrar. Tentei segurar a mão dela no caminho, e Bex me olhou como se eu tivesse arrancado a calça em público. Tentei pressionar para que me desse mais detalhes, e ela brigou comigo. A esta altura, só estou feliz que ela tenha me permitido trazê-la até aqui, pelo menos.

Mas não vou deixá-la sozinha. Não agora. Bex precisa de alguém para apoiá-la, goste ou não.

Corro atrás dela, vagamente ciente de meus irmãos nos seguindo. Ela para no meio da rua. Meu Deus, tem sorte de não ter sido atropelada. Levo-a à calçada; Bex deve estar em choque enquanto observa os carros de bombeiros, porque não protesta. O ar está nublado de fumaça, mas não parece haver mais nada pegando fogo.

Quando chegamos ao fim da rua — em segurança, na calçada —, Bex se aproxima de alguns bombeiros que estão enrolando uma mangueira. Um deles se alegra ao vê-la; tem mais ou menos a nossa idade, talvez poucos anos a mais, com cabelo raspado e suor pingando do rosto.

— Bex, oi. Sua mãe disse que você estava a caminho.

Ela conhece esse cara? Sei que eu não devia ligar, mas ligo. Chego mais perto de Bex.

— Kyle — diz Bex. — Foi muito ruim?

Como ela conhece esse cara? Estudou com ele no ensino médio?

Ele faz uma careta.

— Podia ser pior. O incêndio foi principalmente no andar de cima.

Bex olha de relance para o prédio, enfiando os dentes no lábio inferior.

— Lá em cima? No apartamento?

— Sua mãe vai precisar ficar em outro lugar enquanto os danos são consertados. A fumaça estraga mais do que a gente pensa.

— Teve algum dano na lanchonete? — pergunto.

Kyle me olha de soslaio.

— Quem é esse?

— Meu nome é James. — Estendo a mão. — Namorado dela.

Atrás de mim, Seb ou Coop tosse. Ignoro. A última coisa de que Bex precisa agora é esse cara dando em cima dela.

Kyle aperta minha mão, mas continua olhando para Bex.

— A lanchonete está praticamente ok, talvez precise só de alguns reparos — diz ele. — O prédio tem que ser inspecionado, claro. Sua mãe estava lá em cima quando aconteceu, mas está bem.

Bex fica com uma expressão estranha, como se não conseguisse se decidir entre cair no choro ou começar a gritar. Ela sai andando para a lanchonete.

— Melhor não se aproximar muito por enquanto — avisa Kyle.

Ela não se detém. Corro atrás dela, alcançando-a no momento em que para e levanta a cabeça para o prédio. A fachada parece ok; a porta está sendo mantida aberta, revelando uma fileira longa de mesas e a placa de neon no topo que, apesar de desligada, está intacta. Mas, acima, tem duas janelas estouradas e marcas de queimadura no tijolo pintado caiado. Estendo o braço, entrelaço minha mão na dela e entramos na lanchonete.

Ela contorna o balcão. Vejo as fotografias emolduradas nas paredes, as banquetas vermelhas, o acabamento ripado acima das mesas. Ela empurra uma portinha atrás do balcão. Leva a uma escadaria apertada. O ar ainda tem um cheiro acre, não está livre da fumaça. Suprimo uma tosse, com os olhos lacrimejando.

Kyle nos alcança.

— Bex — diz ele. — Você precisa chamar um profissional para inspecionar o dano no prédio. Não suba, não é seguro.

— Ele tem razão — falo para Bex, apesar de relutante de ficar do lado de Kyle em qualquer assunto. Não quero que ela respire esse ar poluído nem que acabe se machucando ao tentar ver o apartamento.

Mesmo assim, ela avança um passo e toca o corrimão chamuscado. Aperto a mão dela. Se eu precisar arrancá-la do prédio para não se machucar, vou fazer isso, mas prefiro que não chegue a tanto.

— Foi muito ruim? — pergunta ela.

Kyle hesita.

— Acho melhor você falar disso com a polícia. O comandante Alton está aqui, conversando com a sua mãe.

Os olhos dela brilham ao olhar para trás.

— Foi. Muito. Ruim?

Ele engole em seco, o pomo de adão subindo e descendo.

— Como eu falei, foram principalmente danos causados pela fumaça. O seguro pode ajudar a substituir os pertences que vocês perderam. Que bom que a maioria das suas coisas está na faculdade, né?

A expressão dela se fecha.

— Nem tudo — diz.

Bex empurra Kyle e eu para passar, apertando a manga da blusa no nariz. Ela vai direto para a viatura estacionada ao lado dos carros de bombeiro. Um homem branco mais velho de uniforme está parado falando com uma mulher de legging e moletom velho e puído. Um cigarro está dependurado em seus dedos longos e finos. Ela tem o mesmo cabelo de Bex, aquele loiro-avermelhado, e o mesmo rosto em formato de coração. Deve ser Abby, a mãe dela.

— Que zona — comenta Cooper, baixinho. — Você está criando expectativas, cara.

Bex se aproxima de Abby, que se vira para ela e a abraça forte. Quem caralhos acende um cigarro a menos de dois metros de um incêndio? Não gosto da expressão culpada no rosto de Abby, da forma como está olhando Bex como se pedisse desculpas. Alguma coisa aqui está estranha.

O que ela perdeu no incêndio?

— Ela precisa de apoio — digo.

— Lógico — concorda Seb. — Mas você acabou de se apresentar como namorado dela.

— E está com cara de quem está prestes a cometer assassinato por ela — completa Coop. — Sei que Bex é bacana, mas...

Eu me volto contra ele.

— Olha o que vai falar.

— James, é sério. Ela vai achar que isso significa alguma coisa.

Meu coração bate forte.

— E talvez signifique — retruco. — Não é da porra da sua conta.

Saio andando antes de fazer algo de que vou me arrepender, tipo voar no meu irmão. Eu amo Cooper, mas ele não entende.

Algo mudou no momento que eu a vi atender aquela ligação. Não consigo analisar agora, mas também não posso ignorar.

— *Foi* culpa sua! — Bex está dizendo quando me aproximo.

Meu maxilar fica tenso. Eu já tinha imaginado, depois de ver a mãe dela, mas torci para Bex descobrir de outro jeito.

— Vou dar um momento a sós para vocês — diz o comandante Alton. Quando nos cruzamos, ele me lança um olhar pesado. — Você está com a Beckett?

— Estou, sim, senhor.

— Que caos, hein? — comenta ele, balançando a cabeça. — Pelo menos a lanchonete está em bom estado.

— Meu bem — diz Abby —, foi só um incendiozinho.

Bex cruza os braços com força. Passo o meu pela cintura dela, me preparando para sentir ela se afastar, mas, em vez disso, ela se apoia em mim. É sutil, mas suficiente para relaxar um pouco o nó no meu peito.

— Incendiozinho? — responde ela. — Kyle acabou de me falar que você vai precisar morar em outro lugar enquanto consertam os estragos. Tudo se foi, até... Isso não é brincadeira, mãe. Você tem sorte de não ter morrido.

Abby dá um trago no cigarro.

— Quem é o bonitão? Está traindo o Darryl agora?

— Ele que me traiu — responde Bex, com uma paciência exagerada. — Não estamos juntos desde a última primavera. Esse é o James.

— E os outros dois? — Abby olha meus irmãos, que estão parados, enrolando, sem saber se devem ou não se aproximar. — E aquele loiro? É bonitinho.

Bex olha com raiva para a mãe.

— Tenho que ligar para a tia Nicole e ver se você pode ficar com ela. E aí ligar para a seguradora e abrir um sinistro. O que passou pela sua cabeça de pegar no sono desse jeito?

Abby tem a decência de demonstrar vergonha.

— Não vamos falar disso na frente do seu amigo, Bexy.

— Não me venha com "Bexy". E ele é meu namorado, então vai ficar.

Mordo o interior da bochecha para não sorrir. Apesar de a situação ser séria e eu querer sacudir a mãe de Bex, ela usar essa palavra para se referir a mim me desperta um certo sentimento.

— Você sempre teve um fraco por atletas — comenta Abby, com uma fungadela. — Por que se importa com isso, afinal? Nunca mais veio aqui.

— Não é verdade. Eu vivo na lanchonete.

— Ah, é? Pra fazer um turno e pegar as gorjetas?

Aperto mais forte o quadril de Bex.

— Isso não é justo — diz ela, baixinho.

— Vou te falar o que não é justo — continua Abby. — Um homem abandonar a esposa e a filha não é justo. Uma filha abandonar a mãe não é justo.

— Mãe. — Bex está tremendo. — Eu estou na McKee pra ajudar a gente. Você sabe disso.

— Até não querer ajudar mais.

— Minhas fotos antigas estavam lá em cima. Minha *câmera*. — Bex dá um passo à frente, com lágrimas correndo pela bochecha. — E tudo isso se foi porque você dormiu no meio do dia quando devia estar cuidando da porra da lanchonete!

Ela fala alto; suas palavras ressoam de uma forma que garante que todo mundo nas proximidades as escute. Meus irmãos. Os bombeiros. A polícia. Uns transeuntes aleatórios que ainda estão por aqui apesar de a porra do show já ter acabado. Mudo de posição, tentando esconder Bex com meu corpo. Ela não merece isso. Quero pegá-la no colo e a abraçar com tanta força que ela saiba que nunca vou soltar.

O rosto de Abby se enruga todo.

— Você sabe como é difícil, meu bem.

— Não tô nem aí. — Bex passa a mão no próprio cabelo com força, inspirando de maneira profunda e instável. — Você devia ser minha mãe. Era pra você cuidar de mim, e não o contrário. — Ela deixa escapar um soluço de choro. — Eu te fiz uma promessa, e você me prometeu também.

Abby não fala nada. O cigarro escorrega dos dedos dela, e dou um passo à frente antes que ela o faça, esmagando-o sob meu calcanhar.

— Mãe — sussurra Bex. — Me diz que você lembra. Você me fez prometer.

Mas Abby não diz nada.

25
BEX

— Tem certeza disso? — pergunta Laura.

Ela está na minha cama, me observando enquanto faço a mala. Jeans, um vestido bonito, a camisa de James. Lingerie chique que me dei ao luxo de comprar durante uma ida ao shopping com Laura hoje mais cedo. Foi lá que comprei a malinha também. Nunca tive uma porque nunca tive aonde ir. Apesar de ser só a Pensilvânia, não consigo deixar de ficar animada.

Qualquer coisa para me distrair do show de horrores que é a lanchonete. Foi assim que James me convenceu a ir com ele ao jogo fora de casa na Penn State. Tenho andado ocupada discutindo com a seguradora, tentando alinhar reformas para o apartamento e mantendo a lanchonete aberta em meio a um período em que minha mãe afundou em seu luto, para não mencionar manter meu trabalho e a faculdade em dia. A tia Nicole me liga todo dia com atualizações. Minha mãe não fica mal desse jeito desde a última vez que meu pai apareceu.

Queria conseguir me sentir pior por ela, mas não me sinto. As acusações dela de abandono doeram, mas ainda pior foi perceber que o incêndio arruinou minha câmera e um monte de fotos. Eu guardava algumas no quarto do alojamento, e havia outras emolduradas na lanchonete, mas todo o trabalho do ensino fundamental e médio estava no meu quarto. O incêndio e a fumaça resultante danificaram tudo. A câmera cara que a tia Nicole me deu de presente de aniversário de dezesseis anos foi destruída a ponto de não dar para consertar.

Eu nunca abandonaria minha mãe nem a Abby's Place, mas uma parte pequena e egoísta minha queria que a lanchonete também tivesse sido arruinada.

Coloco um pijama no topo da pilha na mala e fecho o zíper.

— É só um fim de semana.

— Sozinha com ele num quarto de hotel. — Laura franze a testa. — Não é algo que se faz num relacionamento casual. Ou quando se está fingindo.

— Não acho que estamos mais fingindo — admito.

A confissão deixa Laura boquiaberta. Tento rir, para dar leveza à admissão, mas me dá medo dizer isso em voz alta. Para ser totalmente sincera, James Callahan se enfiou na minha vida e está se recusando a sair.

Quando ele se apresentou como meu namorado, pareceu certo. Verdadeiro, não parte da mentira. Talvez em algum lugar entre as sessões de estudo, as mensagens, os encontros de mentira e os beijos, algo tenha mudado. Quando eu o olho, instantaneamente me sinto mais segura. Não só quando estou perto de Darryl. O tempo todo, mesmo que estejamos só à mesa de jantar dele fazendo lição enquanto Seb prepara o jantar e Cooper lê.

Ele me apoiou na lanchonete. Agora, quer que eu o apoie no jogo.

— *De fato* anda passando muito tempo com ele. E você merece muito isso — diz Laura. Ela me puxa para um abraço e planta um beijo em minha bochecha. — Divirta-se transando com James depois da vitória. Você ainda não me falou do pau dele, sabe.

— Laura! — Dou um tapa no ombro dela, rindo e me afastando.

Ela levanta uma sobrancelha perfeitamente desenhada.

— Não vai me dizer que um cara tipo ele não tem um pau de respeito. Eu vi o tanto que a calça de futebol americano dele é apertada.

Ela não está errada, claro. Mas não vou dar a satisfação de confirmar.

— Eu sempre quis saber do que as mulheres falam quando estão sozinhas — escuto James dizendo. — Agora, sei que vocês são tão sujas quanto os caras.

Eu me viro. Ele está na porta do meu quarto, vestindo uma jaqueta de couro e uma camisa de futebol americano da McKee. Abro um sorrisão; antes de conseguir registrar o que está acontecendo, estou nos braços dele, dando um beijo em sua boca. Sinto a mão dele subir e acariciar meu cabelo.

— Como você entrou aqui? — questiono.

— Vocês deixaram a porta aberta. — Ele faz um som de reprimenda. — Têm sorte de ter sido eu, sabiam? Podiam estar sendo assassinadas pelo próximo Ted Bundy.

— Você pode me assassinar quando quiser — diz Laura, sorrindo.

Reviro os olhos.

— Você ainda está ok com a ideia de eu ir junto?

— Lógico. A pergunta real é se você está ok com minha cantoria desafinada no carro.

— Desde que sejam os clássicos.

Ele pega minha mala antes de eu conseguir fazer isso e a leva para a área principal.

— Que são? — pergunta.

— Britney Spears, principalmente. As antigas da Beyoncé. Spice Girls — lista Laura. Eu a olho brava, mas ela só levanta as mãos. — Que foi?! Amiga, você sabe que estou com você nessa.

James resmunga:

— Mudei de ideia. A gente se encontra lá.

Mostro um sorriso inocente para ele.

— Não mudou, não.

— Divirtam-se e façam boas escolhas! — grita Laura enquanto descemos.

Quando chegamos à estrada, eu me recosto no banco do passageiro ridiculamente confortável do carro de James e abro minha playlist do Spotify. Ainda não superei o fato de ele dirigir uma Range Rover. Só vamos levar algumas horas para chegar à Penn State, mas quero aproveitar ao máximo meu tempo no carro chique dele. Tem aquecedor para a bunda e tudo, algo que valorizo nesse friozinho.

— Você vai mesmo surtar quando eu colocar essa playlist?

James espia a playlist por meio segundo antes de voltar os olhos para a estrada.

— Coloca o que você quiser, amor.

— Não vai estragar sua rotina pré-jogo ou sei lá o quê?

— Minha rotina só começa no dia do jogo. — Ele batuca no volante e me dá mais uma olhada. Suas bochechas estão levemente rosadas. — E eu bem que queria adicionar umas rotinas novas.

Meu coração dá uma cambalhota; não consigo deixar de sorrir.

— Ah, é?

— Acordar do lado da minha garota não seria má ideia.

Minha garota. As palavras enchem o carro. Parte de mim deseja perguntar, mas não quero estragar a magia, não agora. Já é suficiente eu saber que sou a garota dele.

Escolho a playlist de pop que costumo escutar na academia, e a voz de Rihanna começa a tocar nos alto-falantes chiques.

Quase imediatamente, James começa a cantar junto.

Eu me viro para ele, maravilhada. Aparentemente, ele sabe a letra toda de "Umbrella" e não parece nem um pouco constrangido por isso. A voz dele é horrível, mas James canta com tanta convicção que não consigo resistir a entrar na dele, sacudindo o corpo no ritmo. Quando a música acaba, estamos os dois sem fôlego de tanto rir, e a mão dele está apertando de leve minha coxa. De forma possessiva. Olho para James, mas ele está ocupado conferindo os retrovisores antes de passar para a faixa ao lado.

Nunca pensei muito sobre como dirigir é sexy, mas quer saber? Estou amando isso.

Antes de James, eu até gostava de futebol americano, mas, sinceramente, não ligava o suficiente para aprender as minúcias. Assisto ao jogo no Dia de Ação de Graças na casa da tia Nicole como o restante do país e, graças ao Darryl, acabei aprendendo o básico. Mas ver James jogar me levou a um nível totalmente diferente. Ele é mais rápido do que seria de se esperar, e seus passes parecem balas cortando o ar em arco. Faço uma careta sempre que ele bate no chão, comemoro sempre que ele escapa de um *tackle* e dou gritinhos histéricos durante cada *touchdown*.

Ainda assim, a McKee mal consegue obter uma vitória.

— Meu coração continua acelerado! — comenta Debra Sanders enquanto descemos as escadas depois de os dois times saírem do campo.

James me arrumou uma cadeira ao lado da mãe de Bo, e ficamos amigas ao longo do jogo. Agora sei bem mais de Bo do que ele provavelmente ia querer que a namorada de um companheiro de time soubesse, tipo que o apelido dele no ensino fundamental e médio era "Fedido".

— Bo fez um bloqueio sensacional no fim — digo. — Ele salvou o jogo.

— Salvou mesmo. Meu bebê vai se encaixar superbem com os melhores da liga.

Ela me dá um abraço antes de nos despedirmos, junto a um tapinha carinhoso na minha bochecha. Tem mais ou menos a minha altura, com uma mecha rosa maravilhosa nas tranças, que elogiei assim que a vi.

— Adorei te conhecer, Bex. Não conheço muito bem o James, mas ele parece ser um bom menino. O Darryl não era bom o suficiente para você.

Isso me faz lacrimejar inesperadamente.

— Obrigada.

— Agora, quem me dera se o Bo encontrasse uma boa namorada para ele. Eu falei para ele levar alguém para passar o Natal lá em casa, mas algo me diz que ele anda ignorando isso.

Dou risada enquanto ela se afasta.

— Tchau, sra. Sanders!

Em vez de ficar por lá esperando James depois do jogo, chamo um táxi para me levar de volta à pousadinha fofa que ele reservou para nós no fim de semana; ele teve que pedir permissão ao técnico Gomez para ficar em outro lugar, não com o time. Ele vai estar todo cheio de adrenalina por conta da vitória apertada. Faminto. Hoje de manhã, perguntei se queria sair para algum lugar com o time, mas ele disse que não queria ter que ficar jogando conversa fora com os caras sendo que só pensava em ficar sozinho comigo. Quando voltar ao quarto, vou pedir comida de um restaurante que escolhemos.

Saio para esperar o táxi, vendo os torcedores da Penn State voltando de carro ao campus.

— Agora você vem a todos os jogos que nem uma maria-chuteira?

Fico tensa, tentando manter uma expressão neutra ao olhar para Darryl. Ele ainda está com metade do uniforme, a camiseta Under Armor grudada na pele, o cabelo úmido na testa.

Está perto demais, mas me recuso a dar a ele a satisfação de me ver me afastando.

— Era assim que você me chamava quando a gente namorava? Maria-chuteira?

A expressão dele fica séria.

— Você já provou o que queria com ele, Bexy. Larga mão do fingimento.

— Não é fingimento.

Ele solta uma risada pelo nariz.

— Fala sério. O cara é um babaca.

— Ah, é? O que te levou a essa conclusão arrasadora? O jeito como ele está levando seu time a vencer a temporada toda? A indicação para o Heisman? O jeito como ele acabou com você quando me machucou?

Ele tensiona o maxilar.

— Eu não queria...

— Para. Só para. — Abaixo a voz, porque estamos em público. Pelo menos ele não tentou me surpreender sozinha. — Volta pro vestiário, Darryl.

Ele me empurra contra a parede, embaixo de uma placa de homenagem. Sou pega de surpresa, então não consigo reagir, mas meu coração martela loucamente quando levanto os olhos para ele. Darryl apoia a mão ao lado da minha cabeça, espalmada na parede, como se estivesse só tentando me passar um papinho. Casual. Ninguém nem olha para nós ao passar.

— Para com isso.

— Pode achar que o Callahan gosta de você, mas ele é tão egoísta quanto você acha que eu sou — diz Darryl. — Ele não te contou o motivo verdadeiro de ter saído da LSU, né?

Fico em silêncio. Ele entende minha ausência de resposta como confirmação e ri baixinho.

— Foi o que pensei.

— Cala essa boca, Darryl.

— Pergunta pra ele da Sara Wittman, gata. A ex dele.

— Não me chama assim. — Tento me contorcer para sair dali, mas ele usa o peso e a altura como vantagem para me segurar no lugar. — E sai de cima de mim, porra, senão eu chamo ele.

— Você não vai fazer isso. — Os olhos de Darryl perfuram os meus. — Se ele sair na mão comigo, vai ser expulso do time. Isso já aconteceu uma vez.

As palavras dele me pegam desprevenida, e não consigo evitar perguntar:

— Como assim?

— Lógico que o papai dele resolveu o problema. Tentou fazer desaparecer. Mas isso não muda o fato de que a Sara quase se matou.

Enfio os dentes no lábio inferior, secando as palmas suadas na jaqueta.

— Você está mentindo.

— E, quando ele perceber que você é só mais uma puta, vai te dar um pé na bunda que nem fez com ela. Você acha que ele vai te salvar? Gata, no segundo que você atrapalhar, você já era. E eu vou estar esperando.

— Vai se foder — digo, sem conseguir esconder o tremor na voz. Eu o empurro.

Desta vez, Darryl sai, rindo. Leva um minuto para minha mente parar de girar. Quando penso em checar meu celular, vejo que meu táxi veio e foi embora, então preciso chamar outro.

Mas, quando o pânico se aquieta, me sobra um pensamento: quem é Sara Wittman e o que aconteceu quando ela namorava com James?

26
BEX

Quando volto à pousada, vejo uma garrafa de champanhe no gelo esperando na mesa, além de duas taças de cristal e uma caixa de chocolates. Também há um presente embrulhado em papel prateado no meio do edredom branco e macio.

Meu coração palpita. James é tão fofo.

Mas não consigo parar de pensar na conversa com Darryl.

Sacudo os ombros para tirar a jaqueta e arranco o jeans, sentando na ponta da cama usando só a camisa dele. Pego meu celular e vejo que ele mandou mensagem falando que está a caminho. Respondo, aí pesquiso "Sara Wittman" na internet.

Talvez Darryl esteja mentindo para mim. Ele obviamente está com ciúme; não consegue me esquecer. Diria qualquer coisa para fazer James parecer um merda aos meus olhos.

Não consigo encontrar muita coisa. Um Instagram fechado. Uma página da LSU trazendo uma foto do Diretor Atlético Pete Wittman e a família dele: a esposa e uma filha, Sara.

Então ela é uma pessoa real. Disso eu não duvidei. A questão é: se James namorou com ela, o que aconteceu? Ela tentou se machucar? Mesmo que isso seja verdade, qual foi o envolvimento de James?

Não pesquisei mais o nome dele depois da primeira vez, antes do nosso jantar no Vesuvio's. James pareceu não gostar, e eu não queria que ele ficasse desconfortável. Foi antes de eu achar que tinha alguma chance real com ele, de todo jeito.

Será que ele não me diria se tivesse acontecido algo tão horrível?

Achei que ele tivesse saído da LSU porque não ia conseguir ganhar um campeonato com aquele time. Ele tinha feito a situação parecer direta e simples. Mas

Darryl falou como se ele tivesse saído em desonra. Ameaçado de ser expulso do time? Meu coração dói com uma pontada de empatia. Seria devastador para ele.

Estou digitando o nome dele no celular quando a porta se abre.

Fecho a janela do navegador e ponho o celular de lado. Ele entra no quarto com toda a energia que seria de se esperar depois de uma vitória difícil; me agarra em um abraço e me beija imediatamente.

— Eu tava com saudade — murmura. — No segundo em que o jogo acabou, não consegui pensar em nada, só voltar aqui pra te ver.

Eu me forço a sorrir. Apesar de estar morrendo de vontade de conseguir algumas respostas reais, não posso fazer isso com ele agora. Não depois de uma vitória para manter a temporada perfeita intacta. Não quando ele está me olhando como se eu fosse a única pessoa do mundo e me abraçando como se desejasse se fundir a mim.

— O jogo foi sensacional — digo, em vez de fazer alguma das perguntas que ecoam na minha cabeça. — Fiquei preocupada de vocês não conseguirem.

— Sanders salvou para nós. — Ele esfrega minhas costas. — Você falou com a mãe dele?

— Ela é muito fofa.

— É mesmo — concorda James. — Já pediu o jantar?

Merda. Esqueci.

— Não. Voltei faz uns minutos.

— Sem problema. — Ele vai até o champanhe e tira a rolha, aí serve uma taça para cada um. — Quer fazer isso ou eu faço? Estou morto de fome.

— Hum, pode deixar que eu faço. — Forço mais um sorriso ao aceitar a taça de champanhe. — Qual é a ocasião especial?

— A primeira vez que viajamos juntos. Achei que íamos querer criar uma memória gostosa, em vez de ser, tipo, a vez que fomos ao Holiday Inn e meus companheiros de time tentaram arrastar a gente para uma festa.

Desta vez, sorrio de verdade.

— Você é muito fofo. Ainda quer aquele prato de carne de porco?

— Parece ótimo.

Ligo para o restaurante e peço, uma tarefa que acaba sendo bem mais difícil do que deveria porque ele não para de me tocar, beijar meu pescoço e levantar a barra da camisa para pôr a mão na minha bunda. Olho brava por cima do ombro, mas ele só se inclina para me beijar.

Quando desligo, James joga meu cabelo para trás.

— Não está curiosa com o presente?

— É grande.

— Não é a única coisa grande que vou te dar hoje.

— James! — sussurro, arregalando os olhos como se estivesse escandalizada.

Ele só sorri enquanto pega o presente e passa para mim.

— Quer abrir agora?

— Estou surpresa por você não querer me dar a outra coisa grande antes — digo, seca.

— Vai valer a espera.

Lanço um olhar para ele, rasgando o papel de presente. Na verdade, tem duas coisas juntas. Vejo primeiro o álbum de fotos, então reparo na caixa.

Uma câmera.

— James — sussurro.

Ele chega um pouco mais perto, com uma expressão ansiosa.

— Tudo bem? Eu pesquisei um pouco, mas, se não for o tipo certo, eu devolvo e compro exatamente a que você precisa.

Tiro a câmera da caixa devagar, maravilhada com as linhas retas e as lentes impecáveis. Uma Nikon Z9, com todos os acessórios. Câmeras assim custam facilmente vários milhares de dólares, e agora tenho uma nas mãos. Coloco-a de lado delicadamente, aí me jogo nos braços dele.

James me pega com facilidade.

— E aí, princesa? Gostou?

— É perfeito. — Eu o beijo profundamente, envolvendo seu pescoço em um abraço apertado. As mãos dele se acomodam embaixo das minhas coxas, me segurando perto. — Mas não precisava, não é barato e sempre posso...

— Não — interrompe ele com firmeza. — É um presente. Faça mais arte com ele, tá, meu bem?

Em vez de responder com um "obrigada" que nem uma pessoa normal, solto uma fungada. Não consigo nem encontrar uma forma de reagir, porque minha garganta parece bloqueada. Enterro o rosto na curva do ombro dele em vez disso, inspirando seu perfume e me deleitando com a firmeza com que ele me segura. Não substitui o que o incêndio destruiu, mas me dá a oportunidade de recomeçar.

— Obrigada — sussurro, finalmente.

Eu o beijo de novo, levando as mãos ao seu rosto, emoldurando seu maxilar. Ele olha bem para mim com aqueles olhos que passei a amar, me beija de novo e me coloca na cama.

Abro as pernas para ele poder encaixar o corpo entre elas. Seus lábios deslizam do meu rosto ao meu pescoço e mais para baixo, e então ele tira completamente a minha camisa, o que bagunça meu cabelo. Mas ele não parece se importar; continua me olhando de uma forma que dispara ondas de calor na minha barriga e embaixo. É como se eu fosse um prêmio que ele acabou de ganhar. Como se eu fosse algo precioso.

— Meu Deus, Bex — diz James. — Porra, como você é linda.

Ele espalma a mão na minha barriga macia, me puxando para mais um beijo. Acaricio o cabelo dele enquanto o beijo de volta.

— Você também — respondo, totalmente sincera.

E, como ele é confiante em sua masculinidade, não faz careta. Só se afasta para me olhar com uma expressão de ternura.

— Essa lingerie é tão bonita — comenta, traçando a renda de uma das taças do sutiã rosa-claro. Minha respiração falha com a promessa do contato onde eu o quero. — Você comprou só para mim?

Respondo, assentindo e mordendo o lábio inferior. Ele arranca o suéter e o jeans e não demora a tirar meu sutiã, colocando o rosto nos meus seios, rolando um mamilo entre o polegar e o indicador e chupando o outro até eu arquear as costas. Sinto que estou ficando molhada, meu clitóris formigando e implorando atenção. Tento enfiar a mão entre nós, mas ele segura.

— Mãos acima da cabeça, gracinha — diz.

Solto um choramingo, com os dedos dos pés curvados, agarrando os lençóis. Ele me recompensa tirando minha calcinha. Ainda assim, não dá atenção para lá ainda e continua concentrado só nos meus peitos até eu estar descaradamente implorando por mais contato. Quando ele finalmente arrasta a mão para baixo, abro mais as pernas, arrancando uma risadinha dele. James acha meu clitóris e o esfrega em um círculo irresistível antes de descer os dedos e enfiar dois de uma vez. Estou tão molhada que entram fácil. Ele solta um gemido quando aperto a boceta e abre os dedos enquanto continua brincando com meu clitóris. A cada momento, cada respiração, chego mais perto do ápice. James abaixa a cabeça para meus peitos outra vez, chupando, e o contato adicional me faz gritar.

— James... eu vou...

— Goza, princesa — diz ele, com a voz rouca, enfiando um terceiro dedo em mim. — Goza nos meus dedos que eu te dou meu pau.

Solto um arquejo ao gozar, me pressionando nele o mais forte que consigo, apesar de a sensibilidade que vem com o clímax me fazer querer me enrolar e recuperar o fôlego. Ele continua me masturbando por um momento antes de tirar os dedos; estremeço, odiando a sensação de vazio.

James estende a mão para a carteira, tira uma camisinha e a coloca rápido.

— Me fala o que você quer, Bex.

Pisco para ele, lacrimejando, tentando formar palavras e não conseguindo de jeito nenhum. Ele fica maravilhoso, lindo como o pecado, com a mão envolvendo o pau, pulsando. Caralho, os músculos dele são incríveis. Quero lamber cada gominho em seu tanquinho perfeito. Sento-me com dificuldade para poder beijá-lo. James cede, ofegando quando mordo seu lábio. Quando me afasto, vejo um olhar sombrio, como se ele estivesse se segurando para não me jogar na cama e me foder com força.

Porra, é o que quero. Quero que ele me coma tão profundamente que eu não consiga evitar gozar de novo, desta vez no pau dele.

— Bex — diz ele, com a voz tão baixa e rouca que estremeço.

— Eu quero você. Quero...

— Continua.

— Quero que você me coma — digo rapidamente.

— Boa garota — elogia ele.

James passa o polegar pelos meus lábios, enfiando-o na minha boca em um gesto afetuoso e rápido. Nem tenho chance de pedir de novo; ele me vira de barriga para baixo e abre minhas pernas de súbito, enfiando as mãos na minha bunda para me colocar de quatro, apoiada nos antebraços. Então, pressiona a cabeça do pau em mim, esfregando até eu gemer e empinar o quadril. James entra em mim de uma vez só, me preenchendo tão completamente que não consigo sentir nada que não seja ele.

A posição faz com que eu me aperte em torno dele, e meus peitos balançam com o movimento. James beija minha nuca com firmeza, respirando contra o meu cabelo enquanto me fode. Ele entrelaça minha mão, apertando-a na cama.

— Já estou perto — sussurra ele na minha pele. — Não consigo me segurar com você.

— Goza — sussurro de volta. — Goza dentro de mim.

James joga os quadris para a frente, ejaculando com um gemido. Eu aperto os músculos, ajudando-o a terminar, amando a forma como sua respiração falha e ele aperta minha mão mais forte. E então ele vira nossos corpos de lado e esfrega meu clitóris até eu gozar de novo com um gritinho fraco.

Ficamos recuperamos o fôlego, ofegantes, por um longo momento. Estou com um sentimento estranho no peito, um balão de pressão que não consigo estourar. Talvez seja por causa do jeito como ele me olha quando volta com uma toalhinha na mão para me limpar depois de jogar a camisinha fora. Ou talvez por causa do jeito como ele veste o suéter em mim no minuto em que começo a tremer. A comida chega, e observo-o arrumar tudo e servir mais champanhe para nós.

Estou sentindo algo que não quero nomear, nem mentalmente, porque me dá medo demais. Especialmente depois do que Darryl me falou.

James Callahan se infiltrou em meu coração.

27

JAMES

Quando acordo, Bex está me olhando.

Ela segura a câmera nova e está com uma expressão fofa de concentração, mordendo o lábio inferior. Ainda está vestindo meu suéter, com o cabelo bagunçado, e meu coração se aperta com a visão.

Ontem à noite, algo mudou. Vem mudando desde a lanchonete, me aproximando dela com uma certeza inexorável. Eu a olhei, vi suas bochechas coradas e o desejo em seus olhos lindos e quase falei algo. Algo que prometi ao meu pai que não diria à garota alguma por um bom tempo.

E agora tenho vontade de falar de novo. Então, em vez disso, abro um sorriso, fechando a mão na panturrilha dela.

— Espero que você tenha fotografado meu lado mais bonito.

Bex prende o cabelo atrás da orelha.

— A luz natural está perfeita agora.

Dou um beijo no joelho dela.

— E?

— E você é um belo modelo. Mas, James, essa câmera!

Eu me sento apoiado em um cotovelo.

— É boa?

— É *incrível*. — Ela baixa os olhos para a máquina com um sorrisinho fofo. — Obrigada. Ainda não acredito que você fez isso por mim.

— Bex?

— Oi?

— Não sou nenhum crítico de fotografia, mas sei que você tem talento. Devia estar investindo nisso, não se resignando à lanchonete.

No momento em que as palavras saem da minha boca, sei que falei o que não devia. Ela solta a câmera, com um olhar distante. Eu me preparo para ser repreendido — porque, apesar de minha garota estar começando a aceitar minha ajuda, a lanchonete é um assunto sensível para ela —, mas, em vez disso, ela pergunta algo que me deixa boquiaberto.

— Quem é Sara Wittman?

Eu me sento, com o coração batendo forte no peito.

— O quê?

— Sara Wittman — repete ela. — Era sua namorada?

— Era — respondo. — Amor, como você...

Bex aperta os lábios.

— Me conta o que aconteceu com ela. Me conta o verdadeiro motivo de você ter ido para a McKee.

Sei que ela está me pedindo algo razoável — é minha namorada, merece saber do meu passado —, mas a parte de mim que ainda quer proteger Sara se rebela. Não falo com ela desde aquele dia no hospital, mas ela ainda ecoa em minha mente de vez em quando. Eu a amava. Achei que fosse me casar com ela um dia.

— James — insiste ela, com uma nota de urgência na voz.

Passo a mão pelo cabelo.

— A gente se conheceu ano passado — conto. — Ela estava no primeiro ano, e o pai dela era envolvido com o time, então a gente se esbarrou num evento no começo da temporada. Eu chamei ela pra sair. Já tinha namorado outras garotas, mas foi diferente.

Não gosto da forma como Bex reage, abraçando o próprio corpo, mas ela continua me olhando, então me forço a continuar.

— A Sara é uma garota intensa — explico. — Logo estávamos passando todo o nosso tempo juntos. Ela não gostava de ficar sozinha, e eu meio que virei a pessoa dela, sabe? Ela ia a todos os meus treinos. Nós praticamente morávamos juntos; eu tinha um apartamento fora do campus, e ela ficava lá comigo. E funcionou, por um tempo. Talvez tenha sido idiota, mas eu supus que a gente fosse se casar, então por que não ia querer passar todas as horas do meu dia com ela?

Bex brinca com meus dedos.

— E aí?

Engulo em seco.

— E aí ela não queria mais que eu saísse com os caras do time. Sempre que eu ia a um jogo fora de casa e Sara não podia ir, ela me ligava até eu atender. Eu não parava de perder compromissos para ficar com ela, e, depois, treinos. Sempre que eu tentava criar alguma distância, ela grudava ainda mais. Dizia que tinha que vir em primeiro lugar.

Bex arregala de leve os olhos, mas não fala nada.

— No começo, o técnico me deu um pouco de folga, por causa da boa reputação que eu tinha construído nos meus primeiros dois anos lá. Mas, depois do meio do semestre, reprovei em duas disciplinas, incluindo a de escrita. Então, de acordo com a política da faculdade, eu precisava ir para o banco.

— E foi?

Fecho os olhos brevemente.

— Não. Fizemos um acordo pra eu compensar os trabalhos que não tinha entregado e ir a treinos extras de preparação antes do pós-temporada. E, pra isso dar certo, tive que conversar com a Sara e dizer que precisávamos pegar leve por um tempo. Só até o fim da temporada. — Olho para Bex, passando meu polegar pelos nós dos dedos dela. — Eu não terminei com ela, mas foi assim que ela entendeu. E eu não tinha percebido quanto ela era frágil. Sara vivia dizendo que estava bem, mas as coisas saíram do controle.

— Saíram do controle como?

— Ela parou de ir às aulas. Largou o trabalho no centro acadêmico. Sempre foi meio festeira, mas começou a beber durante o dia e tomar comprimidos.

Bex arregala ainda mais os olhos.

— Como assim?

— Tentei ignorar as ligações dela porque queria colocar limites. Eu não tinha ideia de que ela estava sofrendo tanto. Não até ela me ligar na véspera do último jogo da temporada e me dizer que ia…

Paro de falar, com a voz falhando. Eu nunca tinha ficado tão aterrorizado quanto no momento em que escutei a voz dela naquele dia. Lembrar do pânico em seu tom ainda revira meu estômago.

— Não — diz Bex, baixinho.

— Ela se cortou. — Engulo em seco. — Quando cheguei lá, ela já tinha feito isso. Estava desmaiada, e não consegui acordá-la. Tentei o tempo todo enquanto esperava a ambulância.

Meus olhos estão ardendo. Pisco, tentando evitar que as lágrimas venham. Bex chega mais perto, me abraçando. Apoio o queixo no ombro dela. É mais fácil falar assim.

— Eu perdi o jogo. Não queria ficar longe dela nem por um segundo, quanto mais durante um jogo inteiro. Mas o time perdeu, lógico, porque o *quarterback* reserva não tinha jogado nenhuma vez. — Aperto Bex, com a respiração trêmula. — E eu não queria que a notícia sobre Sara viesse a público por minha causa. Então, quando a imprensa perguntou por que perdi o jogo, fiz parecer que eu tinha largado mão. Que eu era irresponsável e que isso não tinha nada a ver com ela.

Bex se afasta para me olhar.

— Ah, James.

— A Sara está bem agora. Os pais dela a colocaram num lugar para ela poder ter a ajuda de que precisa. — Minha voz falha de novo. — O pai dela ficou grato porque eu a protegi, sendo que podia tê-la usado como desculpa para sair por cima. Então, no fim das contas, ele me ajudou a começar do zero e me transferir para a McKee. Assim, eu poderia ter uma chance no campeonato e manter minha posição no *draft*. Porra, eu machuquei a filha dele e mesmo assim ele…

Os olhos de Bex estão brilhando. Ela pisca, deixando uma lágrima escorrer pelo rosto, e beija minha bochecha delicadamente.

— Não foi culpa sua.

Balanço a cabeça.

— Não precisa fingir que pensa isso.

— Não estou fingindo. — Ela segura meu rosto, e seus olhos buscam os meus. — Quando eu tinha onze anos, meu pai abandonou minha mãe. Um dia, ele só fez as malas e foi embora. No fim, ele tinha outra família e tudo o que tinha construído com minha mãe, a lanchonete, o casamento deles… ele jogou fora num instante.

Fico olhando para ela.

— Que filho da puta.

Bex dá uma risada curta.

— Isso destruiu minha mãe. Ela estava grávida, e a notícia foi um choque tão grande que ela sofreu um aborto espontâneo. Virou alguém que eu não reconheci e, ainda hoje, anos depois, não é a mesma. — Ela enrubesce. — Virou alguém que toma um diazepam com vinho ao meio-dia e bota fogo em apartamentos sem querer.

— Bex…

Ela balança a cabeça.

— Apesar de eu odiar meu pai, não o culpo por como minha mãe continua agindo uma década depois. O que aconteceu com a Sara não foi culpa sua. Não tinha como você saber que era assim que ela ia reagir. Ela estava doente e precisava de ajuda.

— Ela podia ter morrido.

— E não morreu. Você a ajudou. Fez muito mais do que a maioria das pessoas faria.

Ela acaricia meu cabelo, pressionando a testa contra a minha.

Ficamos desse jeito por um tempo, respirando no mesmo ritmo.

Depois que tudo isso aconteceu, meu pai e eu concordamos: sem namoradas até eu entrar na liga. Sem distrações.

Mas para poder abraçar Bex assim? Estou disposto a assumir o risco.

28
JAMES

🏈

BEX: Mas não quero incomodar a sua família.

JAMES: Não seria incômodo. Eu quero você lá.

BEX: Isso é pq não vou poder ir no Heisman?

JAMES: Não. Idealmente, eu queria você nos dois, mas, se fosse para escolher, escolheria o Natal.

JAMES: Os Callahan têm umas tradições maneiras ;)

BEX: :) Qualquer coisa é melhor que ficar sozinha c/ minha mãe kkkk

Solto o celular, apesar de Bex ter acabado de mandar mais uma mensagem, e tento me concentrar na lição. Conseguir que ela concorde em vir para casa comigo no Natal vai exigir muita persuasão, mas, se tem uma coisa que eu sou, é persistente. Bex teve que passar o Dia de Ação de Graças só com a mãe; os tios foram à Flórida visitar outros parentes. Elas não andam se falando muito desde o incêndio, segundo Bex, então a coisa toda foi desconfortável.

O pós-temporada ainda não começou, mas, com a temporada quase acabando, estou trabalhando sem parar na minha preparação. Também estão rolando as entrevistas de imprensa para a cerimônia do Heisman, e já faz uns dias que não *vejo* Bex pessoalmente, o que deveria ser crime.

Quase no segundo em que volto a me concentrar no exercício que estou resolvendo, Cooper entra no meu quarto como um furacão. Passo a mão pelo cabelo.

— Oi — diz ele, fechando a porta ao passar.

Nem me dou ao trabalho de questionar o fato de ele não ter batido na porta.

— E aí? — respondo.

Nós andamos tão ocupados com nossas respectivas temporadas que também mal o vi. O time de hóquei masculino da McKee não está nem de longe indo tão bem quanto o de futebol americano, mas mesmo assim Coop tem dado tudo de si. Está com um roxo feio na bochecha, graças a um disco na cara no último jogo.

Ele solta um suspiro, sentando-se na beira da cama.

— Você e a Bex estão ficando bem sérios.

Escondo o sorriso enfiando o nariz no livro.

— Aham.

— Apesar de você ter dito que não ia namorar ninguém durante o restante da sua carreira universitária.

— Ela é diferente, cara.

Coop se joga na cama.

— O Seb me disse que você quer que ela passe o Natal com a gente.

— Aham.

— O *Natal*.

— Não foi o que eu acabei de falar?

Ultimamente, só consigo pensar nisso. Bex se encaixaria perfeitamente em nossas tradições. Quero mostrar a ela a casa dos meus pais em Port Washington. Eles sempre piram nas decorações, com uma árvore gigantesca na entrada que minha mãe manda um profissional decorar, além da pequena que fica na sala com todos os nossos enfeites caseiros. Quero levá-la ao centro para ver a iluminação da árvore da cidade. Beijá-la embaixo da guirlanda de azevinho que minha mãe sempre põe na entrada da cozinha. Arrastá-la para o jogo acirrado de *Monopoly* que eu e meus irmãos jogamos toda véspera de Natal.

Talvez seja bobeira, mas quero dormir ao lado dela na minha cama de infância. Quero ver se ela tem brincos fofos temáticos de Natal e, se não tiver, comprar um ou dez pares. Quero que minha família veja como ela é especial.

Cooper me arranca do devaneio com um suspiro frustrado.

— James. Eu te amo. Mas é má ideia. Nosso pai já não gosta dela.

— Eu consigo lidar com nosso pai. Ela não é a Sara.

— Pelo menos a Sara iria atrás de você em qualquer lugar para onde a liga te mandasse.

— Quê?

— Ela está comprometida com a lanchonete, né? O que quer dizer que ela vai ficar por aqui. E você provavelmente vai estar do outro lado do país.

Solto meu caderno. Eu amo meu irmão, mas isso é irritante. Coop é superprotetor, uma característica que em geral admiro nele, mas às vezes é um pouco demais. Quando é com nossa irmãzinha, tudo bem. Mas eu consigo cuidar da minha vida, e ele não conhece Bex como eu.

— É complicado. A mãe dela ainda é apegada à lanchonete — explico.

— A mãe dela, a incendiária?

— Caramba, Coop.

Ele senta-se.

— Estou errado? Tudo começou com você fingindo que estava namorando ela, um negócio que estava óbvio pra caralho que ia dar errado, porque você fica assim, mano. Você romantiza as coisas. Está se deixando envolver demais com uma garota que não vai se entregar a você do jeito que você está se entregando a ela.

— E você é um grande especialista em relacionamentos, né? Já tentou ter um? — Finjo pensar por um momento. — Ah, verdade, não tentou.

— Eu te conheço. Sei como você fica quando acha que está apaixonado.

— Eu não estou apaixonado por ela — retruco, mas meu coração quase sai pela boca.

Não estou exatamente mentindo. Mas também não estou falando a verdade toda, e, cacete, Cooper percebe.

— Eu acho ela legal — diz ele. — Não estou falando que não seja.

— Mas?

— Mas ela vai te magoar. É só uma questão de quando.

A raiva me corrói por dentro.

— Anotado.

Ele se arrasta na cama até estar sentado ao meu lado.

— Só vê se está pensando direito em tudo isso.

— Você veio aqui só para insultar minha namorada? — pergunto, impaciente. Estou oficialmente de saco cheio desta conversa.

Coop esfrega a barba e me olha. Deve sentir minha resistência, porque balança de leve a cabeça.

— Não, eu queria falar da Izzy. Ela ainda quer ir fazer compras na cidade? Jantar depois no Le Bernardin?

Seguro um suspiro. Discutir com ele sobre Bex não vai levar a nada de bom, então, em vez disso, falo:

— Eu estava torcendo para ela querer ir ver aquele show do Harry Styles ou coisa do tipo.

Ele bufa.

— Idem. Mas você tem que admitir, é o Dia da Izzy mais a cara dela que ela já inventou. Compras na Quinta Avenida? Ela vai amar.

Quando éramos mais novos, nossos pais transformavam nossos aniversários em excursões divertidas e exclusivas chamadas de "Dia do James" ou "Dia do Sebastian". Foi assim que Cooper pôde esquiar no Madison Square Garden durante um treino dos Rangers no aniversário de dezesseis anos, e foi assim que, quando eu fiz catorze, tivemos o dia mais foda do mundo no fliperama. Nos dezesseis da Izzy, nossos pais a levaram com as amigas a St. Barths para um fim de semana prolongado. Este ano? Ultimamente, ela só quer ficar o tempo todo na cidade, então não é surpreendente, mas vai ser sofrido ficar assistindo enquanto ela experimenta vestidos por seis horas seguidas.

— De repente ela pode me ajudar a escolher meu terno para a cerimônia do Heisman. Seria produtivo, pelo menos.

— Vai ser bom passar um tempo com ela — comenta Coop. — Nossa mãe estava me contando que ela terminou com aquele esquisitão.

Ergo o punho em uma pequena comemoração.

— Finalmente.

— Pois é, né? Ele era um merda.

Minha animação diminui quando me ocorre que ela talvez esteja sofrendo.

— Ele magoou a Izzy? Precisamos acabar com a raça dele? Caralho, foi o primeiro namorado de verdade dela.

— Acho que ele estava flertando com outras, o idiota.

— Que babaca.

— Eu me ofereceria pra dar uma surra nele, mas com certeza ela já cuidou disso.

— Ela sabe se virar, de fato. Boa sorte pra você e pro Seb, tendo que ficar de olho nela ano que vem. — Dou risada. — Espera, então me fala o que está rolando com você. Achei que fosse te ver mais, já que estamos morando juntos, mas é que nem quando você tinha horário no rinque logo depois que eu voltava do treino.

— Essa temporada foi uma bosta — resmunga Coop. — E andei enterrado em leituras. Não pego ninguém há semanas. É *horrível*. Até esqueci como é uma boceta.

Dou uma risada tão forte que sai pelo nariz.

29
BEX

— Está frio aí? — pergunto pelo celular, na entrada da casa da tia Nicole. O frio de dezembro é cortante, apesar de eu estar usando um suéter grosso que roubei do James, então me afasto da janela. Está nevando levemente lá fora. — Está nervoso?

— Muito frio — responde James. Mesmo pela ligação, não consigo evitar o sorriso que invade meu rosto ao escutar sua voz grave de tenor. — O Lincoln Center é lindo. Joe Burrow acabou de me dar parabéns, e acho que me mijei um pouco.

Dou uma risadinha irônica, apesar de ele não poder me ver.

— Ele é muito lindo.

— Ei — protesta James.

— Claro, não tanto quanto você — corrijo. — Ou quanto Aaron Rodgers.

— Amor, não — diz ele, horrorizado.

— Sei lá, acho que essa coisa de homem da montanha sujo estilo Nicolas Cage funciona para mim. Não vai fingir que você também não tem crushes famosas, eu vi aquela foto de Jennifer Lopez no seu celular.

— Vou desligar.

Dou uma risadinha.

— Desculpa. Mas, sério, você está nervoso?

— Não. Não fico nervoso com performances.

— Acho que tem uma piada suja aí em algum lugar — observo. — Mas você está falando sério? Eu estaria derretendo no chão.

— Assim, estou torcendo para ganhar. Mas, mesmo se não rolar, já é uma honra ser reconhecido.

— Já está todo diplomata.

— Viu só?

Ele diz algo a alguém do outro lado da ligação, aí volta para se despedir.

— Boa sorte — digo.

A voz dele está suave ao responder:

— Obrigado, princesa.

Desligamos, e estou sorrindo que nem boba quando a cabeça de tia Nicole aparece me procurando.

— Pelo visto, a cerimônia já vai começar. Quer que eu esquente um pouco de molho de queijo?

— Seria ótimo.

Ela aperta meu braço e se aproxima um pouco.

— Se quer saber, acho ele bem mais gatinho que o Darryl — comenta.

Volto para a sala de estar e me acomodo no sofá ao lado da minha mãe. Ela me olha de soslaio enquanto toma um gole de vinho.

— Qual deles é o seu, mesmo?

Forço um sorriso. Quando James me convidou para ir com ele e a família à cerimônia, eu quis aceitar, claro, mas largar minha mãe no aniversário do dia em que meu pai foi embora era impensável.

— Você sabe quem ele é. Ele foi à lanchonete depois de você botar fogo nela.

Eu não devia sentir uma satisfação sombria ao ver a forma como o rosto da minha mãe se contorce, mas não consigo evitar. Ainda estou puta pelo incêndio, apesar de James ter me dado uma câmera nova.

Tia Nicole põe um prato de batatinhas e molho na mesa, dando um tapinha na coxa do meu tio Brian ao sentar-se ao lado dele no outro sofá.

— Não é emocionante que o namorado da Bex possa vencer, Brian?

Tio Brian resmunga uma afirmativa. Meu tio não é muito de conversar, mas, agora que sei mais de futebol americano do que antes, conseguimos nos conectar.

— Vi uns jogos da McKee nessa temporada — comenta meu tio. — Ele é talentoso, tenho que dar o braço a torcer.

Sorrio ao pegar uma batatinha.

— Ele merece isso. É muito talentoso. Ver ele jogar ao vivo está sendo incrível, tio Brian, sério.

— Eu prefiro a NFL, claro — continua ele. — Jogos universitários podem ser bem diferentes dos profissionais. Mas acho que ele vai dar conta. Para onde estão dizendo que ele vai acabar indo, provavelmente? Philadelphia ou San Francisco?

— Philadelphia já é bem longe — observa minha mãe. — Você já pensou nisso, por acaso?

— Não — respondo, o que é verdade.

Tenho tentado manter o mês de abril o mais longe da minha mente possível. Se eu pensar no fato de que, neste momento do ano que vem, ele vai estar morando em uma cidade diferente, jogando profissionalmente todo domingo, meu estômago dá um nó e mal consigo engolir. Não é que eu não esteja animada, feliz ou orgulhosa. Estou tudo isso ao mesmo tempo. É que é um futuro em que sei que não me encaixo.

Tia Nicole aumenta o volume da TV para preencher o silêncio. Mudo a posição do meu corpo de modo a me distanciar da minha mãe e me concentro no programa.

James não para de me dizer que os outros três finalistas são igualmente talentosos, se não mais, e que a indicação já é honrosa o bastante, mas sei que ele quer ganhar. O Troféu Heisman é entregue anualmente ao jogador de futebol americano universitário de maior destaque. Seria uma afirmação ao mundo de que nem mesmo o que aconteceu com Sara — ainda que a história que rola por aí não seja a real — vai atrapalhá-lo como jogador. Que ele está pronto para sua carreira. Não consigo deixar de sorrir toda vez que a câmera o filma. Ele parece tão seguro e confiante.

Queria estar com ele agora. Queria estar na plateia, esperando para gritar o nome dele.

Meu celular vibra, e eu o checo automaticamente. Aff. Outra mensagem de Darryl. Algo me diz que ele está assistindo à mesma coisa que eu. Pelo menos, quando ele tenta falar comigo virtualmente, posso só ignorar. Quando ele veio ao Purple Kettle num horário tranquilo outro dia, só consegui escapar da conversa porque meu colega teve pena de mim.

— Ele é meio exibido — comenta minha mãe, se recostando e equilibrando a taça de vinho no joelho. — Isso é o quê, um terno de marca?

— Acho que ele está bonito — diz tia Nicole, diplomática.

Minha mãe dá um golão de vinho enquanto vê a câmera fazer uma panorâmica de James e dos outros finalistas.

— Não é exatamente nosso tipo, Nicole.

James está usando um terno azul-escuro com camisa branca e uma gravata roxa fininha. É de marca — eu sei porque a Izzy me disse com todas as palavras pelo FaceTime —, mas ele usa de forma tão natural que não parece deslocado. Acho que, para ele, é natural de fato; ele foi criado com muito dinheiro. Com um terno nesse valor, eu e minha mãe poderíamos sobreviver por meses.

Ela me olha de lado.

— Claro, ele pode comprar o que quiser. Te deu aquela câmera nova chique.

Não aponto que foi para substituir a que ela arruinou, já que isso só tornaria a noite mais tensa. Esta noite é horrível todo ano, mas, desde a última vez em que meu pai tentou aparecer para xeretar, quando eu estava no primeiro ano da faculdade, tem sido mais merda ainda. Não posso fazer nada se minha mãe fica torcendo sem parar para que algo mude ou só chafurdando no fato de que isso nunca vai acontecer. De toda forma, marca a data em que viramos uma família de duas pessoas e, no fim das contas, é aqui que devo estar.

Quando apresentam James, estou tremendo um pouco. Eles mostram um vídeo com os destaques, suas melhores jogadas até hoje: algumas da LSU, mas várias da McKee também. Comparam-no ao pai e a outros *quarterbacks* que ganharam o prêmio. Fazem o mesmo para os outros finalistas: o *quarterback* do Alabama, um ponta defensivo de Michigan e um *wide receiver* de Auburn.

E então finalmente anunciam o vencedor.

É James.

O gritinho de comemoração da tia Nicole e as palmas do tio Brian parecem sons distantes. Também ouço minha mãe bufar em desprezo ao se levantar. Meus olhos se borram de lágrimas quando coloco a mão na boca para cobrir meu arquejo. Ele sobe no palco com o maior sorriso que já vi em seu rosto e aceita o troféu com um aperto de mão. Está perfeito. Lindo, confiante, o filho pródigo que o mundo do futebol americano espera. Quando as palmas se aquietam, ele baixa os olhos para o troféu por um longo momento antes de pigarrear.

— Não sei por onde começar — admite ele, e a multidão lhe presenteia com uma risada gentil.

Ouço algo quebrando da cozinha. Vidro.

Fico de pé em um pulo antes de tia Nicole conseguir reagir. Minha mãe está na cozinha, debruçada na pia. Cacos de vidro a cobrem, ainda pingando de vinho tinto, mas instantaneamente foco o sangue escorrendo pela palma da mão dela.

— Mãe? — Não consigo disfarçar o medo na voz.

Minha mãe me olha com lágrimas escorrendo pelo rosto. Seu rímel, que estava uma zona desde o início, está manchado. Ela faz uma careta ao tirar um caco de vidro da palma.

— Meu Deus! — exclamo.

Corro até ela e pego um pano de prato para envolver a mão dela e pressionar. Ela me surpreende me puxando para um abraço forte.

Ela não me abraça assim, bochecha com bochecha, há anos.

— Bex — sussurra. — Meu amor.

— Mãe — murmuro de volta, esfregando a bochecha contra a dela. — O que você fez?

— Escorreguei.

Com certeza é mentira, mas não a acuso. Em vez disso, me afasto e começo a pegar os pedaços de vidro da pia. Ela se aproxima.

— Meu bem. Olha para mim.

Pego mais alguns cacos e coloco em um papel-toalha.

— Ele vai te abandonar — continua minha mãe.

Pisco com força, mantendo a atenção na pia.

— Ah, é? Você tem bola de cristal?

— Não, mas ele é homem, e homens vão embora.

— O tio Brian está bem ali com a esposa dele. Sua irmã.

— Homens como os que a gente quer — especifica ela, com a voz baixa e insistente. — Olha para ele, meu amor. Você acha mesmo que vai conseguir competir com todas as mulheres que ele vai conhecer assim que sair por aí de uniforme novo? Tem um motivo para homens assim se casarem com modelos. Quem você acha que é, a porra da Gisele Bündchen? — Ela ri, um som amargo que ecoa na cozinha silenciosa. — Você pode ter sua atenção agora, mas é só mais uma vagabunda para ele. Ele vai te trair que nem os outros. Que nem o Darryl. Que nem o seu pai.

Cerro os dentes.

— Você não conhece o James.

Ela olha de volta na direção da sala. A televisão ainda está ligada, mas parece que agora minha tia e meu tio estão vendo um programa de auditório.

— Conheço o suficiente — diz ela. — Um homem com um sorriso desses? Ele é um predador e você, uma presa conveniente. Só estou tentando te proteger para ele não te mastigar e cuspir de volta, meu bem.

Nunca odiei minha mãe. Já me ressenti da incapacidade dela de superar e de qualquer que seja a doença que a mantém em um ciclo de mecanismos nocivos de enfrentamento. Já tive pena dela. Já quis sacudi-la, gritar na cara dela, fazer o que fosse necessário para trazer de volta a versão da qual me lembro de quando era criança. A Abby Wood que ainda experimentava fazer novos sabores de torta para a lanchonete, dançava na sala sem motivo algum e me levava e buscava na escola todos os dias a pé. A Abby Wood que me encorajava a tirar fotos de tudo que eu via com as câmeras descartáveis baratas que comprava para mim na farmácia.

Mas, neste momento, penso nessas três palavras pela primeira vez.

Eu a odeio.

Eu a odeio e odeio tudo o que ela se tornou. Odeio ter que resolver os problemas que ela cria. Odeio a promessa em que ela me enredou aos quinze anos, de sempre proteger o negócio que ela construiu com meu pai. Odeio vê-la murchar e virar uma casca vazia que consegue falar as coisas mais escrotas do mundo na cara da filha e chamar isso de amor.

Mas, principalmente, odeio que ela tenha razão.

Não importa em que cidade James vá parar. Ele pode estar em San Francisco, na Philadelphia ou em qualquer outro lugar, e o resultado vai ser o mesmo. Ele vai conhecer uma garota, se apaixonar por ela e esquecer que um dia teve qualquer coisa comigo. E eu? Vou estar aqui, vivendo a mesma vida de sempre.

No momento, ele está exatamente onde deveria. E o problema é que eu também.

30

JAMES

Pulo sem sair do lugar, minha chuteira batendo no solo congelado com cada vez um pouco mais de força. Minha respiração sai como o vapor que escapa da minha caneca de café. Nevou ontem à noite e, como o futebol americano só para se rolar uma tempestade de raios, estamos ao ar livre como sempre, nos aquecendo para o treino. A única coisa que me fez sair da cama hoje de manhã foi pensar em ver a Bex, que prometeu que ia passar aqui para praticar fotografia esportiva.

— Meio diferente do Bayou! — grita Demarius para mim ao passar correndo, com um sorriso tonto. — Você está parecendo um picolé, cara!

Fletch vai até Demarius e dá um tapa no braço dele.

— Ele não é da Louisiana de verdade, imbecil.

— Não, ele tem razão — digo, melancólico. — Esqueci como é uma merda jogar na neve.

— Por que caralhos vocês não estão correndo? — grita o técnico Gomez, aproximando-se do campo. — Andem, senhores! Vocês não vão se aquecer aí parados com a cabeça no próprio rabo!

Tiro meu casaco e ponho em um banco. Não uso luvas para jogar, sempre preferi a aderência que consigo com as pontas dos dedos, mas hoje eu bem que queria, só pela desculpa para usar uma camada extra. Pelo menos, estou de legging embaixo do short, além de uma camisa de compressão de manga comprida sob a camiseta. Que caralho de temperatura é esta? Em Long Island faz frio e neva, claro, mas como estamos cercados por água lá, em geral não é tão gelado quanto outras partes do nordeste dos Estados Unidos.

Começo a correr, determinando um ritmo que consigo manter por bastante tempo se necessário, e, um a um, os caras do time começam a me seguir. Demarius dispara à frente, dá um mortal para trás na *end zone* e cai na posição de um anjo de neve. Reviro os olhos, estendendo a mão para ajudá-lo a se levantar. Ele tem um brilho no olhar que me deixa desconfiado, e fica provado que eu tinha razão quando me abaixo para desviar de uma bola de neve na cara. Em vez disso, ela atinge Bo, que surta de vez, perseguindo Demarius pela *end zone*. Demarius é alto, esguio e rápido para cacete, mas Bo o alcança e joga no chão no exato momento em que o técnico apita.

— Eu mandei correr, não fazer uma porra de guerra de bolas de neve! Callahan, você chama isso de corrida?

— Não, senhor.

— Corram, caralho. Aqueçam o sangue de vocês. Dez voltas. Quinze pros manés aí — adiciona ele, apontando para Demarius e Bo.

Se olhares matassem, Demarius já estaria sete palmos sob o chão congelado. Os caras ao meu redor caem na gargalhada, inclusive Darryl. Mordo o lábio, dando de ombros para Bo como quem diz "fazer o quê?", e volto a correr.

Desta vez, lidero todo mundo em uma corrida de verdade, sentindo o vento arder em minhas bochechas e meu nariz escorrer. Quando terminamos, estou bem mais confortável, apesar de quase convencido de que as pontas das minhas orelhas vão cair. Vejo Bex na lateral do campo e faço um desvio para cumprimentá-la antes que o técnico possa notar.

— Oi — diz ela. — Que frio, hein?

Eu me abaixo e a beijo. Ela está com um gorro de lã grosso que cobre as orelhas — sortuda — e um casaco branco gordo que a deixa parecendo um marshmallow. Uma marshmallowzinha linda, aliás. Coloco o cachecol dela para dentro da jaqueta e olho com reprovação para suas mãos expostas.

— Não dá para operar essa belezinha com luva — explica Bex com um suspiro, mostrando a câmera. — Por que não está de boné, pelo menos?

— Vai cair no momento em que eu fizer uma jogada. Viu o Bo e o Demarius?

— James! — grita o técnico. — Eu disse para sua namorada que ela pode tirar fotos do treino, e o treino só começa quando você estiver com uma bola na mão. Vem pra cá agora.

Dou um beijo rápido na bochecha dela.

— Te vejo já, já. Vê se pega meu lado mais bonito.

— É a bunda — diz Fletch com uma piscadela. — Vê se tira várias fotos da bunda dele.

— Ele tem uma bunda linda, mesmo — responde ela, o que, claro, faz metade do time berrar e fazer piada.

— Você vai se ver comigo depois! — grito, pegando uma bola de um dos assistentes e correndo de volta para o campo lamacento.

— O que você vai fazer, jogar uma bola de neve em mim? — grita ela de volta. Não é má ideia.

— Você sabe como é minha mira, princesa? Não me dá ideia se não estiver preparada para aguentar.

Não é o melhor treino que já fiz, mas, por sorte, também não é o pior. Gosto de saber que Bex está perto, tão lindinha e aconchegada em seu casaco, os olhos apertados em concentração enquanto caminha pela lateral, tirando fotos. É uma distração, não me entenda mal — o que mais quero é realmente desafiá-la à guerra de bolas de neve e, quando Bex enfim admitir a derrota, beijá-la até ela perder a cabeça, talvez fazer algo brega tipo chamá-la de "meu anjinho de neve" —, mas também aproveito para me exibir, apesar de estarmos só simulando jogadas. Antes de ela vir, avisei que os treinos costumam ser meio chatos, mas ela insistiu que não tinha problema.

Olho de relance entre as repetições e vejo que Bex está conversando com alguém da equipe. Andei de olho em Darryl para garantir que não tentasse falar com ela, e, felizmente, ele ficou longe, apesar de eu tê-lo pegado olhando. Ela levanta a câmera, os olhos iluminados por aquela paixão que amo ver nela. Bex não se permite isso o suficiente. Eu a vejo na lanchonete, e, sim, ela até que gosta. Gosta de falar com os clientes de sempre e de estar no comando. Mesmo agora, com o dano do incêndio limitando as operações e a seguradora tentando prejudicá-la, ainda assim não reclama. Mas por que ela iria querer um futuro desses se sabe que, quando está com uma câmera nas mãos, ganha vida de um jeito completamente diferente?

Sei que é melhor não mencionar isso. Da última vez que tentei, ela me esculachou. A seguradora, o negócio… ela não quer minha ajuda com nada disso, e tenho que respeitar.

Mas não tenho que ficar feliz.

Quando o treino enfim acaba, vou até ela. Bex sorri, aceitando meu beijo. Uma mulher de certa idade com pele negra clara e cachos escuros saindo por baixo do gorro está ao lado dela.

— Essa é a Angelica, você conhece? Ela cuida da logística do time.

Aperto a mão dela, que, claro, está usando uma luva de couro boa.

— Acho que nos encontramos uma vez, logo quando eu vim para cá — digo. — Obrigado por tudo que você faz pelo time.

Angelica sorri para mim.

— Eu acabei de falar pra sua namorada que ela devia entrar em contato com alguém do departamento de publicidade atlética. Eles gostam de receber envios dos alunos fotógrafos, isso une bem as artes e o esporte para a universidade.

Arregalo os olhos para Bex.

— Parece maravilhoso — digo.

As bochechas dela já estão cor-de-rosa de frio, então disfarçam o rubor que eu sei que deve estar ali. Ela mexe na lente da câmera.

— Pode ser. Você sabe que já sou muito ocupada.

— Mas você é tão talentosa.

— Pode ser — repete ela.

— Talvez seja isso que devia fazer depois da formatura — falo, olhando de lado para Angelica. — Podia ser fotógrafa esportiva.

Ela ri.

— James, fala sério.

— Mas eu estou falando sério.

— E eu também. — Ela sorri para Angelica. — Obrigada pela informação. Prazer te conhecer.

Tem algo duro no tom dela, uma clara dispensa. Ela se ocupa guardando a câmera no estojo. Dirijo um olhar de desculpas a Angelica, que põe um cartão na minha mão.

— Pede para ela ligar para o meu escritório — diz, baixinho, antes de ir embora. — Eu coloco ela em contato com o Doug.

— Bex — digo, olhando o cartão.

— Não vou pegar.

— Vai, pega. Com certeza as fotos que você tirou do treino são incríveis. Você podia transformar isso na sua carreira.

— Eu já tenho uma carreira.

— É? Fazer torta é carreira? Discutir com fornecedores porque eles te trouxeram o tipo de bacon errado é carreira?

— É. — Ela pendura a câmera no ombro com bem mais força que o necessário.

— Deixa de ser esnobe.

— Estou falando de uma carreira que te anime.

Bex levanta a cabeça para mim com fogo no olhar.

— A gente já falou disso.

— Aquilo não é você, Bex — continuo, tensionando o maxilar de frustração. — Isso? Isso, sim, é você. E esquece a parte dos esportes, tá bom, não faça esportes. Mas você merece ter uma câmera na mão. Você podia ter um estúdio de fotografia. Ou trabalhar em casamentos. Ou...

Ela arranca o cartão da minha mão e o enfia no meu bolso, conseguindo me calar.

— É um hobby. Eu amo, mas é só um hobby.

— Você diria a mesma coisa para mim em relação ao futebol americano? "Olha, amor, eu sei que você é supertalentoso, mas é um hobby, e agora você devia ir atrás de um emprego de verdade."

— Não é a mesma coisa, e você sabe disso.

— Por quê?

— Porque não! — grita ela. — Eu não tenho escolha.

— Você podia vender a lanchonete. Só vende, pega o dinheiro e abre um negócio que você queira de fato administrar. Você vai ter o diploma.

— Não me dê ordens.

— Não estou dando ordens... eu só quero que você seja feliz.

Ela dá meia-volta e sai andando.

— Beckett, por favor.

Mas ela não para.

Eu a alcanço, ignorando os olhares que estou atraindo de alguns dos caras do time que ainda estão no campo. Eu realmente devia entrar para me esquentar e analisar o treino com o técnico, mas nem ferrando vou deixar Bex ir embora puta.

— Você merece tudo o que quiser — insisto. — Tá? Foi só isso que eu quis dizer. Se o que quer mesmo é a lanchonete...

— É, sim.

— Tá bom. — Estendo o braço e pego a mão dela. Os dedos parecem picolés. — Desculpa. Mas liga para ela, por favor. Mesmo que seja só um hobby, se te interessa, você devia fazer isso. Eu te observei bem mais do que devia durante o treino e percebi quanto estava se divertindo. Mesmo na neve.

Bex ergue os olhos. Não gosto de como a expressão dela está reservada, como se ela tivesse medo de revelar coisa demais. Nos últimos tempos, fomos realmente sinceros um com o outro, e agora estou morrendo de medo de ter estragado isso.

Por mais que eu queira só resolver tudo para ela, sei que não posso. Não se eu a quiser na minha vida.

Espero que, quando chegar a formatura, ela perceba que não devia se sentir obrigada a continuar um negócio pelo qual nunca pediu para começo de conversa. Ela é leal à mãe, e isso é admirável. No entanto, se a mãe realmente se importasse com Bex, estaria ajudando a filha a ter a própria vida, não usando a culpa para manipulá-la, fazendo-a desperdiçar tudo só para administrar o negócio que começou com o marido que a abandonou.

— A gente se vê mais tarde — diz Bex. — Aula particular?

— Claro. Com certeza.

Ela vai para o carro. Fico lá parado por um momento, parecendo criar raízes, antes de ser atingido pela realidade da situação.

Não quero que ela vá embora brava e não quero que ela vá embora sem um beijo.

Corro até ela e a puxo para meus braços. Ela solta um arquejo de surpresa quando a beijo, nossos lábios gelados se encaixando perfeitamente. Na minha ânsia, derrubei o gorro dela; subo a mão para segurar a nuca dela, que estremece. Para meu alívio, Bex corresponde ao beijo, agarrando minha camiseta.

— Por que isso? — sussurra ela quando enfim me afasto.

— Passei o treino todo com vontade.

Ela solta uma risada pelo nariz.

— Eu sei como fico nesse casaco. Virei um marshmallow.

— O marshmallow mais lindinho do mundo. — Eu a beijo de novo. — O mais sexy também.

O nó em meu peito afrouxa quando sinto seu sorriso em meus lábios. Recuo um passo, levando as mãos ao rosto de Bex para ela me olhar.

— Desculpa. Vou parar de te pressionar. Mas só se você me prometer duas coisas.

Ela me olha desconfiada.

— Que duas coisas?

— Ligar para a Angelica.

Bex aperta forte os lábios.

— Só pensa nisso — peço.

Finalmente, ela faz que sim.

— Qual é a segunda coisa?

— Aceitar passar o Natal comigo e com a minha família.

31
BEX

Laura larga o folheto na minha mão com um floreio.

— De nada.

Mal olho antes de colocá-lo na minha escrivaninha. Assim que eu terminar o artigo que estou escrevendo, vou ficar livre do semestre. *Finalmente*. Fazer seis disciplinas não é para os fracos. Conforme o período de provas foi terminando, a tensão foi me deixando pouco a pouco.

Está sendo substituída pelo pânico que sinto cada vez que lembro que aceitei passar o Natal com a família de James, mas enfim... Variedade é o tempero da vida e tudo o mais. Foi mais fácil concordar e deixar que ele ficasse animado com isso do que continuar discutindo sobre o que ele acha que eu devia fazer com meu futuro.

Laura se joga na minha cama, fazendo o colchão balançar.

— É sério isso? — pergunta ela. — Estou prestes a ir embora, sabe. Não vou te ver por um mês. O mínimo que você podia fazer é se despedir, apesar de não querer nem olhar meu presente supermaravilhoso de despedida.

— E eu ainda estou morrendo de inveja — digo, girando a cadeira para olhá-la. — O Barry vai mesmo para Naples?

— Vai. Foi difícil convencer, mas ele topou. — Laura sorri. — Meu irmão vai engolir ele vivo. Você vai mesmo para Port Washington?

Brinco com um fiapo no meu suéter. Port Washington. Até o nome parece chique.

— Aham. E, toda vez que penso nisso, sinto que estou desenvolvendo uma úlcera.

— Você precisa tirar umas fotos escondida. Aposto que a casa é *espetacular*. Duvido que os pais dele não tenham contratado um profissional pra fazer a decoração de Natal.

— Ah, não é possível, não devem ter feito isso.

— Se estiver certa, tiro meu chapéu pra você.

— Achei que não usasse chapéus porque deixam sua cabeça grande.

— Bom, se eu tivesse um chapéu, eu o tiraria. A mãe dele é tão deslumbrante. É bom você se preparar para um Natal glamoroso.

Levanto a sobrancelha.

— Está tentando fazer eu me sentir melhor? Já estou surtando, então valeu.

Laura pula sentada na cama algumas vezes.

— Olha o folheto. Vou mandar seu presente de Natal de verdade para a casa do James, mas isso é tipo um minipresente.

Suspiro ao me virar para pegar o papel. No segundo em que começo a passar os olhos, o calor irrompe nas minhas bochechas.

— Laura…

— Não precisa ser estudante de artes visuais para se inscrever — diz ela, reagindo rapidamente. Claro, ela antecipou todos os meus argumentos. — É pra todo mundo que quiser tentar. E colocaria seu trabalho numa galeria de verdade no Village!

Eu me forço a ler o folheto. É um concurso patrocinado pelo Departamento de Artes Visuais da McKee, oferecendo prêmios em várias categorias… incluindo fotografia. Todos os finalistas vão receber mil dólares e ter suas obras expostas na Close Gallery no West Village, e tem um grande prêmio para o conjunto de obras que o departamento considerar mais excepcional. A quantia quase faz meu queixo cair. Cinco *mil* dólares. Seria uma superajuda com a reforma do apartamento.

— Uau — sussurro.

— Você pode mandar as fotos que estão na lanchonete — sugere ela. — Ou aquelas novas do treino de futebol americano que você mostrou, estavam sensacionais. Ainda não sei como você fez um bando de caras com frio correndo na neve parecerem tão legais. Me promete que vai pelo menos tentar?

Dobro o papel com cuidado e o enfio na minha agenda.

— Prometo. Mas vê se não cria muita expectativa. Provavelmente é um daqueles lances que eles preferem que alguém do departamento vença.

— Você fez algumas aulas. Teve aquele professor que tentou te convencer a fazer dois cursos!

— Não é a mesma coisa.

— Para de se subestimar.

— Não é isso. Só estou sendo... realista.

Não contei a Laura sobre a oferta de Angelica. Depois de ligar para ela, o que fiz porque prometi a James, Angelica entrou em contato com um cara chamado Doug Gilbert, que cuida da mídia de todos os esportes da McKee e que deu uma olhada nas fotos que tirei do treino. Ele ficou impressionado, e agora tenho um crachá de imprensa estudantil para usar se quiser, desde que eu ofereça as fotografias para ele avaliar e possivelmente usar — mediante pagamento — em materiais promocionais dos times.

Foi estranho, como se eu estivesse lá por ser namorada de James, mas ele me garantiu que não era o caso. Olhar meu trabalho foi um favor para Angelica, que aparentemente me adora, mas me oferecer o crachá de acesso foi por ele achar que vou entregar fotografias boas.

Eu ainda não contei para James também; estou planejando revelar tudo no caminho para a casa dos pais dele. Nunca tive que guardar um segredo assim, e, sinceramente, é bem divertido.

Mas, mesmo que eu aceite, mesmo que venda algumas fotos à universidade ou entre no concurso, não muda a realidade da minha situação.

Laura parece que vai insistir, mas balanço a cabeça cada vez mais até ela largar mão.

— Me mostra o que vai usar no jantar de Natal — diz ela em vez disso. — Eles cozinham? Na verdade, eles devem ter contratado um chef. É o que os meus pais fazem, principalmente nas festas.

〰️

— James! Beckett!

Sandra nos puxa em um abraço apertado no segundo em que abre a porta, apesar de ainda estarmos encasacados na varanda da frente. Meu gorro de lã — o mesmo que James derrubou da minha cabeça quando me beijou depois do treino — fica torto.

— Sandra — respondo, com carinho genuíno.

Não tive muita chance de conversar com a mãe de James, então o entusiasmo é intrigante, mas bem-vindo de qualquer modo.

Três dias inteiros assim antes de irmos para a final do campeonato em Atlanta. Apesar dos esforços de Laura, não estou nada calma. O Natal para mim geralmente significa comer torta e abrir presentes enquanto *Um duende em Nova York* passa na televisão, depois jantar na casa da tia Nicole. É como se eu tivesse ido passar este Natal na Lua.

Ela me ajuda a ajeitar o gorro antes de abraçar Cooper e Sebastian com a mesma energia.

— Que bom que vocês chegaram bem. O trânsito estava ruim?

— É Long Island, o trânsito sempre está ruim — diz Cooper, com a voz abafada no cabelo da mãe.

Quando ela se afasta e vê o rosto dele, solta um arquejo. Ainda dá para ver a sombra de um hematoma na maçã do rosto.

— Cooper Blake Callahan — repreende ela, esfregando o polegar no machucado.

— Você tem que ver como ficou o outro cara — responde ele, tentando um sorriso.

Olho de soslaio para James porque ambos sabemos que isso não é do hóquei. Cooper e Sebastian se meteram em uma briga de bar com uns caras no Red's há uma semana, e, até onde entendi, isso está na lista de coisas que Richard Callahan, com sorte, nunca vai descobrir.

Ela suspira.

— Precisam de ajuda pra entrar com as coisas? Richard, as crianças chegaram!

Ao entrar na casa dos pais de James, tenho que fazer um esforço consciente de não deixar meu queixo cair. Saímos da McKee no meio da tarde, então já é noite e, quando encostamos o carro, a ficha não caiu para mim de quão grande essa casa é. Tenho quase certeza de que a Abby's Place inteirinha caberia só na entrada. O saguão tem um daqueles tetos altíssimos, tipo de catedral, com um lustre e duas escadarias que levam ao andar superior; no vão entre elas há uma árvore com pelo menos três metros e meio, decorada à perfeição com pisca-piscas e enfeites dourados e prateados. Sandra pega meu casaco e cachecol. Eu a ouço elogiando meu vestido de tricô, mas estou ocupada demais olhando fixamente para Richard.

Apesar de agora já tê-lo visto algumas vezes, ainda é chocante perceber quanto James e Cooper se parecem com o pai. Por meio segundo, sinto que estou olhando meu namorado daqui a vinte anos. Ele sorri ao ver a esposa mexendo no colarinho de Sebastian, aí seu olhar encontra o meu, e o sorriso não chega mais aos olhos.

— Beckett — cumprimenta ele, e me oferece um aceno de cabeça enquanto aceita um abraço de James. — Que ótimo que você vai passar o Natal com a gente.

Tento manter o sorriso relaxado, apesar de, por dentro, ter vontade de sair correndo. Aquela intensidade que James irradia no campo? Richard a tem o tempo todo, pelo jeito.

— Não é ótimo? — diz James, passando o braço pela minha cintura. — Levou um tempo pra convencer, mas acho que consegui com a promessa do jogo anual de *Monopoly*.

— Que eu vou ganhar — declara Cooper. — Já são três anos seguidos.

— Um ano de vitória justa e dois de roubalheira — retruca Sebastian.

— Espero que você não se importe com esse tipo de tradição — diz Sandra, revirando os olhos com carinho. — A gente ia amar uma partida de futebol americano em família, mas ninguém quer arriscar uma lesão. Enfim, pedi para a Shelley deixar petiscos e bebidas na sala. Izzy está lá atrás escolhendo o filme de hoje.

Sebastian e Cooper trocam um olhar antes de dispararem pelo corredor.

— Cooper não acha que é Natal até assistirmos a *Férias frustradas de Natal* — murmura James no meu ouvido. — Sebastian prefere *Um duende em Nova York*. Pra Izzy tanto faz, então ela pode ser comprada com a promessa de mais presentes.

— E você?

Ele sorri.

— Diz você primeiro.

— Estou do lado do Sebastian.

Ele fica boquiaberto.

— Ah, não. E eu pensando que minha namorada tinha bom gosto.

Em vez de me levar pelo mesmo corredor, porém, James me puxa para o cômodo seguinte.

— Acho melhor levar ela pra fazer um tour agora — explica ele aos pais.

— Claro, querido — diz Sandra. — Mas não demora muito, tem sidra quente.

— E queremos saber o que você anda fazendo — completa Richard.

O tom dele é leve, mas ouço a pergunta ali, e James provavelmente também, porque seu maxilar tensiona um pouco.

Ele acende a luz do cômodo, revelando uma sala de estar formal com uma lareira enorme. Tem estantes de livro ocupando uma parede inteira e um piano no canto.

— Izzy ficou obcecada por tocar piano em um verão — explica ele.

— É legal — comento.

A sala não parece lá muito pessoal, na verdade. Tomara que o restante da casa tenha cara de que mora alguém de verdade.

Ele me leva pelo escritório do pai, me dá um beijo embaixo de uma guirlanda de azevinho em um batente de porta e me mostra o corredor que leva à ala dos pais dele. Na cozinha, uma mulher de certa idade com um penteado azul espetado briga com James por roubar um biscoito de um prato.

— Valeu, Shelley — diz ele, quebrando o biscoito ao meio e me dando um pedaço. — Essa é a Bex, minha namorada.

Shelley estende a mão para um cumprimento, e seus olhos enrugam no canto quando James me dá um beijo no topo da cabeça. Estou corando, mas não ligo muito. Não consigo parar de olhar as bancadas incríveis de mármore e a geladeira de tamanho industrial.

Ele me leva ao andar de cima, passando por uma série de portas. O quarto de Sebastian, o quarto de Cooper, o quarto de Izzy. Dois quartos de hóspedes. Espio dentro de um deles. Parece aconchegante o suficiente para algumas noites, cheio de almofadas e uma colcha grossa. Por algum motivo, tem uma pintura de uma vaca pendurada na parede em frente à cama. Eu tinha sentido uma vibe mais praiana chique no restante da decoração, o que me parecia adequado para uma casa a poucos minutos da orla.

James estende o braço pelo lado do meu corpo e fecha a porta.

— Você não vai dormir aí.

Levanto a sobrancelha.

— E os seus pais?

— Nós somos adultos. Eles sabem que a gente dorme junto. — James entrelaça os dedos nos meus e me puxa até o fim do corredor. — Não tem por que fingir.

Ele abre a porta do próprio quarto, revelando um espaço arrumado com paredes azul-claras e um monte de pôsteres de futebol americano. Sorrio, olhando cada centímetro. Vejo troféus em uma prateleira acima da cama e uma estante lotada de livros. Os lençóis e o edredom são cor de creme, mas há uma colcha xadrez puída na ponta da cama.

— Adorei — comento. — Eles mudaram alguma coisa depois de você ir para a faculdade?

— Com certeza está faltando uma coisa — diz ele.

Acho que eu devia ter esperado isso, mas mesmo assim solto um gritinho quando ele me empurra na cama.

Ele abaixa a cabeça, os olhos dançando, e tira meu cabelo do rosto.

— Ah, bem melhor.

Dou um empurrão na barriga dele.

— Seus pais querem que a gente desça.

— Em um minuto. — Ele me empurra com delicadeza, cobrindo meu corpo com o dele e me beijando. — Não tive chance de te dar um beijo de parabéns por receber o passe de imprensa.

Não consigo me segurar: beijo-o também. Os lábios dele estão rachados de frio, e ele está com um pouquinho de barba por fazer; a fricção me faz engolir um gemido. Ficamos assim por uns minutos, bem colados um ao outro, nos beijando até perdemos o fôlego e termos que nos separar para respirar antes de recomeçar. As mãos dele não passeiam pelo meu corpo, mas sinto a ereção crescendo e estou prestes a topar um boquete rápido se ele quiser quando a porta se abre.

— Achei!

Izzy entra no quarto com um sorriso arrogante.

— Vocês dois são *tão* idiotas.

32

JAMES

De manhã, levantar é uma tortura. Sou forçado a largar uma Bex maravilhosa, lindíssima e nua na minha cama de infância para ir correr no frio. Na manhã da véspera de Natal.

E nem sou o primeiro a chegar lá embaixo.

Meu pai, que está se alongando, levanta os olhos quando me sento para pôr o tênis.

— Que bom que vai vir com a gente, filho.

— Lesma — implica Izzy, cutucando minha bochecha ao passar. — Ficou acordado até tarde no rala e rola com a Bexy?

Reviro os olhos.

— Primeiro, ela não gosta de ser chamada assim. O nome dela é Bex. E, segundo, na lista de coisas que não pretendo debater com minha irmã mais nova, minha vida sexual está no top três.

Seb sufoca uma risada ao se alongar em um afundo.

— Rala e rola. Boa, Iz.

— Estávamos quase indo sem você — observa Coop, balançando a cabeça solenemente. — O vencedor do Heisman está ficando relaxado.

Meu pai se endireita e bate palmas.

— Soldados! Sua mãe insistiu em dormir até tarde por causa das festas. Coop, Seb, Izzy, vocês começam na Amberly. James e eu vamos pela Greenwich. Os primeiros a voltar podem escolher o primeiro filme do dia.

Saio da casa apostando corrida com meus irmãos.

Mesmo sendo um homem bem mais velho que não amarra as chuteiras há anos, meu pai quase me faz comer poeira nos primeiros quarteirões. Com o ar gelado da manhã ardendo minhas bochechas, aumento o ritmo, cortando entre carros estacionados na lateral da rua.

— Então — diz ele finalmente. — Trouxe ela para passar o Natal em casa.

Seco minha testa.

— Aham.

— Depois de concordarmos que nada de namoro.

— Eu não queria que acontecesse. Só... evoluiu.

— Depois de você ter fingido namorar com ela. Eu podia ter te avisado quanto isso ia dar certo.

— Bex não é que como a Sara. — Desvio de um buraco. — Ela não é nem um pouco como a Sara, na real. E eu gosto muito dela.

Ele para de repente, e quase dou um encontrão nele. Meu pai me olha, com o peito ofegante.

— Meu Deus. Você está apaixonado por ela.

Eu estava tentando evitar dizer isso, até para mim mesmo, mas não adianta negar. Pode ter começado como um relacionamento de mentira, mas Bex entrou na minha vida tão completamente que não consigo imaginar um mundo sem ela ao meu lado. Ela é a primeira coisa em que penso quando acordo e a última em que penso antes de ir dormir. Eu sonho com ela. Se achasse que conseguiria convencê-la, eu a chamaria para morar na minha casa, para não ter que passar nem uma noite sem ela nos braços.

E meu pai consegue ver todos esses pensamentos passando pela minha cabeça tão claramente quanto se estivessem escritos na minha testa com uma porra de uma canetinha.

— James — diz ele, com a voz pesada.

— É diferente desta vez.

— Até ela virar um obstáculo.

— A Sara não... — Eu pauso, esfregando o rosto. — Ela não virou um obstáculo. Ela estava doente. Eu fiz as escolhas que fiz porque gostava dela.

— Exato. — Ele estende a mão e aperta meu ombro. — A Beckett parece uma menina bacana. Não estou dizendo que não seja. Mas falamos da necessidade de escolher o jogo. Achei que você entendesse isso.

— Eu escolhi o jogo a temporada toda.

— E o que vai acontecer quando ela quiser que você escolha ela, mas isso atrapalhar o jogo?

Engulo em seco. Eu mesmo já pensei nisso; não que vá admitir ao meu pai. E se o incêndio na lanchonete tivesse acontecido em um dia de jogo? Eu teria ido com a

Bex, independentemente de onde precisasse estar naquele momento. A única coisa que eu soube no momento que vi o pânico no rosto dela foi que ia ficar ao seu lado, não importava o que ela estivesse enfrentando.

— Está quase no fim da temporada — argumento.

— E quando virar seu emprego em tempo integral? Ela vai estar disposta a se mudar com você?

— Minha mãe se mudou com você.

— Sua mãe e eu tínhamos um entendimento muito particular. A maioria das pessoas não compreende ou aceita os sacrifícios necessários para ter sucesso nesse mundo. É muito difícil.

— E, mesmo sem conhecer a Bex, você acha que ela é assim?

Quero desviar o olhar, mas os olhos dele acham os meus, me paralisando só com a intensidade.

— Só estou te lembrando de tomar cuidado. Se você jogar como está jogando, em poucos dias vai ser campeão nacional. Mas aí vem o *draft*. A formatura. A apresentação no seu primeiro campo de treinamento. Sua primeira temporada, provavelmente em Philly ou San Francisco.

— E vejo a Bex do meu lado pra tudo isso. Assim como me vejo do lado dela para tudo o que ela precisar ou quiser fazer.

— Ela vai com você?

Não respondo nada. Acho que sim, mas não sei. Bex devia estar se formando em artes visuais; sei que a relação dela com o curso de administração é no máximo morna. Ela devia estar procurando por profissões ligadas à fotografia. Se eu pedisse para ela ir comigo para San Francisco agora, não sei qual seria a resposta; ela tem batido o pé em ficar com a lanchonete da mãe. Relacionamento a distância? Nunca tentei e não tenho certeza de que conseguiria. Tem uma puta diferença entre jogar fora de casa ou passar algumas semanas em um campo de treinamento e de fato morar do outro lado do país.

— Eu sei que você ama ela — continua meu pai, diante do silêncio. — Sei que acha que vai ficar com a Beckett para sempre. Mas você também achou isso da Sara, filho, e olha no que deu.

Ele esfrega meu ombro. Pisco, engolindo em seco. Eu devia mandá-lo se ferrar, mas as palavras não vêm.

— Vamos continuar — respondo enfim. — A Izzy vai escolher *Tudo em família*, e não consigo me forçar a ver essa merda de novo.

33
BEX

Estou meio apaixonada pela mãe do James.

Quando desci, há meia hora, a casa estava em silêncio. Mesmo em um espaço tão grande, percebi que James e os irmãos não estavam. Mesmo assim, fui na ponta dos pés até a cozinha, torcendo para achar café, e encontrei Sandra em vez disso.

Ela passou um café e insistiu que comêssemos biscoitos no café da manhã. Que ícone.

Agora, ela está recostada na cadeira, com os pés descalços embaixo do corpo, e dá mais um gole no café ao me olhar. Tenho a sensação de que vai começar algum tipo de interrogatório. Na primeira e única vez em que encontrei os pais de Darryl, a mãe dele me perguntou de cara quantos filhos eu planejava ter. Sandra poderia dizer praticamente qualquer coisa que seria automaticamente melhor do que ela.

— Você está usando o suéter do meu filho — comenta ela.

Fico vermelha e baixo os olhos para ver. É só um moletom cinza da McKee, mas, em mim, fica largo e as mangas caem por cima das minhas mãos. Eu as enrolo e puxo um fio solto.

— É aconchegante.

Ela sorri. Tem um rosto gentil, que mostra a idade de modo natural, com pés de galinha que adicionam uma suavidade extra ao sorriso. Não tem nada artificial nela. Mesmo agora, está vestindo uma camiseta que me ocorre que talvez seja do Richard e uma calça de pijama de algodão macio. A língua está manchada de azul da cobertura dos biscoitos. Os óculos com aro de tartaruga emolduram seu rosto como se ela fosse uma personagem de um filme de Nora Ephron. Esta é a mulher que amou James a vida inteira. Em cada vitória e cada derrota, cada triunfo e cada crise. Ela estava ao lado dele quando tudo acontecia com Sara.

— O James me falou tanto de você — diz ela. — Ele estava com medo de contar ao pai, mas eu o obrigo a me ligar com frequência e, ultimamente, todas as conversas foram sobre você.

— Você não obriga — digo com sinceridade. — Ele sempre fica mais feliz depois que liga pra você.

— Vocês estão passando bastante tempo juntos.

Respondo assentindo. Apesar de ter meu quarto no alojamento, eu ando dormido cada vez mais na casa de James. Com o semestre acabando, fazia sentido — tínhamos trabalho para a aula de escrita, e não é como se eu pudesse ir ao apartamento da minha mãe para tirar uma folga do alojamento. Além do mais, ele encana comigo dirigindo sozinha à noite. Suspeito que seja uma desculpa para me segurar na cama dele por mais tempo, mas não pretendo mencionar isso porque me faz feliz demais.

— Ele me contou que você sabe da Sara, e eu estava preocupada de, depois dela, ele se punir. O que aconteceu foi horrível, mas não foi culpa dele. Não é assim que uma pessoa saudável reage a um término.

— Não — concordo, falando baixo. — Mas agora ela está bem, né?

— Sim, ainda falo com a mãe dela de tempos em tempos. Ela está segura e terminando os estudos em outra faculdade, perto dos primos.

— Que bom.

Pego minha caneca de café, apesar de estar quase vazia, e dou um pequeno gole.

— Mas me fala mais de você — pede ela. — Ele disse que você é fotógrafa, certo?

Prendo uma mecha de cabelo atrás da orelha, olhando para a árvore de Natal em vez de encarar a mãe de James. Há mais uma na sala de estar, uma que consigo reconhecer; é decorada com luzinhas coloridas e enfeites caseiros de quando James e os irmãos eram pequenos. Ontem à noite, Sandra explicou que eles sempre fazem um retrato familiar formal com a árvore do hall de entrada — já apareceu em revistas, em geral ao lado de matérias divulgando a fundação —, mas ela gosta bem mais das fotos bobas que tiram na sala.

— É — confirmo. — Quer dizer, é meu hobby.

— Ah. Não é o que está estudando?

— Hum, não. Eu vou assumir a lanchonete da minha mãe quando me formar. — Eu me forço a olhar para Sandra e sorrir. — É um lugar charmosinho que não fica longe da McKee. Temos a melhor torta do Hudson Valley.

Ela pensa no assunto.

— Qual é o melhor sabor?

Não é a pergunta que estou esperando. Abro um sorriso sincero.

— Bom, a mais famosa é a torta de cereja, mas eu gosto da de merengue de limão.

— Você ama?

— É onde eu cresci.

— E é seu sonho? — Sandra se interrompe por um momento, balançando a cabeça. — Desculpa, estou me metendo onde não fui chamada. É que as paixões das pessoas me fascinam. Na minha família, lógico, todos os meus meninos têm a mesma paixão.

— Deve estar muito animada com a entrada do James na NFL — comento, agarrando a fraca oportunidade de mudar de assunto.

— Animada? Sim. Apavorada? Também. Vi meu marido ser derrubado rotineiramente por homens com a constituição de trens de carga por dezessete anos. Não é para os fracos, Bex.

— Pelo menos eles não costumam brigar que nem no hóquei na NHL.

— Nem me fala — diz ela, balançando a cabeça de novo. — É por isso que a Izzy é minha favorita. Vôlei em geral não envolve troca de socos, graças a Deus. — Ela pisca. — Não conta para as crianças que eu falei isso.

— Com certeza a Izzy ia jogar na cara deles por anos a fio.

— Está começando a entender a dinâmica da nossa família. — Ela afasta a caneca de café. — Vejo que meu filho gosta de você. Muito. E sei que você provavelmente vai achar estranho que eu diga o que vou dizer, mas obrigada por isso. O James merece alguém que o apoie. É tão sério o tempo todo… é assim desde criança. Sempre seguindo as regras, sempre dando cem por cento em tudo. Mas quando ele te olha… o rosto todo dele se ilumina e ele só relaxa. É lindo.

Ela fica de pé, pegando nossas canecas, e toca minha bochecha.

— E posso não te conhecer tão bem ainda, mas é o que vejo quando você olha para ele também.

Sandra vai para a cozinha e me deixa a sós com a árvore de Natal, lotada de presentes embaixo. A lareira crepita; ela acendeu assim que entramos, mais cedo. Será que ela consegue mesmo ver isso quando James me olha ou está só imaginando?

Meus sentimentos por James ficaram tão profundos. É como se eu estivesse nadando no raso por muito tempo e agora, de repente, percebesse que não estou nem perto da orla. Ele me tira o fôlego. Toda vez que me chama de "princesa", meu coração dá uma pequena cambalhota. Ele é brega, é romântico. Talvez seja o tipo de pessoa que segue as regras, mas as quebrou quando fizemos nosso acordo e tenho a sensação de que nunca se arrependeu.

Escuto a risada de James. Ele aparece de súbito na sala com os irmãos e seus olhos se acendem assim que me veem. Quando se abaixa para me beijar, eu o empurro; ele está suado e gelado, tudo junto. Ele consegue me dar um beijo no topo da cabeça, sorrindo enquanto tento bater nele.

— Desculpa por precisar te deixar — diz.

— Sabe que eu não me importo. Só se você tentasse me obrigar a ir junto. Aí teríamos um problema.

Ele se agacha para ficarmos frente a frente e levanta a sobrancelha.

— Ah, é?

— É — respondo, com a voz mais ofegante do que eu pretendia.

Antes dele, eu diria que suor é nojento, mas agora? Meio que quero lamber o fio que está escorrendo pela lateral do seu rosto.

E, pelo jeito como está me olhando, James sabe o que estou pensando. Claramente, não sou nem de longe tão calma e comedida quanto gostaria de ser.

— O que você faria comigo? — provoca ele.

Um milhão de pensamentos correm pela minha mente, mas, antes de eu ter chance de provocar de volta — ou talvez só empurrá-lo de costas no chão e beijá-lo, com suor e tudo —, somos interrompidos. Tirando o dia em que Cooper calhou de nos ver no meio da pegação, e a vez em que Laura quase nos pegou tomando banho juntos, tivemos bastante sorte com privacidade. Porém, estamos há menos de vinte e quatro horas na casa de James e a irmã mais nova dele já nos interrompeu *duas* vezes.

— Vou colocar *Tudo em família* — declara ela, dando um peteleco na bochecha de James ao passar.

— Não, por favor — resmunga ele. — Eu faço qualquer coisa, Iz. Qualquer coisa para não ter que passar por essa tortura.

— Rachel McAdams é incapaz de fazer um filme ruim. — Izzy me olha. — Né, Bex?

Olho entre meu namorado e a irmã dele. Se eu concordar, vou ganhar uns pontos com Izzy, mas James vai fazer bico.

Ah, ele supera. Não vai ser como um *sack* dado por um *linebacker* que parece trem de carga, para usar a comparação de Sandra.

— Quer saber, Izzy? Você tem cem por cento de razão.

<figure>〰〰〰</figure>

James abre a caixa de *Monopoly*, toda colada com fita adesiva, com a mesma reverência que dedicaria a um artefato histórico. O tabuleiro é como eu me lembro das poucas vezes que joguei, e as cartas também, mas as pecinhas prateadas? Em vez delas, vejo um conjunto estranho de objetos. Um botão, um soldadinho de brinquedo, um medalhão com a dobradiça quebrada, algo que parece um sapato de Barbie, um pompom brilhante e uma tampa de garrafa amassada.

— Bex é a convidada, ela escolhe primeiro — diz Sebastian do outro lado da mesa de centro.

Estamos no chão ao lado da árvore de Natal, com canecas de chocolate quente batizado (exceto a da Izzy) na mão. Achei que fosse receber privilégios de namorada e talvez ficar em um time com James, mas a possibilidade saiu voando pela janela no ar gelado de dezembro no momento em que vi o brilho nos olhos dele. Eu posso estar agora aconchegada a ele, mas, quando as cartas forem dadas, ele é o inimigo.

Está bem. Talvez eu precise admitir a derrota nas vezes que vamos ao fliperama jogar basquete, mas com certeza consigo derrotá-lo em um jogo de tabuleiro.

Cooper me observa com intensidade nos olhos azul-escuros.

— Se você tirar o botão de mim, eu vou surtar.

— O botão? — Baixo os olhos para ele. — Achei que ninguém fosse querer.

— O botão é o que dá mais sorte — diz James. — Depois, é o sapato.

Izzy estala os nós dos dedos.

— Eu vou pegar esse sapato. Você *acabou* comigo ano passado, James.

— Qual é o que dá mais azar? — pergunto.

— O soldadinho.

Balanço a cabeça.

— Três homens, e ninguém quer o soldadinho?

— É o soldado da morte — diz Richard, seco, de seu lugar no sofá.

Sandra está abraçada a ele; são os únicos prestando atenção ao filme que está passando, *A felicidade não se compra*.

Engulo uma onda repentina de emoção com a memória de ver esse filme na televisão da lanchonete com minha mãe. Quando eu era pequena, ela amava, da mesma forma como amava outros clássicos da música, da arte e da moda. Depois de meu pai ir embora, o filme a deixava triste demais, e nunca forcei a barra para assistirmos. Não vejo há anos.

— A coisa mais justa a fazer é jogar todos no meio da mesa — diz Sandra. — E cada um tenta agarrar o seu.

— Você quer mesmo que o Seb dê uma chave de braço no Coop de novo? — pergunta James.

Ela levanta a sobrancelha para o filho.

— No amor e na guerra, vale tudo.

— Bem colocado, meu bem — diz Richard, pontuando com um beijo.

James franze o nariz, mas eu sorrio. O aperto em meu peito, uma mistura de tristeza e felicidade, não me dá folga. Comemos coisas de café da manhã no jantar — aparentemente é uma tradição da família Callahan na véspera de Natal —, e isso faz com que eu me lembre da lanchonete. Um evento familiar grande e gostoso assim? Nunca tive; mesmo quando tinha meu pai e minha mãe comigo, éramos só nós três. Nenhum irmão mais velho para provocar ou mais novo para torturar.

— Tá bem — cede James, empurrando todas as peças para o meio do tabuleiro. — No três. Um, doi... *Cooper!*

34

JAMES

Depois da meia-noite, carrego Bex para a cama.

Ela está meio alegrinha, o hálito com cheiro de licor Bailey's, bochechas coradas, boca frouxa. Eu também estou; quanto mais tempo jogamos, mais licor adicionamos ao chocolate quente. Cooper conseguiu uma vitória totalmente improvável depois das falências consecutivas de Seb e Bex, e isso foi horas depois de os meus pais darem boa-noite.

Ela se encaixa superbem na minha família, como achei que fosse acontecer. Minha mãe a ama. E, quanto mais tempo meu pai passar com ela, mais vai amá-la também. Eu sou totalmente suspeito para falar, lógico, mas é impossível resistir à Bex.

Coloco-a na cama com delicadeza, tirando seu suéter para ela não ficar com calor ao dormir. Ela resmunga, esticando a mão para me procurar quando me afasto para dobrar o suéter e colocá-lo na minha escrivaninha. As meias peludinhas dela têm pinguins usando chapéu de Papai Noel. Quase tão fofo quanto os brincos de árvore de Natal que acendem que ela usou hoje mais cedo.

— Vamos dormir — murmuro, acariciando o cabelo emaranhado dela. — Senão, o Papai Noel não vem.

Ela segura meu maxilar.

— Um dia, você vai falar isso para os nossos filhos.

— Bex — digo, desarmado.

Caralho, ela é tão linda que sinto uma pontada de dor no peito. Seus olhos castanhos deslumbrantes me vigiam em meus sonhos, e todo dia acordo grato por vê-los na vida real.

— Eu te amo — sussurra ela, tão baixinho que por um momento acho que foi minha imaginação.

Mas Bex continua me observando com confiança brilhando no olhar, e sei que ela disse mesmo.

— Porra, eu te amo — respondo.

Eu a pego em um abraço, meus dedos se fechando em seu cabelo. Bex enfia as unhas nas minhas costas. Ficamos assim por muito tempo, inspirando o outro. Quando me afasto, tem uma lágrima correndo pela bochecha dela. Eu a seco com ternura e a beijo.

— Me mostra quanto — pede Bex. — Por favor, James. Me mostra.

Ela tira e joga a blusa para o lado, estremecendo na hora. Eu a puxo para a cama e nos acomodo embaixo das cobertas. Não consigo parar de beijá-la; toda vez que meus lábios roçam sua pele, ela sussurra para eu continuar.

Eu te amo. As palavras giram e se repetem na minha mente e nos meus lábios enquanto nos movemos juntos. *Eu te amo. Eu te amo.* Digo tantas vezes que fico sem fôlego. Ela ri em meu pescoço, sorrindo ao me beijar, se movendo comigo no silêncio tranquilo do meu quarto. Estou apenas vagamente ciente de não sermos as únicas pessoas que existem; de que, por mais que pareça, não estamos sozinhos no mundo. Mas, neste momento, é exatamente o que sinto. Estou na casa onde cresci, cercado pela família que protegeria com minha vida, mas nunca senti de forma tão real e perfeita que é um *lar*. Não até agora. Não até Beckett.

Se eu pudesse escolher só uma pessoa para estar perto, uma pessoa para conhecer, uma pessoa para amar, pelo resto da minha vida… eu a escolheria.

Ainda estamos pressionados um contra o outro quando escuto a respiração dela começar a se estabilizar. Plantando um beijo em sua testa, deslizo para o seu lado. Ela se acomoda em meu peito, apoiando a cabeça em mim.

Não, não estamos sozinhos no mundo, mas, neste momento, embaixo das cobertas… parece mesmo que estamos em um mundo só nosso.

— Um dia eu vou mesmo falar isso para os nossos filhos — sussurro. Meu coração acelera só de pensar. — Porque sou seu, para sempre.

35
BEX

Pelo jeito, a manhã de Natal é bem mais divertida quando se está em uma casa cheia e quando o seu namorado disse que te ama... e que é seu. Acho que James pensou que eu estivesse dormindo ontem à noite na última parte, mas eu o ouvi entre o sono e a vigília. Passei a manhã aconchegada com ele no sofá, vendo a família abrir presentes ao som de música natalina instrumental e, entre provocações e risadas, não parei de sorrir. Os irmãos de James me surpreenderam com um minitripé, o que foi muito atencioso, e um livro de fotografias de Annie Leibovitz. James amou a bolsa de couro personalizada que comprei para ele; mandei mensagem para Laura na mesma hora agradecendo por me ajudar a escolher.

James põe uma caixinha azul nas minhas mãos.

— Aqui, princesa.

Levanto os olhos para ele, corando como toda vez que tem outras pessoas perto ouvindo o apelido. Ele tem um brilho no olhar que instantaneamente me deixa desconfiada de que gastou demais comigo. Reconheço esse tom especial de azul; duvido que alguma mulher nos Estados Unidos não conheça. Quando abro a caixa, um par de brincos piegas em formato de bola de futebol americano cai no meu colo. O que é uma fofura, mas estou focada demais no par lindíssimo de argolas de diamante acomodadas no veludo embaixo.

— James, é... é demais.

— Você amou?

Assentindo, toco uma das argolas com a ponta da unha. É tão delicada. Linda e perfeita — grande o suficiente para aparecer, mas não exibida demais. Nem quero pensar em quanto ele gastou nisso, principalmente depois da câmera.

— Então, é só isso que importa.

— Você é muito fofo. — Levanto uma das argolas do veludo e a coloco. — Você ajudou a escolher, Izzy?

— Eu não — responde ela. — Foi tudo coisa dele. Ele desapareceu na Tiffany's por, tipo, uma hora. No Dia da Izzy.

Beijo a bochecha de James ao colocar a outra.

— Obrigada. Se bem que isso significa que você não precisa me comprar mais presente nenhum, talvez para sempre.

Meu celular vibra no colo. Atendo, distraída; tentei ligar mais cedo para minha mãe para desejar feliz Natal, mas ela não atendeu.

— Oi, mãe, feliz Nat...

— Bexy. Sabia que você ia atender.

A voz de Darryl me faz parar de repente. Eu me levanto, murmurando um pedido de desculpas para James, a família dele, a sala em geral... nem sei. Mal consigo engolir. Meu coração está na garganta.

— É, a casa deles é linda — falo em voz alta, para James não vir atrás. — O James me comprou o brinco mais lindo do mundo; eu te mando uma foto.

De algum jeito, consigo chegar ao banheiro. Tranco a porta e me apoio nela.

— Darryl. Que caralhos você está fazendo?

— Está com ele? — Ele bufa de desdém. — Devia ter imaginado. Você ainda está mamando até o fim.

— O que você quer?

— Só precisa disso, gata? Uma mansão e uns brincos caros? Achei que você tivesse mais conteúdo que isso.

— Eu vou desligar.

— Espera. — Tem uma nota de emoção genuína na voz dele, então não desligo. Cacete, por que ele está me ligando no Natal? — Eu quero saber.

— Saber o quê?

— Por que ele? — Darryl faz uma pausa, respirando pesado do outro lado da linha. — Por que você escolheu esse babaca?

— Você não sabe do que está falando. — Mal resisto à vontade de corrigi-lo em relação a Sara; mas ele não tem direito a essa informação e, além do mais, não quero que saiba que cedi e confrontei James. — E ele não é um babaca. É meu namorado e seu colega de time, e você precisa segurar a porra da sua onda.

— Você nunca quis conhecer minha família. Ir na casa dos meus pais. Tive que te arrastar pra um jantar com eles. A única vez que tentei fazer uma porra de uma coisa legal para você e comprar sua fotografia idiota, você não deixou.

Fecho os olhos.

— E daí, Darryl? Isso foi há um ano.

— Eu sei que fiz merda quando te traí — diz ele. — Mas não vou abrir mão de você.

— Você precisa abrir.

— Não.

— Não adianta insistir...

— Não — irrita-se ele. A voz crepita na linha como um raio. — Não fala "não" pra mim, caralho.

Respiro fundo. Estou tremendo, mas não é como se ele estivesse aqui de verdade. Está em Boston com a família. Eu estou em Long Island. Estamos a horas de distância um do outro; tem a porcaria do estuário de Long Island entre nós. Mas a voz dele carrega tanta violência que, por meio segundo, preciso resistir à vontade de olhar por cima do ombro.

— Bexy — continua ele, com a voz falhando, agora mais suave. — Eu sinto saudade de você. Eu ainda...

Fico quieta por um momento.

— Darryl, nós não estamos mais juntos.

— Você é a única que eu já...

— Para de me ligar — interrompo, apavorada com o que ele está prestes a dizer.

Não posso ouvir essas palavras saindo da boca dele. Não agora, nem nunca. Especialmente não logo depois de James dizê-las para mim.

— Não quer nem ouvir o que eu tenho a dizer?

Desligo. Ele liga de novo imediatamente e, quando cai na caixa postal, tenta mais uma vez. Bloqueio o número dele, tremendo tanto que, nas primeiras tentativas, erro o botão. Dou descarga, caso tenha alguém esperando no corredor, e abro a torneira para jogar um pouco de água no rosto.

Pareço normal o suficiente para voltar à festa, acho. Arrumo um dos brincos. James deve estar querendo saber aonde fui.

Mas, quando saio, Richard está me esperando.

— Bex — diz ele. — Como está sua mãe?

— Ah, hum, bem. — Endireito a postura. Nunca fiquei sozinha com Richard, e, depois da conversa com Darryl, meus nervos estão à flor da pele. Darryl não me ama, mas, se acha mesmo que ama, fico mais desconfortável do que quero admitir. — Obrigada por perguntar. Vamos…?

— Você ama meu filho — interrompe Richard.

Não é uma pergunta, então me limito a assentir.

— E concorda que ele está destinado à grandeza — continua ele.

Nunca ouvi alguém usar essa expressão a sério. Mas não é como se ele estivesse mentindo, então resolvo assentir de novo.

— Ele é muito talentoso — digo.

Minha resposta faz Richard relaxar um pouco. Põe as mãos nos bolsos e se encosta na parede. Ele desceu hoje de manhã usando um suéter com uma árvore de Natal peludinha estampada, e a roupa contrastando com a expressão séria está me deixando levemente nervosa.

— Eu gosto de você, Beckett. Acho que tem uma cabeça boa. Admiro pragmatismo.

— Obrigada…?

— Quero falar com você sobre uma questão pragmática. — Os olhos dele, tão parecidos com os de James, me analisam. Estremeço. Como James e os irmãos conseguiram crescer com esse olhar direcionado a eles é inimaginável para mim. — Não tenho problema com o namoro de vocês. Aliás, acho que tem sido boa para ele. Em um mundo ideal, você vai ficar na vida de James por muito tempo. Mas concordamos que o mais importante é James cumprir seu destino, certo? Ele tem que ter a chance de virar a lenda que tem o talento e o potencial para ser.

Essa resposta é fácil, então me vejo assentindo de novo.

— Sim. É só o que eu quero pra ele — afirmo.

— Que bom. A gente concorda. — Richard inclina a cabeça para o lado de leve. — Só estou pedindo para você que não ameace isso. Se meu filho gostar de você, ele vai te colocar em primeiro lugar. Nunca vai colocar a si mesmo como prioridade. E isso é exatamente o que ele precisa fazer agora. — Ele avança um passo. — Não sei com quais problemas está lidando, o que leva a ligações *assim*… mas não conte para ele. Não torne problema dele. Não agora. Entende?

Richard tem razão. Quando houve um problema na lanchonete, James praticamente brigou comigo para ir junto. Se soubesse sobre Darryl, faria algo de que se arrependeria depois.

— Eu entendo.

— Que bom. — Ele estende a mão e aperta meu ombro. — E Bex? Um conselho.

Levanto os olhos para ele, que está com uma expressão séria, mas também há suavidade. É quase paternal. Ninguém me direciona um olhar assim há anos.

Odeio quanto isso me afeta.

— Isso vale para a lanchonete também. Pense muito bem antes de se amarrar a isso. Porque ele não vai escolher o time em que vai parar.

— Eu sei.

— James continuaria fiel a você, mas seria isso o melhor para vocês dois? Pense bem.

Ele aperta de novo meu ombro antes de sorrir e voltar à sala, me deixando sozinha no corredor.

Seco meus olhos, respiro fundo e digo a mim mesma que se mexa.

Em vez disso, fico olhando o celular. Como bloqueei o número de Darryl, não sei se as ligações pararam. Corro o risco e desbloqueio o número, envio uma mensagem que não ajuda em nada a desacelerar meu coração ou relaxar a tensão nos meus ombros.

Vamos conversar antes do jogo.

36
BEX

Se alguém tivesse me dito antes do início do semestre que, em 2 de janeiro, eu estaria em Atlanta para ver meu namorado jogar na final do campeonato nacional de futebol americano universitário, eu teria exigido saber o que me fez voltar para Darryl.

Em vez disso, tenho James.

Quando o beijei naquela festa, não podia ter imaginado um futuro em que estaríamos juntos. Apaixonados. Em que eu o apoiaria no maior momento da vida dele até hoje, com a câmera pendurada no pescoço porque estou usando meu passe de imprensa estudantil para tirar fotos durante o jogo.

Talvez seja o maior momento da minha vida até hoje também.

Só preciso tirar essa conversa com Darryl do caminho.

Provavelmente vai ser inútil tentar argumentar com ele, mas não consigo me segurar. Temos uma história, mesmo que ele esteja se esforçando para manchá-la a todo momento. Talvez tenha algo que eu possa dizer para enfiar na cabeça dele de uma vez por todas que não quero que me mande mensagem, nem me ligue, nem me procure no campus, e que definitivamente não tenho planos de voltar com ele.

Encontro-o no corredor perto do vestiário. Ainda tem algum tempo até o jogo, então ele ainda não está de uniforme e não colocou a tinta preta na cara. Darryl passa a mão no cabelo, que está mais curto do que da última vez que o vi, e me lança um sorriso que não chega aos olhos. Será que ele sorria diferente quando pensava que gostava de mim ou eu só o enxergava sob outra lente?

— Bexy.

Suspiro. Nem adianta tentar corrigi-lo.

— Darryl. Pronto para o jogo?

Ele estende a mão e puxa meu passe de imprensa.

— Eita, porra, olha só pra você.

Me afasto um pouco.

— Você precisa parar com isso.

— Isso o quê? — pergunta ele. — Tentar voltar com minha namorada?

— É. — Cruzo os braços. Estou usando a camisa de James e sei que não é produtivo no momento, mas tomara que o irrite. — Você abriu mão disso quando me traiu.

— E eu te falei que foi um erro. O pior erro que já cometi.

— Que bom. Pode falar isso pra sua próxima namorada.

Faço menção de ir embora, porque, quanto mais tempo fico aqui, mais desconfortável me sinto, mas, como no jogo na Penn State, Darryl me encurrala. Olho ao redor, nervosa, para ver se tem alguém por perto. É arriscado encontrá-lo em um lugar onde James também está, mas eu queria que fosse algo semipúblico.

Não estou com medo dele. Fora aquela vez na lanchonete, ele não tentou mais encostar em mim. Darryl só não está acostumado a perder algo que quer e, infelizmente, isso ainda sou eu. Abro o que espero que seja um sorriso apaziguador e toco o braço dele.

— Darryl. Você não me quer mais. Mesmo antes de eu conhecer o James, estávamos separados.

— Para com essa palhaçada — diz ele, com aquela nota de fúria e frieza de volta na voz. — Você me dá um pé na bunda, e aí dá meia-volta e começa a sair com ele? Eu te amo, Bex. Sabe quanto me dói ver vocês dois juntos?

— Se me amasse mesmo, não teria me traído! — Não consigo deixar de elevar a voz. — Eu segui em frente, e você precisa fazer o mesmo. Para de me procurar no campus. Para de ir ao meu trabalho. Para de me ligar. Só para.

— Sei que você mentiu sobre namorar ele — retruca Darryl.

Eu me forço a não reagir, apesar de suas palavras me provocarem um calafrio. O acordo que James e eu fizemos parece ter sido há tanto tempo, mas *foi* como tudo começou.

— Quê?

— Talvez não esteja mentindo agora, mas mentiu no começo e me fez parecer um puta idiota.

Engulo em seco.

— Eu gostava muito de você — digo. — Ainda quero que seja feliz. Mas não vai ser feliz comigo.

Ele balança a cabeça.

— Não. Para de me falar "não".

— Darryl...

— Termina com ele.

Dou uma risada incrédula.

— Não é possível que esteja falando sério.

— Termina com ele, senão eu conto pra todo mundo o real motivo para ele ter saído da LSU.

Ele se aproxima, fazendo meu coração saltar para a boca. Lembro a mim mesma que não estamos sozinhos, que alguém pode passar a qualquer momento e que eu não preciso ceder a essas exigências ridículas só porque Darryl acha que ainda me quer. Não acho que ele algum dia me quis — só alguma versão minha, a versão da namorada boa e compreensiva que ama o namorado jogador de futebol americano. Não pude oferecer isso a ele, mas tenho oferecido a James a temporada toda, e agora as consequências finalmente chegaram.

— Você sente saudade de mim, gata, sei que sente.

E então ele se inclina e me beija. Não me afasto rápido o bastante, paralisada e entorpecida enquanto suas palavras ecoam em minha cabeça. Ele aprofunda o beijo, agarrando meu cabelo, forçando meus lábios a se abrirem. Tarde demais, minhas mãos empurram o peito dele, mas Darryl é tão mais forte que não consigo fazê-lo se mover. Em vez disso, piso no pé dele o mais forte que consigo, e ele se afasta, xingando.

— Puta que pariu, Bex!

— Você é um escroto! — berro, tentando manter a voz o mais baixa possível, caso haja mais alguém por perto. — Eu não vou terminar com ele. Você precisa parar com essa *porra*.

Ele fica me encarando, mexendo o maxilar. No momento em que se move — se é para me bater ou me beijar de novo, não sei, e não quero descobrir —, disparo pela porta aberta do outro lado do corredor. Eu me tranco lá dentro; parece algum tipo de armário de produtos de limpeza. Deslizo pela parede, o sangue pulsando nos ouvidos, e limpo a boca.

— Oi, Darryl.

Merda. Eu reconheceria essa voz em qualquer lugar.

— Callahan — ouço-o dizer. — Pronto para o jogo?

Paro de respirar. Darryl soa totalmente alheio ao que acabou de acontecer. Pelo menos, não está prestes a sair na mão com James. Mas, se James descobrir... não consigo nem terminar esse pensamento. Cruzo os braços com força, resistindo à vontade de abrir a porta e me enterrar no peito de James. É exatamente o tipo de coisa na qual prometi a Richard não envolvê-lo e, se James me vir agora, vai saber na hora que aconteceu algo.

Um soluço de choro escapa pela minha garganta. Cubro a boca com a mão. Estou tremendo, lágrimas escorrendo pelas bochechas.

— Sim — diz James. — O professor está fazendo um discurso lá no vestiário. Está quase na hora de pôr o uniforme.

— Vamos então.

Escuto, com o corpo tenso, até os passos deles ficarem distantes.

Então, limpo com cuidado as lágrimas e checo se meu rímel ainda está ok. Afinal, é quase hora do jogo. Não posso surtar agora e não estou a fim de dar essa satisfação a Darryl. E, mais importante, não posso estragar o jogo de James.

37

JAMES

Se você conversar com qualquer jogador de futebol americano sobre os jogos mais importantes da sua carreira, ele vai dizer que todo jogo é importante, ou algo parecido. É uma filosofia verdadeira, até certo ponto — eu nunca vou deixar de dar tudo de mim em um jogo —, mas o fato é que alguns são mais relevantes que outros.

Às vezes, é um jogo de início de temporada muito esperado ou uma partida entre dois times de uma mesma conferência que criaram uma rivalidade intensa. Outras vezes é a final do campeonato.

Hoje é uma dessas vezes.

Logo depois do Natal, fui para Atlanta me preparar com o time. O técnico Gomez está tenso para caramba, e não o culpo: é a primeira vez em que a McKee chega tão longe desde que ele foi contratado como técnico principal. Os outros jogadores de último ano no time andaram tão quietos quanto eu recentemente, meditando sobre o que vai ser nosso último jogo universitário, ganhando ou perdendo. Alguns desses caras vão acabar na NFL como eu e Sanders, mas muitos não. Para alguns, é a última vez jogando futebol americano, ponto.

E preciso levá-los a uma vitória.

Descruzo as pernas e me levanto, esfregando as mãos. O chão da academia não é o melhor espaço de meditação que já usei, mas está cumprindo o seu papel, já que coloquei fones com cancelamento de ruído. Tem milhões de pensamentos na minha cabeça agora, implorando minha atenção, e não posso dar bola para nada que não esteja relacionado ao plano de jogo. É a verdade.

Olho meu relógio. Falta uma hora para o jogo começar.

Além de ser em Atlanta, o jogo é na segunda à noite, no horário nobre. Vamos jogar contra o Alabama, mas isso não me assusta.

Eu consigo. O time é bom, e estamos nos encaixando bem em todos os níveis nos últimos jogos em particular. Eu poderia recitar as jogadas até dormindo. Assisti a tantas gravações da temporada do Alabama que consigo prever os movimentos defensivos deles em meio segundo. E, para vencer, vou precisar fazer exatamente isso.

Bo me olha quando passo, com o tapete de ioga enrolado embaixo do braço.

— O técnico Gomez veio quando você estava de fone. Vamos bater um papo daqui a pouco.

Dou um tapinha no ombro dele, assentindo.

— Valeu.

Nós nos olhamos por um bom tempo.

— Obrigado por tudo, cara — digo. — Você foi incrível esta temporada toda.

— Você também até que não é ruim — diz ele, com um sorriso torto. — Vamos levar essa porra de troféu para casa.

— Vamos. — As palavras acendem o fogo dentro de mim. Respiro fundo. — Mais sessenta minutos.

— Mais sessenta minutos.

Enquanto desço pelo corredor, olho meu celular. Minha família mandou mensagem desejando boa sorte; todo mundo está no jogo, claro. A ESPN fez um segmento de entrevista especial com meu pai e comigo há alguns dias, como parte da cobertura antes da final de campeonato, e o orgulho na voz do meu pai me deixou emocionado. Eles tinham imagens de quando eu era pequeno, jogando uma bola aos sete, dez, doze anos, e minha mãe deu fotos minhas com vários uniformes ao longo dos anos para usarem em uma montagem. Algumas eram meio constrangedoras, mas a maioria foi divertida. O único momento estranho foi quando o entrevistador perguntou da minha vida amorosa e mencionou Sara. Desviei a conversa para Bex e pude dizer que ela vai estar na lateral tirando fotos do jogo, então foi incrível.

Mas me pergunto se Sara vai assistir hoje. Não entrei em contato; os pais dela me pediram para não fazer isso, o que respeitei. Mesmo assim, queria poder mandar uma mensagem e checar pessoalmente se ela está bem.

Darryl dobra o canto do corredor, assoviando.

— Oi, Darryl.

— Callahan — cumprimenta ele. — Pronto para o jogo?

— Sim. O técnico está fazendo um discurso lá no vestiário. Está quase na hora de pôr o uniforme.

— Vamos então. — Ele sai na frente pelo corredor. — A Bex veio?

— Veio — respondo, desconfiado. — Na verdade, ela é uma das fotógrafas estudantis, vai estar na lateral.

— Ah, é? — Ele empurra a porta do vestuário. — Que bom pra ela.

Semicerro os olhos. Darryl parece desencanado demais para o meu gosto. Tomara que isso queira dizer que ele está só concentrado no jogo e, com alguma sorte, finalmente percebendo que Bex não está disponível nem vai estar tão em breve.

— Pois é — falo quando nos juntamos ao restante dos caras reunidos no meio do vestiário. — Não vejo a hora de comemorar depois com ela.

Estou ansioso para entrar em campo e jogar essa porra de jogo, mas ver Bex depois vai ser incrível. No segundo em que conseguirmos a vitória, vou encontrá-la na lateral e beijá-la até ela perder a cabeça. Só pensar nisso é suficiente para me fazer querer correr para o campo.

O técnico Gomez bate palmas quando todos nos reunimos.

— Senhores. Foram vocês que fizeram toda a caminhada até aqui. Vamos tirar um momento para absorver isso.

A maioria abaixa a cabeça, pensando ou rezando, alguns se balançando no lugar, outros fechando os olhos. Eu fecho os meus também, visualizando o exato momento em que o juiz vai apitar para encerrar o jogo. O estádio vai à loucura, e meus companheiros vão pular em cima de mim, mas só vou comemorar quando encontrar minha namorada perfeita e teimosa. Tê-la na lateral do campo como fotógrafa estudantil, além de ser legal para caramba para ela, é um bônus para mim. Vou vê-la bem mais cedo que qualquer um dos outros caras vai ver as namoradas.

Imagino a cena toda: o confete, a imprensa correndo, Bex aparecendo quando converso com o repórter da ESPN. Meus companheiros de time me puxando para abraços. Os caras do Alabama me parabenizando enquanto digo que eles jogaram bem. O momento em que minha família desce ao campo para me parabenizar; a forma como meu pai aperta minha mão antes de me abraçar. Imagino até como o boné de vencedor do campeonato vai ficar na minha cabeça e o peso do troféu nas minhas mãos ao levantá-lo. Uso com frequência essa técnica de visualização, mas nunca me aprofundei tanto antes.

Não quero deixar nada ao acaso. Vou vencer esse jogo, não importa o que aconteça.

Depois de mais ou menos um minuto, o técnico pigarreia, e abro os olhos.

— Tenho orgulho de todos vocês — diz ele, olhando-nos um por um. Seu olhar permanece em mim, os lábios tremendo em um sorrisinho. Sei que superei as expectativas dele nesta temporada. O técnico se arriscou a me aceitar depois de tudo o que aconteceu na LSU, e valeu a pena para ele e para mim. — E vou ter orgulho de vocês ganhando ou perdendo, não me entendam mal. Vocês fizeram uma temporada excelente, invictos, e ninguém pode tirar isso. Não importa o resultado desse jogo, não importa o que vocês façam no futuro: *isso* vocês conseguiram. Foram fundo e jogaram de coração. Tornaram meu trabalho fácil demais, senhores.

Todos rimos um pouco. Sinto a energia no cômodo, a expectativa nervosa, a animação. Jogamos em um grande palco a temporada toda, mas nem os outros jogos pós-temporada se comparam a isso.

— Vamos lá conseguir uma última vitória — completa ele. — Conhecemos nosso jogo; conhecemos nosso adversário. Temos um plano e vamos mantê-lo. Callahan?

Dou um passo à frente.

— A porra do campeão do Heisman! — exclama Demarius enquanto Fletch assovia.

— Esse é o cara — grita alguém nos fundos.

Sorrio, balançando a cabeça.

— Vamos lá vencer essa porra — digo.

O time explode em gritos. O técnico sacode meu ombro, começando um canto que rapidamente passa a ecoar no vestiário. É tão alto que seria de se pensar que já ganhamos; mal consigo ouvir o técnico gritando que é hora de vestir os uniformes.

Enfio os dedos na boca e assovio para calar todo mundo.

— O professor mandou a gente se vestir! — grito. — É hora do show!

— Bom, sabemos que você preferia que fosse um show da Lady Gaga — diz Bo, o que arranca uma risada gostosa dos caras.

Mostro o dedo do meio para ele enquanto vou para meu armário. Alguém realmente liga a playlist do time, que inclui um mix saudável de pop, rap e hip hop, e logo estamos rindo, berrando pelo cômodo mais alto que a música, enquanto nos preparamos.

Tiro meu relógio e guardo-o no vestiário, aí pego meu capacete. Bato duas vezes na porta, como faço desde o nono ano.

Estou pronto.

Agora só me resta fazer um bom jogo.

38

JAMES

Vocifero ordens enquanto organizamos a linha de novo, olhando o relógio de relance. Menos de um minuto para o intervalo. Atravessamos *drives* longos o jogo todo, arrancando à força nossas primeiras descidas, e somos recompensados com vários *touchdowns* e um *field goal*. Mas o Alabama não está longe, e outro ponto aqui faria virar um jogo de duas posses no segundo tempo. Na abertura do terceiro quarto, o Alabama vai estar com a bola, então marcar aqui é essencial.

Só que estamos na terceira descida e precisamos de uma primeira descida para manter a chance de um *touchdown* neste *drive*.

Analiso o campo com o olhar, ajustando rapidamente alguns dos meus colegas de time, aí entro em posição para o *snap*. Faço parecer que vamos correr pelo meio da linha ofensiva, mas isso deixa um corredor aberto para mim à direita. Finjo passar a bola, aí prendo-a embaixo do braço e saio correndo para a primeira descida.

Passo a língua pelos lábios ao ver o técnico me dar o sinal para a próxima jogada. Com um conjunto extra de descidas, temos mais opções.

Em seguida, uma corrida pelo meio. Depois, um passe curto que rende algumas jardas. Tentamos chegar na *end zone*, mas passa longe. Olho o relógio de novo; vejo o técnico me dizendo para ir com tudo. Temos tempo para mais uma tentativa de passe antes de termos que descer para o *field goal*.

Vejo Darryl se dispersando na *end zone*, saindo da cobertura homem a homem, e jogo para ele. Sai meio alto; ele pula e pega com uma das mãos, trazendo-a para o peito antes de cair no chão.

— É isso aí, porra! — grito, socando o ar e correndo para ele.

Agora consigo respirar mais tranquilo no intervalo. Ele vem sorrindo, cercado por vários caras do nosso time, e faz uma dancinha da *end zone*. Puxo-o para um abraço de um só braço, batendo em suas costas.

Só temos mais uns segundos antes do intervalo, então o Alabama escolhe deixar passar, contando, com certeza, com aquela primeira posse no segundo tempo. Mas não estou preocupado. Confio na minha defesa.

Não procurei Bex na lateral, querendo evitar a distração durante o jogo, mas agora a vejo acenando para mim. Aceno de volta, sorrindo. Com certeza ela já tirou umas fotos lindas do jogo, mas, sério, a única coisa que eu quero é que ela tenha amado fazer isso. Se eu a ajudar a perceber que esse é um futuro possível, que ela merece construir uma carreira séria com a fotografia, vou ficar felicíssimo.

Darryl se aproxima enquanto corremos para o túnel que leva ao vestiário.

— Tá jogando meio alto, Callahan.

— E você pegou bonito — digo, totalmente sincero. Pegou mesmo. — Mandou benzaço.

— É — responde ele. — Com certeza a Bex amou.

Quase tropeço. Qual é a dele, falando de novo da minha garota? Primeiro, o passe de imprensa. Agora, isso. Bex não o menciona há séculos, então eu também não, porque não quero despertar lembranças ruins. Darryl e eu temos nos dado bem na maior parte do tempo — ou pelo menos era o que achava até dois segundos atrás. Apesar de eu estar ensopado de suor, minha nuca se arrepia.

— Ei — falo, puxando-o para longe da galera antes de entrar no vestiário. — Está querendo me dizer alguma coisa?

— Depende — responde ele. — O que você acha que eu devia estar dizendo?

— Nada — falo, irritado. — Não em relação a Bex. Ela não é sua, babaca. Já faz meses.

Ele dá de ombros, com um sorrisinho enfurecedor.

— Beleza, cara. Se é o que você acha.

Não sei que porra isso quer dizer, mas o técnico Gomez me chama e não posso desobedecer, então, relutante, apenas olho Darryl com raiva por um momento antes de ir embora. Algo no sorriso irônico dele não está me cheirando bem. Se ele sequer *olhar* para Bex, vamos ter um problema.

Seco a testa suada com uma toalha enquanto ouço o técnico analisar o jogo até aqui, trabalhando o plano da segunda metade. É um momento importante, e preciso estar cem por cento focado. Mas não consigo deixar de olhar para Darryl de vez em quando.

Ele não tem motivo para tentar me abalar; estamos do mesmo lado. Ou será que me odeia tanto assim? Mas eu não roubei Bex dele. Ele a perdeu sozinho.

Fico tenso quando o ouço dizer o nome dela, mas não me viro. Nem quando ouço a palavra *beijo*.

— É — continua Darryl. — Ela é tão boa quanto eu lembrava. Um beijo, e ela ficou implorando mais.

Sinto meus punhos se fecharem ao lado do corpo. O sangue lateja em meu ouvido, mas ainda escuto as próximas palavras dele, claras como a porra do dia.

— Ela sempre foi uma piranha. Foi a putinha do Callahan o semestre todo, mas vou pegar de volta.

Meu mundo inteiro se estreita em um ponto minúsculo, as palavras horríveis dele ecoando em minha cabeça.

Ele a beijou. Ele a beijou, caralho. Quando? Como? E, se for verdade, por que estou descobrindo isso por ele?

— James? — diz o técnico Gomez. Sua mão se fecha no meu ombro, um gesto que em geral me tranquiliza, mas, agora, quero arrancá-la dali. — Está bem, filho?

— Licença — respondo, tenso. — Me dá um segundo.

Quero jogar Darryl contra a fileira de armários e estourar a porra do nariz dele, mas, de algum jeito, consigo passar por ele e sair do vestiário. Bex está parada ao lado da porta, bem onde a vi quando entrei, e odeio como a expressão fofa e animada dela desaparece no momento em que me vê.

— James? O que houve?

— Ele te beijou?

O silêncio de Bex seria resposta suficiente, mas seu lábio também treme, e fico gelado quando percebo que ela está prestes a chorar. Fecho os olhos por um longo momento, tentando acalmar meu coração.

— Vou matar aquele filho da puta.

— Espera — pede ela, segurando minha mão. — Se acalma.

— Ele fez isso?

— Fez, mas...

— Mas o quê? — interrompo. A raiva que está me percorrendo chega a um ápice febril quando percebo o que aconteceu. — Mas o quê? Ele te tocou sem a porra do seu consentimento. Porque eu sei que, não importa quanto ele estava se gabando disso lá dentro, você não permitiu. Ele te machucou?

Bex vira o rosto.

— Não vamos fazer isso agora. Você ainda tem que jogar o segundo tempo.

— Foda-se o jogo. — Viro o rosto dela de volta para me olhar. Preciso ver em seus olhos que ela não está mentindo, que está bem. Que Darryl não fez pior do que beijá-la. Ela pisca, derramando lágrimas. Puxo-a em um abraço apertado, segurando a nuca com uma só mão. — Me fala o que ele fez.

Ela soluça no meu ombro, um som que me atinge bem no meio das costelas como uma bala.

— Desculpa, é que… o Darryl tem tentado falar comigo, e nos encontramos antes de o jogo começar, e, quando falei para ele me deixar em paz, ele me beijou. — Bex se afasta, levantando a cabeça e abraçando o próprio corpo. Está de olhos arregalados, e, quando engole mais um soluço, percebo que não está só chateada, está assustada. Aquele filho da puta a *assustou*. — Foi só isso. Eu estou bem.

— Está bem porra nenhuma — praticamente rosno. Abraço-a de novo, agora ainda mais forte, pressionando meu rosto no cabelo dela. Bex soluça outra vez; sinto-a tremendo contra mim. — Não precisa fingir que está.

No segundo em que eu pegar Darryl sozinho, ele vai desejar nunca ter nem pensado em tocar minha garota.

— Você tem que terminar o jogo — sussurra ela.

Sei que Bex tem razão, mas de jeito nenhum vou largá-la assim.

— Você está tremendo que nem vara verde, amor.

Ela esfrega a bochecha em minha ombreira. Sinto-a lutando para controlar a respiração, mas sem conseguir de verdade; ela inspira de um jeito que logo vira outro soluço silencioso. Algumas pessoas passam, e aceno para seguirem, trincando os dentes. Ficamos assim por mais ou menos um minuto, bem apertados. Protejo o corpo dela com o meu para que, quando alguém se aproximar, não veja que está chorando, apesar de os barulhinhos que ela faz me magoarem profundamente.

— Eu te amo — sussurro.

— Desculpa — diz ela por fim, tão baixo que quase não entendo. — Desculpa.

— Não é culpa sua.

Bex balança a cabeça.

— Você precisa ir. Está quase na hora, né?

— Provavelmente. — Dou um passo para trás e acaricio o rosto dela. — Você está bem para voltar?

Ela seca os olhos com cuidado e assente.

— Estou — diz, a voz grave de emoção, fazendo meu coração se apertar. — James?

— Oi, princesa?

Ela hesita por um momento, como se não soubesse bem o que dizer.

— Eu também te amo.

39
BEX

Recuo quando alguns rapazes vêm com tudo na minha direção, o equipamento estalando enquanto se movem. A parte mais difícil desse trabalho tem sido desviar dos jogadores, que nem sempre podem controlar onde acabam parando, mesmo fora do campo. Uma jogada errante do *quarterback* do Alabama quase acabou me atingindo bem na cara no primeiro quarto, antes de eu perceber que precisava me mover rápido de verdade para manter o ritmo deles. Um dos câmeras da ESPN, Harold, me ajudou o jogo todo, com dicas de como antecipar os próximos movimentos. Embora ele já tenha certa idade e seja magro que nem um poste, corre rápido e sempre está com a câmera posicionada para conseguir a tomada. É um superprofissional.

Eu amo ver os jogos, mas isso? É incrível. Meu coração não parou de palpitar desde que a partida começou, e a maior parte é por causa da adrenalina que me percorre. Estou animada e nervosa por James, sim, mas fico tão focada em meu trabalho que às vezes esqueço até de comemorar quando ele faz uma jogada especialmente boa.

Claro, eu estava gostando desse jogo bem mais antes de James descobrir que Darryl me beijou.

Os times organizam de novo a linha ofensiva. Olho o placar. Terceira descida, então James precisa fazer uma mágica para manter o *drive* rolando.

Ele pega o *snap*, finge um passe e segura forte a bola, levando sozinho para o marcador de primeira descida, saindo dos limites do campo. Ele me vê e pisca ao jogar a bola de volta para o juiz. Fico vermelha e mordo os lábios enquanto tiro algumas fotos dele no *huddle*.

Depois que ele voltou ao vestiário, encontrei o banheiro mais próximo e me recompus. Quando saí, parecia totalmente normal. Em geral, consigo disfarçar quando necessário, e agora não é diferente... Não que isso alivie a dor no meu peito. Estou nervosa desde então, segurando a respiração toda vez que vejo James e Darryl interagirem. Prometi que não ia distraí-lo, e aí fui e dei a maior distração possível na metade do jogo.

Só tenho que torcer para ele conseguir tirar isso da cabeça durante o restante da partida.

Ainda não consigo acreditar que tive uma crise daquelas. Quando penso nisso, minha pele coça, minha garganta fecha. Consegui passar a primeira metade do jogo tentando esquecer o que Darryl fez, mas agora que sei que James sabe? O pânico ameaça virar um incêndio.

Olho de novo para o placar. Ver os números grandes anunciarem que a McKee ainda está na liderança, 33 a 30, me deixa mais calma. O último quarto está avançando, e, se James conseguir mais um *drive* com pontuação aqui, eles vão ficar bem mais perto de acabar com o jogo.

Só que, quando James tenta outro passe, a bola escorrega dos dedos do *receiver*... e para bem nas mãos de um dos jogadores do Alabama.

— Merda — murmuro baixinho.

Mesmo assim, tiro umas fotos, mas meu estômago embrulha. Eles vão ter chance de mais uma posse, mas aí o jogo pode estar empatado ou pior que isso, se o Alabama conseguir um *touchdown*. Espio a lateral de campo da McKee enquanto os caras trocam com a defesa. James arranca o capacete, praticamente se jogando no banco. Ele não sofre muitas interceptações e, apesar de essa quase não ter sido culpa dele, tenho certeza de que ele se sente horrível.

Talvez James não consiga se concentrar porque está pensando em Darryl me beijando em vez de no jogo. Se o pai dele tiver razão, se meus problemas os levarem a perder...

Meu estômago se revira só de pensar.

E fica ainda pior quando o Alabama pega aquela interceptação e transforma em um *touchdown*.

O placar é de 37 a 33 faltando menos de um minuto para o término. James tem tempo mais que suficiente, mas um *field goal* não vai resolver: eles precisam do *touchdown*. Fico me lembrando disso enquanto vejo o grupo se reunir para um tempo, em que o técnico de James fala tanto com as mãos quanto com a voz.

Tempo mais que suficiente. James é completamente capaz de liderar um *drive* com *touchdown* sob pressão assim; no jogo anterior, eles precisaram voltar de um déficit para empatar antes de acabar vencendo.

Eles começam o *drive* com uma boa posição no campo, mas, rapidamente, caem para uma terceira descida quando duas tentativas de corrida não levam a nada. James dá um passe, e conseguem arrancar uma primeira descida para manter o embalo. Eu me movo pela lateral com eles, abaixando para desviar de jogadores, equipes e outros membros da imprensa. O rugido da multidão atrás de mim é tão intenso que parece uma parede sólida de som. Consigo tirar uma foto sensacional de Demarius no momento em que ele pega um passe, e outra da defesa do Alabama mergulhando para tentar derrubar James, que sai correndo da frente bem a tempo.

Eles se organizam em uma boa posição para mandar a bola para a *end zone*, mas aí uma falta idiota os faz recuar quinze jardas. Deixo minha câmera ficar pendurada livremente no pescoço, enfiando as unhas no antebraço enquanto vejo James gritar para os caras entrarem na posição. É só uma segunda descida, então eles têm algumas chances, mas mal há tempo de fazer dar certo. Alguns segundos no futebol americano significam que eles conseguem encaixar duas, talvez três jogadas.

Em vez de tentar a corrida, que não foi nada bem-sucedida nesse jogo, eles optam por um passe, mas ele é quebrado na *end zone* graças a uma boa cobertura homem a homem.

Terceira descida.

Eles tentam de novo. Mesmo resultado.

Meu estômago, que mais parece um nó desde o início do jogo, fica tão tenso que quase dói. Sinto o suor escorrendo sob os braços, na testa, nas costas. Enfio as mãos nas axilas, chegando o mais perto que ouso do campo. A multidão grita mais alto do que nunca; os torcedores do Alabama estão ansiosos para comemorar, os da McKee, coletivamente nervosos como eu. Fico me perguntando onde a família do James está sentada — provavelmente em um dos camarotes. Todos viajaram até aqui para isso — jantamos na noite passada em um restaurante chique —, e, mesmo assim, só consigo imaginar o rosto de Richard Callahan, mais intenso do que nunca, enquanto ele se inclina para assistir a esta última jogada.

Quarta descida.

Faltam dois segundos.

Ou eles fazem um *touchdown* e vencem o jogo, ou já era.

— Vai, James!

Minha voz não vai nada longe, mas, de algum jeito, ele me ouve.

Olha bem na minha direção; mal consigo enxergar seu rosto com o capacete e o protetor, mas sei que ele me vê.

Ele me *vê*.

Antes de James, não sei se eu acreditava em amor — não de verdade. Eu acreditava na ideia, na forma como ele podia machucar as pessoas, mas não acreditava que realmente sentiria ou que o merecia, de toda forma. A cada passo do caminho, James me mostrou que eu mereço, sim, que mereço alguém como ele, alguém bom, dedicado, que faz meu coração feliz sempre que vejo. Alguém que faz com que eu sinta que tenho valor além da vida a que me resignei quando era adolescente. Alguém que me impulsiona, me protege, me abraça quando choro.

No momento em que nos olhamos naquela festa, ele viu as rachaduras em minha armadura e não parou de tentar abri-la desde então.

James fica para trás, analisando o campo. Os *receivers* se espalham, mas o único que se esquiva da cobertura é Darryl. Desse jeito, ele tem um lance claro para a *end zone*; James só precisa entregar a bola.

Nem levanto a câmera para fotografar o momento. Quero ver o exato segundo em que James perceber que acabou de garantir a vitória, que conquistou o objetivo que perseguiu a temporada toda.

Ele faz o passe — mas passa bem acima da cabeça de Darryl.

O relógio chega a zero.

Câmeras passam correndo por mim para o campo para capturar o momento. Vejo os jogadores perplexos da McKee, ainda em campo, e a forma como a lateral do Alabama explode em comemoração. Vejo o estádio, que era uma mescla saudável de verde e roxo antes, mas agora parece puro escarlate, com torcedores do Alabama pirando enquanto a ficha da vitória cai. Procuro James, mas não o vejo na multidão.

— Sinto muito por ele ter perdido. Que péssima hora para a mira falhar — diz Harold, franzindo o rosto em compaixão antes de passar correndo por mim.

Eu sei que devia sair daqui: não quero ver esse momento. Não quero ver James parabenizando o outro time pelo bom trabalho. Sei que ele era capaz de completar aquele passe; eu o vi fazendo pontos assim a temporada toda. Darryl estava totalmente livre. Não era como se ele estivesse fazendo o lance sob pressão; a linha ofensiva manteve a defesa do Alabama longe dele.

Não, não foi um erro.

James jogou alto de propósito.

Ele jogou o passe alto porque não queria que Darryl pegasse — mesmo que significasse perder o jogo.

E eu sei que James fez isso por mim.

40

JAMES

No momento em que o passe voa por cima da cabeça de Darryl, espero o arrependimento bater, mas não sinto nada além de uma satisfação selvagem e mordaz. Durante todo o segundo tempo, tentei manter a calma, me desligar e deixar meus instintos de jogador assumirem. Funcionou — na maior parte do tempo. Aí, eu via a cara de Darryl ou tinha um vislumbre de Bex na lateral com a câmera na mão, e a raiva fervendo em fogo baixo em mim ameaçava explodir. Eu via a cara de choro dela em minha mente, ouvia o medo em sua voz, e tinha que me esforçar para não socar a cara de merda dele bem ali e ser expulso do jogo.

Ao meu redor, meus companheiros de time estão perplexos. Estavam cem por cento esperando que eu acertasse aquele passe, e eu os decepcionei. Devia me sentir mal por isso, especialmente pelos outros alunos de último ano. Mas não estou nem aí. Não agora. Não quando a raiva arde em mim como fogo e Darryl foi colocado em seu lugar.

O *quarterback* do Alabama entra correndo no campo, vindo na minha direção. Ele aperta minha mão e me parabeniza por uma boa temporada. Eu o parabenizo pela vitória e digo que ele jogou bonito, o que é verdade. O Alabama fez um bom jogo. O fato de ter sido tão apertado no fim e de termos precisado de uma jogada arriscada para vencer — tudo isso também é responsabilidade minha. Eu devia ter liderado mais *drives* com *touchdown* no início do jogo. Se tivesse feito isso, não teríamos nos colocado nesta posição para começo de conversa.

Fico ocupado entre parabenizações e condolências. Aperto tantas mãos que não consigo contar, mas os rostos estão borrados; mal reconheço as pessoas agora. Quero encontrar Bex, pegá-la em meus braços e dar um abraço apertado nela, mas não posso sair agora. Isso, como todo o restante — como o passe que errei de propósito —, faz parte da entrevista de emprego que estou fazendo desde o ensino médio. Consigo perder de forma graciosa? Dou crédito a quem merece? Não foi a primeira grande derrota da minha vida e não vai ser a última. *Quarterbacks* novatos na NFL não tendem a ir bem; leva um ano ou dois para se acostumar ao ritmo do nível profissional. Meus futuros empregadores estão vendo esse momento, se certificando de que não estou prestes a surtar.

Claro, eles não sabem que eu ferrei aquele passe porque não consegui suportar a ideia de Darryl ganhando o jogo, sendo que algumas horas antes ele tinha beijado a minha garota sem a porra do consentimento dela.

Finalmente, saímos do campo de volta para o túnel, arrastando os pés. Ninguém fala. Vejo Bex parada na frente do vestiário, mas não vou até ela, não agora. Preciso tomar um banho e vestir roupas limpas antes de enfrentar a reação ao que fiz por ela.

Ela vai ficar brava, mas não estou nem aí. Eu faria de novo em um piscar de olhos. Eu queimaria a porra do estádio inteiro se fosse para mantê-la segura.

O técnico Gomez nos reúne no vestiário, olhando para todos nós. Muitos caras continuam respirando pesado. Alguns estão chorando. Mordo o lábio, fechando brevemente os olhos.

— Vocês jogaram bem — começa ele.

— Bem é o caralho — diz alguém, baixinho.

O técnico se vira e olha puto na direção da voz.

— Vocês deram tudo de si até o fim. Eu vi isso. Precisa de uma puta garra para chegar tão longe, e vocês agiram como homens agora, dando crédito merecido ao outro lado. Isso não foi só pela última jogada. Nosso adversário foi...

— Vai tomar no cu — rosna Darryl, abrindo caminho aos empurrões até a frente, passando pelo técnico, para botar o dedo na minha cara. Tem lama no rosto, misturada ao suor. Os olhos dele estão insanos, escuros e cheios de ódio. — Vai tomar no cu, Callahan! Você me fodeu!

Ele parte para cima de mim, me jogando contra os armários. O punho dele encontra minha boca; a dor explode em meu rosto, e sinto o gosto metálico de sangue na mesma hora. Enfio o joelho na virilha dele; quando Darryl se dobra, eu o agarro pelos ombros e jogo-o no chão. Ele se debate embaixo de mim, mas pressiono o joelho na barriga dele, fazendo-o ofegar, e golpeio seu rosto. A dor irradia em minha mão e pelo braço quando atinjo sua boca idiota e pedante. Ele agarra meu rosto, tentando me empurrar para longe; dou um tapa na mão dele e desvio do punho com que ele tenta me atingir.

— Eu te avisei, caralho — falo, apertando o joelho até ele ofegar. — Eu te avisei para não usar aquelas palavras, filho da puta. Eu te avisei para deixar ela em paz.

— James! — escuto Bex gritar. — Para!

Alguém me agarra por trás, mas, antes de eu ser arrastado para longe, Darryl consegue se soltar e me golpeia de novo. Desta vez, ele atinge minha bochecha, e, pela forma como arde, sei que vai me deixar com um puta hematoma. Fico de pé, desajeitado. Tudo ao meu redor é um borrão, exceto Darryl, também se arrastando para levantar. Não consigo escutar direito com o zumbido em meu ouvido. Ele tenta me agarrar, me puxando tão perto que sinto o cheiro do suor azedo em sua pele.

— Você me avisou, é, filho da puta? Acha que é o fodão? Ela estava gemendo na porra da minha boca. Eu fiquei com ela primeiro, e ela ainda é minha putinha.

Enfio um soco na barriga dele. Darryl cambaleia para trás, tossindo saliva e sangue, e tem a cara de pau de sorrir para mim. Voo para cima dele, mas, antes de conseguir enfiar sua cara no chão, dois braços fortes me agarram pelo torso e me puxam para longe.

— Callahan! — grita Bo, me arrastando para a outra ponta do cômodo. — Para com essa merda!

Luto contra ele, tentando voltar a Darryl, mas, quando vejo que alguém também o segurou, perco o ímpeto. Lambo os lábios, sentindo o gosto do meu próprio sangue. Minha cabeça está doendo tanto que estou preocupado de ter cortado de algum jeito. E, cacete, onde está Bex?

— Tira as mãos de mim — retruco. — Cadê a Bex? Bex!

Eu a vejo do outro lado do vestiário, com a mão cobrindo a boca. Tento ir até ela, mas Bo não deixa, mesmo quando começo a me debater.

— Que *caralhos* foi isso? — ruge o técnico Gomez, olhando de mim para Darryl.

Nunca o vi tão puto. Eu me endireito o melhor que consigo com Bo ainda me segurando e olho com ódio para Darryl. O queixo e a boca dele estão cobertos de sangue, e não estou nem um pouco arrependido. Tomara que ele tenha engolido a porra de um dente.

— Para o escritório — ordena o técnico, batendo o pé e abrindo a porta com tanta força que as dobradiças chacoalham. — Já.

Ele bate a porta atrás de nós quando estamos ambos lá dentro.

— Querem me explicar o que acabou de acontecer? Dois dos meus jogadores do último ano entrando numa briga dois segundos depois de uma derrota? Eu achei que estivesse treinando homens, não crianças, porra!

Ele eleva a voz nas últimas palavras. Baixo os olhos para as chuteiras sujas, engolindo um monte de sangue, antes de levantar a cabeça e olhar fixamente para o técnico Gomez. Ele tem razão. Eu sou homem, consigo lidar com as consequências das minhas escolhas como homem. Mas ele merece saber por que fiz isso. Darryl, por sua vez, não diz nada. Está me encarando com ódio, como se quisesse enfiar os polegares dentro dos meus olhos, então só o encaro de volta. Imagino a sensação de jogar uma bola bem na virilha dele. Consigo ser bem violento com uma bola.

— Ele beijou a minha namorada e ficou contando vantagem. Chamou ela de vagabunda e puta, senhor.

O técnico se vira para Darryl.

— É verdade?

— Ele roubou ela primeiro — retruca Darryl.

— Eu não roubei ninguém — digo, irritado. — Ela não é um objeto. Ela terminou com você e achou alguém melhor.

— Puta que me pariu — diz o técnico, apertando o nariz com os dedos.

— Ele devia ter feito aquele passe — acusa Darryl. — Ele sabotou todo mundo de propósito.

Eu me viro para ele.

— E faria de novo. Eu te avisei o que aconteceria se você não recuasse, seu escroto nojento.

O técnico cruza os braços. Odeio a surpresa no rosto dele, mas, mesmo que me deteste para sempre, vou defender o que fiz. Se ele recomendar que a universidade me suspenda por brigar, não estou nem aí. Que venha.

— Darryl, vai esperar lá fora — manda ele.

— Senhor — protesta Darryl. — Ele fez a gente perder a porra do jogo!

— Sai. Agora.

Depois de ele sair, o técnico só me encara. Resisto à vontade de me remexer. Com certeza ele está esperando que eu peça desculpas, mas não vou. Se quiser me punir por me defender e defender minha namorada, ele que faça isso.

No fim, o técnico suspira.

— Você jogou longe de propósito, né?

— Joguei.

— Caramba, James! — Ele bate o punho na mesa, fazendo-a sacudir. — Você não pode fazer isso, mesmo que esteja chateado. Mesmo que sua vida pessoal esteja indo por água abaixo. Quando estiver sendo pago por isso, recebendo milhões de dólares, não vai ter o luxo de escolher quando jogar bem! Não pode levar seus problemas para o campo. Já falamos disso. Pode odiar todos os seus colegas, mas eles são seus parceiros de time, então tem que ficar ao lado deles.

— Eu sei disso, senhor.

— Então por que fez isso?

Limpo minha boca sangrenta.

— Porque ele assustou minha namorada. Ele assediou ela. E, por mais que eu ame futebol americano, amo ela mais.

No momento em que falo isso, me sinto mais leve. É a verdade, e, apesar de eu não estar ansioso para contar ao meu pai, contar ao técnico alivia um pouco da tensão dentro de mim. Se ter Bex e garantir que esteja segura for custar minha carreira no esporte, estou disposto a abrir mão. Sempre posso fazer outra coisa da vida. O que importa, no fim das contas, é o futuro que sei que posso ter com ela.

— Você não prejudicou só ele — diz o técnico, com a voz mais suave. — Prejudicou o time todo. Homens que trabalharam duro ao seu lado por uma temporada inteira. Eles confiaram em você, e você decepcionou todo mundo.

— Eu sei, senhor.

Ele se recosta e segura o maxilar.

— Eu não concordo, mas respeito seus motivos. — Ele passa a mão pela boca, pensativo. — James. Você pode ser suspenso por isso, apesar de ele ter começado a briga. A universidade quase sempre pune as duas partes nessas situações. Você ainda estava de uniforme, representando a faculdade, e, se a McKee não fizer nada, a NCAA pode fazer.

Já esperava por isso, então só me resta assentir.

— Vou explicar que você estava se defendendo — continua ele. — Não acho que nenhum dos dois vai ser expulso, se bem que, se a Bex decidir denunciar as ações do Darryl, isso é uma possibilidade. Abuso sexual é uma acusação séria.

— Ótimo. Ele devia ser expulso mesmo.

— E eu não discordo. Mas não é decisão sua. Você não pode agir assim, independentemente dos seus sentimentos. Achei que tivesse aprendido isso na LSU, mas pelo jeito não. Não dá para fazer um passe ruim de propósito porque você não gosta do cara.

— Com todo o respeito, isso é diferente.

— Em que sentido?

— Eu vou me casar com a Bex um dia — respondo. — Esse é meu presente, mas ela é meu futuro. Não tem nada que eu não faria por ela. Talvez seja errado, mas vou defender a Bex. Não podia simplesmente entregar a bola para ele.

O técnico suspira.

— E de que adiantou? A gente perdeu.

— Mesmo que eu tivesse jogado certo, não tem garantia de que ele fosse pegar.

— Não, mas Darryl merecia a oportunidade de tentar. Mesmo que você fosse odiar, ele merecia isso.

— E eu discordo. — Encontro o olhar dele. — Senhor.

O técnico aperta bem os lábios.

— Espero que você esteja disposto a explicar isso a todos os caras lá fora.

Ele esfrega as têmporas, contornando a mesa para apertar meu ombro. Me olha nos olhos. Ver a decepção em seu olhar machuca, mas não recuo. Estou disposto a manter cada palavra.

— E a ela — completa.

41
BEX

Quanto mais espero em frente ao vestiário, pior me sinto. As pessoas estão começando a me reconhecer — namorada de James Callahan, a fotógrafa —, e os olhares de compaixão doem. Eles supõem que as lágrimas que não consigo esconder direito sejam porque meu namorado perdeu e estou triste por ele. O que é verdade, mas só porque sei o motivo real para isso ter acontecido, para começo de conversa.

Mesmo que James tente negar, ele perdeu o jogo por mim. Estava tão próximo de conseguir e, no último segundo, se sabotou. Aconteceu exatamente o que Richard me avisou para não permitir, só porque não consegui me segurar tempo suficiente para mentir. Ele teria ficado puto por eu mentir sobre o beijo, mas pelo menos teria vencido. Eu poderia lidar com a raiva dele depois, mas isso? Isso é insuportável.

E se acabar com a carreira dele na NFL antes mesmo de começar? E se ele for suspenso ou até expulso por causa da briga? Entrei correndo no vestiário assim que ouvi gritos, e meu coração quase saiu pela boca quando vi o rosto de James coberto de sangue enquanto ele rolava no chão com Darryl. Se Darryl tivesse feito coisa pior do que me beijar, eu não duvidaria que James o assassinasse de verdade.

Meu estômago se revira com o pensamento. Eu me inclino de leve, reprimindo o choro.

Um par de braços me envolve.

— James?

— Oi. — Ele parece tão cansado. Eu me viro para olhá-lo. A dor em meu peito é cortante como uma faca quente. Ele se limpou e agora está com roupas normais, mas o corte no lábio e o hematoma na bochecha parecem dolorosos. — Minha família desceu?

— Eu não vi.

Ele assente, passando a mão pelo cabelo úmido.

— Como você está? — pergunta.

— Como eu estou? Eu que devia perguntar isso.

— Não vejo o Darryl há um tempo. Ele tentou falar com você?

— Não.

— Que bom.

— Precisamos conversar. Não entendo... por que você...

— Vem cá.

James me leva pelo corredor. Acabamos em uma sala de musculação, deserta agora, mas ainda cheia de evidências dos aquecimentos pré-jogo. Ele não me solta; em vez disso, me puxa para um abraço apertado. Apesar de seu rosto provavelmente estar doendo, ele o enterra em meu cabelo.

Retribuo o abraço, com alguma relutância. Agora que estou de novo com ele, fico surpresa com a corrente de raiva que está começando a me percorrer. Quero sacudi-lo. Gritar na cara dele enquanto exijo que me responda por que fez aquilo. Um momento de fraqueza de minha parte levou a isso, e tudo que queria era poder voltar atrás.

— James — digo, enfim, me afastando. Abraço meu próprio corpo, dando um passo para trás. — No que estava pensando? Você acerta aquela jogada de olhos fechados.

— Eu sei.

— Então por que...

— Porque eu mantenho minhas promessas. — Ele estende a mão, mas me inclino para trás. Talvez seja idiota, mas quero ver o rosto dele agora. Não quero me distrair com qualquer contato físico. A mágoa cruza seu rosto, mas só brevemente. — Sabe que falei pro Darryl que, se usasse linguagem pejorativa pra se referir a você, eu não jogaria pra ele. Eu disse isso no começo da temporada e só ficou mais verdadeiro quando descobri que ele realmente...

James para, balançando a cabeça.

— Ele é um puta babaca e precisa ser colocado no lugar dele. Eu não me arrependo do que fiz.

— Mas eu não te pedi isso.

— Não precisava. Você merece ter alguém que te defenda.

— Não assim. — Minha voz se eleva um pouco. — Você podia ter vencido o jogo! Devia estar comemorando agora! Como pôde fazer isso consigo mesmo?

— Porque, toda vez que eu via o cara, só enxergava você! Eu te vi chorando. Ouvi a porra do medo na sua voz. Não queria recompensar isso. Eu não ia conseguir viver comigo mesmo depois.

Mordo o lábio com força para afastar as lágrimas que estão ameaçando cair mais uma vez. O fato de eu perder o controle das minhas emoções levou a isso; não posso permitir que aconteça duas vezes.

— Ele não era importante. Você devia ter ganhado o jogo por si mesmo. Pelo restante do seu time.

— Você ainda não entendeu — diz ele, frustrado, mexendo o maxilar. — Bex. Você é mais importante que um jogo de futebol americano. Sua felicidade é mais importante. Se você não estiver bem, estou cagando pro jogo. Eu só me importo com você.

Pisco, afastando com força uma lágrima rebelde.

— Desculpa por ter estragado as coisas para você.

— Não tem nenhum motivo pra se desculpar. — Ele pega minha mão e aperta enquanto sufoco o choro. — Você não me obrigou a nada.

— Obriguei, sim. — Meu coração martela no peito. — Me perdoa por ter perdido o controle. Eu não devia ter te contado naquela hora. Isso atrapalhou tudo.

James balança a cabeça.

— Você devia era ter me contado no segundo em que aconteceu.

Puxo a mão.

— Não. Eu estraguei tudo pra você. Tirei sua concentração.

— E eu estou te dizendo que não me importo! — Ele não grita, não exatamente, mas a exclamação ecoa na sala ampla. Eu me esforço para não me encolher. — Não quero que esconda as coisas de mim, não quero que sinta que tem que guardar nada. A única coisa que importa é você.

— E eu não pedi pra você se sentir assim! — Um soluço sai da minha garganta sem permissão. Pressiono o canto da mão nos olhos, tentando evitar a enxurrada de lágrimas. — Me perdoa.

— Por que não para de falar isso? Você não tem motivo pra se desculpar. Me diz que sabe disso, amor. Me diz que sabe que o que ele fez não foi culpa sua.

Balanço a cabeça.

— É que... seu pai...

— O que tem meu pai?

Aperto forte os lábios. Não confio em minhas palavras agora. Se eu estragar as coisas entre James e o pai dele além de tudo mais, não vou conseguir me perdoar.

— Preciso ir.

Vou para a porta, mas ele para na minha frente.

— Não.

Arrisco levantar os olhos para ele. James parece abalado, assustado. Por mais que eu queira me enterrar em seu abraço, sei que a melhor coisa a fazer agora é ir embora. Devia ter me mandado no minuto que o jogo acabou. Eu só atrapalho, e, mesmo que ele não pare de dizer que quer que seja assim, não é o que ele merece. James merece alguém que possa apoiá-lo de verdade, alguém que não vá fazê-lo se sabotar. Até eu conseguir descobrir como ser essa pessoa, minha presença só vai machucá-lo.

— Só preciso de um pouco de espaço. — Meu lábio vacila, mas me mantenho firme. — Eu te vejo de volta em Nova York, tá?

— Não — sussurra ele. — Não faz isso.

Balanço a cabeça.

— Precisamos pensar. Sei que ficamos evitando a conversa, mas estamos indo em direções diferentes. Você logo vai estar morando em outro lugar e não pode fazer coisas assim quando for seu emprego. Eu tenho a lanchonete e não posso... não posso ver você se sabotar desse jeito por mim. O que acontece da próxima vez em que eu estiver chateada e você precisar jogar? E se eu tiver uma emergência, mas forem os *playoffs* e você não puder se ausentar?

— A gente vai dar um jeito — diz James. — Confia em mim, Bex, por favor.

Eu quero, desesperadamente, mas não posso. Não agora. Estou confusa demais para pensar com clareza, em especial no que diz respeito a James. Balanço a cabeça, passando rápido por ele. Escuto-o chamando meu nome, mas escapo antes de ele conseguir dizer qualquer coisa para me convencer a quebrar minha determinação. Eu sei que, se o escutar me implorando para ficar, vou aceitar, e isso não vai fazer bem para nenhum de nós.

Mas saber disso não impede que eu me sinta como se estivesse abrindo mão da única pessoa sem a qual não consigo viver.

42

JAMES

— Última pergunta, James — diz a repórter. Ela se inclina um pouco para perto, com uma expressão sofrida. — De novo, sinto muito pela derrota. Eu queria saber: já falou com seu pai? Com certeza ele estava aqui hoje.

Quando eu imaginava meu futuro, só pensava em futebol americano. Pensava na rotina que teria. Nos treinos longos. Nos jogos de domingo. Na luta, dia sim e dia também, em busca de uma vitória no Super Bowl. Quando eu tinha doze anos e estava começando a perceber como podia no futuro ter o que meu pai tinha, entrei de fininho no escritório, onde ele guardava os dois — embora logo fossem ser três — anéis do Super Bowl em um estojo na mesa. Tirei-os e pus um em cada mão, admirando o peso.

Eu já amava futebol americano antes disso, mas foi só naquele momento que soube o que queria para minha carreira. Qualquer coisa menos que a NFL virou inaceitável para mim. Eu queria seguir os passos do meu pai. Sempre estivemos juntos nessa, trabalhando na direção do mesmo objetivo. Quando ele me viu com aqueles anéis nos dedos, entendeu.

Olho para os fundos da sala, onde meu pai está. Ele entrou durante a coletiva de imprensa e, desde o momento que o notei, não consegui me concentrar. Não mencionei nada para os repórteres sobre a situação com Darryl; a história oficial do técnico Gomez sobre a derrota é que simplesmente falhamos no último momento, mas sei que meu pai não vai cair nessa. Ele me conhece, sabe que eu devia ter acertado aquele passe. Vai querer respostas.

Mas eu também quero respostas. Que caralhos ele falou para Bex? Antes de ir embora, ela mencionou meu pai. Ele teve algo a ver com ela ir embora, e preciso descobrir o quê, exatamente, meu pai falou.

— Sim — digo, olhando para ele em vez de para a repórter. — Ele veio ao jogo.

— Já conseguiram conversar sobre a derrota?

— Ainda não. — Eu me recosto, tentando sorrir, mas não conseguindo. Meu lábio dói demais, mesmo com o gelo que coloquei antes do início da coletiva. — Mas com certeza vamos analisar. Ele fala comigo de todos os meus jogos, ganhando ou perdendo. Isso me ajuda a melhorar.

— Com certeza ele ainda está muito orgulhoso de você — diz a repórter, com sinceridade.

A coletiva acaba, e fico livre para voltar ao hotel. Eu podia chamar um táxi e ir sozinho, mas espero meu pai vir me encontrar. Vamos ter que conversar em algum momento, então que seja agora.

Quando ele me acha, só faz um aceno de cabeça. Ele usou um terno no jogo, como sempre, então ainda está de gravata e paletó, parecendo tão imperturbável quanto quando me deixou aqui antes do jogo para me desejar boa sorte.

— Estou com um carro esperando.

Vou atrás dele, com a mala no ombro.

— Cadê todo mundo?

— Voltaram mais cedo. — Ele me olha de relance. — Não tinham por que ficar.

— Certo.

Em uma rua lateral, tem uma SUV preta esperando. Entro primeiro, jogando a mala no porta-malas, e fico nervoso quando meu pai desliza ao meu lado. Eu sei como é a cara dele quanto está puto, e, mesmo no escuro do carro depois da meia-noite, a tensão de seu maxilar não é promissora.

Mas, quando o carro começa a andar, ele permanece em silêncio.

— Pai?

Eu esperava que ele tivesse muito a dizer, então o silêncio é perturbador.

Meu pai me olha. Os postes de iluminação banham o rosto dele em luz amarela.

— Explique o que aconteceu.

Passo a língua pelo meu lábio cortado, fazendo uma leve careta com o ardor.

— Eu joguei alto.

— Por quê?

— O *receiver* machucou a Bex. É o ex dela, eu te falei dele.

Ele solta uma respiração cortante, as narinas se abrindo.

— Como?

— Ele... Porra, ele deu um beijo forçado nela. E aí ficou se gabando e chamando ela de vagabunda. — Baixo os olhos para a mão. — Eu descobri no intervalo.

— E aí você perdeu a porra do jogo? De propósito?

— Ele aterrorizou ela.

— E o que isso tem a ver com o jogo?

— Tudo — falo entre dentes. — Eu estava pouco me fodendo para o jogo quando ela estava sofrendo.

Meu pai olha pela janela.

— Você sabe que eu tive uma temporada horrorosa como novato.

— Aham.

— Então, entrei no meu segundo ano decidido a ter um desempenho melhor. Eu queria vencer, provar que merecia estar lá como *quarterback* titular. Mas, na terceira semana da temporada, sua mãe sofreu um acidente de carro. Bateram na lateral dela num cruzamento.

Fico tão abalado com as palavras dele que levo um momento para responder.

— Como eu não fiquei sabendo disso?

Ele me olha de volta, seu maxilar se movendo.

— Foi há muito tempo, antes de você nascer. Acho que não pensamos mais muito nisso. Mas foi um acidente feio, e ela precisou de muito apoio depois. Passou umas semanas no hospital. Eu só queria ficar ao lado dela, ajudando como pudesse.

— Claro.

— E não fiz isso.

— Pai. O quê...

— A melhor coisa que eu podia fazer, naquele momento, era meu trabalho — continua ele, me parando no meio da frase. — Se eu me concentrasse em ir bem, estava ajudando a construir o futuro que teríamos quando ela melhorasse. Eu estava construindo estabilidade para ela. Riqueza. O time estava me pagando uma cacetada de dinheiro, e eu tinha uma responsabilidade com eles, além de com ela. O jogo não é tudo, mas é a chave para o seu futuro. — Meu pai solta um suspiro. — Achei que você entendesse o que precisava fazer. Sinto muito por ele ter machucado a Bex, e espero que ela esteja bem, mas, James, olha para você. Perdendo a cabeça de novo por uma garota.

Engulo em seco.

— Ela não é só uma garota. Sabe o que sinto por ela.

— Sei, sim. E você devia ter resolvido o assunto fora do campo, depois, em vez de levar para o jogo. Quando estiverem te pagando milhões de dólares para jogar bem, você não pode simplesmente esquecer isso, não importa o que esteja acontecendo na sua vida pessoal. O que você conseguiu, fora fazer o cara te odiar para sempre e perder o jogo para seus companheiros?

As palavras dele parecem um tapa na cara e doem mais do que os socos de verdade de Darryl ou minha conversa com o técnico Gomez.

— Você falou alguma coisa para ela — digo.

— Como é?

— Nós conversamos depois do jogo, e Bex mencionou você. O que você disse a ela?

Ele suspira.

— Eu a lembrei de que você tem essa tendência e disse para ela não criar uma situação em que você a escolheria em detrimento de todo o resto.

— Ela achou que tinha que esconder isso de mim por sua causa.

— E claramente não escondeu — responde ele, seco.

— Só porque eu escutei ele se gabando e fui atrás dela! — Fecho o punho e bato na coxa. — Que merda, pai! Você não pode fazer as coisas pelas minhas costas assim!

— E claramente o melhor teria sido você descobrir depois.

O carro desacelera quando nos aproximamos do hotel. Assim que para, saio em um pulo, pegando minha mala antes do motorista, e entro correndo. Meus irmãos estão no lobby, claramente me esperando, porque levantam a cabeça assim que as portas se abrem.

— Ela foi embora? — pergunto.

— Saiu faz um tempinho — responde Seb, com uma expressão preocupada que faz meu estômago se revirar.

— O que aconteceu com vocês dois? — pergunta Cooper.

Aperto os lábios.

— Merda.

Meu pai entra pela porta. Parece um pouco mais cansado do que achei antes. Mais velho, também, do que como costumo enxergá-lo. Quando ele vê nós três juntos, se aproxima. Põe a mão no meu ombro, apertando, e sinto meus olhos arderem, então baixo-os para o chão.

— A questão é: sua mãe não me queria lá — diz ele para mim, continuando a história de antes. — Se eu tivesse tentado largar um jogo para ficar com ela, teria dito para me mandar e ir jogar. A irmã cuidou dela quando eu não podia estar lá. Sua mãe entendeu que eu tinha responsabilidades que não podia ignorar, mesmo no que dizia respeito à minha esposa. Ela sabia que tínhamos que organizar a vida ao redor do esporte enquanto eu jogasse, e nem todo mundo consegue lidar com algo assim. Eu a amava por isso na época e a amo por isso agora.

— Hum — diz Cooper —, o que está rolando?

Eu o ignoro e sacudo o ombro para tirar a mão do meu pai.

— Foi isso que você falou para a Bex?

— Não com tantas palavras.

— Mas você falou que ela precisava se fechar por mim.

— Não se fechar — corrige ele. — Eu expliquei para ela a realidade. Exige muito comprometimento, filho, fazer algo assim dar certo. Queria garantir que ela soubesse.

Levanto a cabeça e o olho direto nos olhos.

— Você não tinha esse direito.

— Alguém precisava saber disso, porque você claramente esquece.

— Não. Foda-se isso. — Aperto o maxilar, tentando engolir a dor em minha voz. — Você sabia o que eu sentia pela Bex e colocou tudo em risco. Não tinha a droga do direito de fazer isso. Se eu perder ela por causa do que você fez, nunca vou te perdoar.

— Se você perder ela por causa disso, ela não era para ser sua, para começo de conversa.

— Caramba, pai — diz Coop.

— Richard — diz Seb.

Se tem uma coisa que não vou fazer é começar a chorar na frente do meu pai e dos meus irmãos. Eu me viro e saio andando para o elevador, tirando o celular do bolso. Ligo para Bex, mas vai direto para a caixa postal. Tento de novo, com o mesmo resultado.

Depois da terceira vez, jogo o celular nas portas do elevador.

43
BEX

— Você não vai denunciar? É sério? Ele foi nojento com você — diz Laura ao se acomodar em sua espreguiçadeira.

Ela ainda está passando as férias de inverno na Flórida. Estou com tanta inveja de ela poder usar biquíni agora, enquanto eu acabei de voltar da tarefa de tirar neve da frente da lanchonete com uma pá. Mas me esforço para não demonstrar, porque, conhecendo Laura, ela apenas se ofereceria para me comprar uma passagem de avião para Naples. Antes do jogo, acho que eu teria basicamente morado na casa de James durante essas férias, mas agora estou no sofá da tia Nicole. O único lado bom? A reforma do apartamento está quase pronta, então em breve eu e minha mãe vamos poder voltar. Estamos procurando móveis usados para lá, já que tudo foi danificado pela fumaça e teve que ser jogado fora.

Cutuco os fios do meu suéter. A lanchonete está aberta, mas, com a neve, não espero muitos clientes, então no momento estou aconchegada nos fundos, com o notebook em uma mesa. A história real do motivo para James não ter acertado o passe não saiu e acho que não vai sair. Mas, apesar de James e eu ainda estarmos dando um tempo, a questão com Darryl não acabou. No mínimo, os dois vão enfrentar suspensões, e pode ser pior para Darryl se eu denunciar o assédio sexual.

Na semana e meia que se passou desde o jogo, a lanchonete foi a dose de realidade de que eu precisava. Minha vida não se resume a jogos de futebol americano chiques e de brincar de ser fotógrafa. Minha vida é acordar cedo para encontrar fornecedores e estender até bem depois de a lanchonete fechar para fazer a contabilidade.

Só que, agora, também está faltando James. Se eu não me concentrar a cada segundo do dia, acabo voltando a desejar que estivesse com ele. A vontade de ligar me atinge mais ou menos dez vezes por hora. Sei que estou sendo injusta, basicamente o ignorando, mas, sempre que pego o celular, só penso no momento em que ele abriu mão do jogo por mim e quero chorar.

Mesmo que fiquemos juntos, ele vai acabar percebendo que não valho esse tipo de sacrifício. E, se ele nunca entender isso, pode acabar fazendo algo que vai estragar a própria carreira.

Eu o amo e não tenho a mais puta ideia do que fazer sem ele na minha vida. Mas, se a escolha for entre preservar o futuro de James e ser egoísta, prefiro vê-lo de longe do que arruinar tudo estando ao seu lado.

— Eu sei — digo a Laura, mentalmente me sacudindo para interromper aquela linha de raciocínio. — Mas Darryl pode ser expulso.

— Que bom.

— É bom, mesmo? — Olho para Laura. Apesar de ser grata pelo apoio constante, não sei se é o que preciso ouvir agora. — Não quero acabar com a vida dele.

— Ele tentou acabar com a sua. Ele te beijou sem seu consentimento e tentou te fazer terminar com o seu namorado! É um escroto.

— É, bom. — Mordo o lábio para não tremer. — Mas nós temos uma história. Ele não é tão ruim assim.

— Se você contar, eles talvez não suspendam o James. — Ela protege os olhos do sol e se aproxima um pouco. — Ele não começou a briga, então nem devia ser suspenso, para começo de conversa. E, se eles souberem o contexto todo, como vão ter coragem? Ele não quebrou nenhuma regra oficial errando aquele passe. Foi o Darryl que te machucou e brigou com ele, isso, sim, é quebrar as regras.

— É, acho que sim.

— Mesmo que vocês estejam dando um tempo ou sei lá… O que sabe que acho que é uma idiotice…

Suspiro.

— Eu sei.

— Mesmo assim, você deve ao James e a você mesma fazer essa denúncia. Não pode só deixar o Darryl se safar com esse tipo de comportamento de merda. Ele não devia ser suspenso e depois poder compensar os créditos no verão, fala sério.

— Eu sei que você tem razão — admito.

— Então, qual é o problema?

— Não sei! — explodo. — Acho que sinto que ele já foi punido. O James cuidou disso.

— Não é a mesma coisa que sofrer uma consequência real. Quem vai dizer que ele não faria igual com outra? Ou pior? Talvez ser expulso seja a chamada que ele precisa.

— Você tem razão.

Puxo as mangas para cobrir as mãos. Está frio na lanchonete; é algo que eu devia investigar. Talvez o aquecedor esteja quebrado. Espero que não, porque isso significaria gastar mais dinheiro que não temos para consertar.

— Não sabe se ele vai ser expulso — completa Laura. — Você denunciaria, e aí o conselho de disciplina estudantil, ou sei lá quem, ia resolver.

Eu sei que Laura está certa. Apesar de Darryl só ter me beijado, naquele momento, tive medo de ele fazer algo pior. Talvez, se estivéssemos sozinhos mesmo, ele tivesse tentado. Mas pensar em denunciar o incidente todo é… constrangedor, acho.

— Eu caí nessa merda e me coloquei numa posição de deixar ele fazer isso.

Laura balança a cabeça.

— Me diz que você não está falando que acha que é culpa sua.

— Eu não devia ter concordado em conversar com o Darryl.

— Você não controla as ações dele. *Ele* escolheu te beijar sem você deixar. *Ele* escolheu socar o James. *Ele* escolheu fazer tudo isso, Bex! Ele que lide com as consequências!

— Se eu não tivesse me encontrado com ele, o James não teria motivo para errar aquele passe. — Fungo. As lágrimas ultimamente parecem vir muito fácil. — Eu me permiti ser atraída de novo para a órbita dele, e aí não consegui ficar quieta durante uma porra de jogo de futebol americano. — Passo a mão com força pelos olhos. — Eu fui uma puta de uma idiota.

— Queria poder te abraçar agora — diz Laura. — Eu te abraçaria tão forte.

Sorrio, soluçando.

— Eu ia gostar.

— Você podia vir passar uns dias na Flórida. De repente ajudaria a espairecer a mente.

Faço que não.

— Obrigada, mas não posso. Tem muita coisa pra fazer aqui.

— Tá bom — responde ela, com uma clara relutância no rosto. — Preciso desligar em um minutinho, mas me conta o que você decidir, tá? Se quiser que eu esteja aí quando for denunciar, eu vou.

Quando ela desliga, eu me encosto no sofá, levando os joelhos ao peito. O sino da frente da porta soa, mas é só Christina, trazendo neve nas botas.

— Oi, Bex! — chama ela.

Aceno.

— Obrigada por vir.

— Tem um menino esperando lá fora — diz ela. — Ele perguntou se você estava aqui.

Meu coração palpita.

— Como ele é?

— Ele é loiro. — Ela dá um sorriso meio malicioso. — E bem bonitinho, também.

Então não é o James... mas também não é o Darryl.

— Obrigada. Vou lá falar com ele.

―――

Chamo Sebastian para entrar na lanchonete e comer um pedaço de torta. Ele limpa cuidadosamente as botas no tapete da porta da frente, olhando em volta.

— É bonito aqui.

— Valeu. — Sorrio para ele. — Tem uns ganchos ali, se quiser pendurar seu casaco. Quer um café?

— Só se você tomar comigo.

Olho para a lanchonete vazia.

— Acho que consigo encaixar uma pausa.

Sebastian se acomoda na minha frente à mesa, segurando a caneca com as duas mãos. Olho para ele por um momento, nervosa de falarmos a sós. Passei muito tempo com ele ao longo dos últimos meses e dá para dizer que somos amigos — cozinhamos juntos algumas vezes, o que resultou em muitas risadas e brigas com Cooper e James por roubar garfadas no meio do processo —, mas nunca ficamos a sós. Ele bate um dedo comprido na cerâmica da caneca.

— O James contou pra gente o que aconteceu — diz ele, finalmente.

Respondo assentindo, então pergunto:

— Como ele está?

— Péssimo. — Sebastian faz uma careta enquanto dá um gole no café. — Eu nunca vi ele passar tanto tempo sem falar com o Richard.

Meu estômago dói.

— Eles não estão se falando?

— Ele sabe que o Richard falou com você. — Sebastian suspira. — Eu amo meu pai adotivo, mas ele pode ser exigente. Sei como é ser alguém de fora em relação a ele e à família. Foi por isso que quis conversar com você.

Nunca vi esse lado de Sebastian antes, e é interessante. Sei que ele foi adotado, claro, mas nunca pensei nele entrando em uma família já muito unida e precisando achar uma forma de se encaixar. Sem dúvida, me senti dessa forma no Natal, mas eu era a namorada, uma forasteira por definição.

Apesar de eu me sentir péssima por James não estar falando com o pai, ouvir que Sebastian entende o que estou passando alivia um pouco o nó em meu estômago.

— A questão é que não discordo dele — digo. — O destino do James é jogar futebol americano. Eu não quero atrapalhar isso.

— Mesmo assim, ele não devia ter feito isso às escondidas desse jeito. O James está morrendo de medo de perder você por causa do Richard.

— Não é por causa do Richard. — Mordo o lábio. — Só não sei se conseguiria ter paz de espírito se ele fizesse algo assim de novo, ainda mais com uma carreira toda em jogo. Se ele estragasse as coisas por minha causa, por *mim*... seria...

Sebastian estende o braço pela mesa e segura minha mão, apertando-a com força. Levanto os olhos para ele, surpresa.

— Você acha que você não vale a pena — diz.

Sinto meu rosto esquentar.

— Talvez.

— Você sabe que meu pai jogava no Reds.

— Sei.

— Pois é. Eu tive muitos privilégios na infância. Não é como se eu tivesse uma origem humilde. Mas, quando me mudei para a casa dos Callahan... senti que não merecia nada daquilo. Meus pais tinham acabado de morrer, e pra mim aquilo foi o fim do mundo. E, de repente, eu tinha toda uma nova vida, com irmãos e uma irmãzinha e pai e mãe novos. — Ele recolhe a mão, se acomodando de novo, e solta uma risada baixa. — Eu tinha raiva de tudo na porra do mundo. Não importava pra mim se o meu pai havia sido melhor amigo do Richard. Eu queria me mandar. Na primeira semana na minha escola nova, provoquei um aluno do oitavo ano e entrei em uma briga. Eu era um pirralhinho do sexto ano, aliás. Ele tinha o dobro do meu tamanho. Com dois socos, perdi qualquer ideia de elemento surpresa que pudesse ter.

Sorrio ao pensar em um pequeno Sebastian de onze anos vestindo um uniforme de escola cara e socando alguém.

— O que aconteceu?

— O James viu e interveio. E o Cooper estava logo atrás. Não importava pra eles eu ser um garoto novo roubando a atenção dos pais deles. Os pais disseram que eu era irmão deles, então estavam prontos pra me defender independentemente de qualquer coisa. Desde o velório, eu vinha sendo um babaca com eles, mas meus irmãos não ligaram. Não naquela hora. Não quando eu precisei da ajuda deles.

Eu pisco e uma lágrima corre pelo meu rosto.

— É a cara do James.

— A Sandra foi buscar a gente depois... porque nós três fomos suspensos, veja bem... e aí eu desabei. Não tinha chorado nada no velório e, de repente, estava aos prantos com um papel-toalha enfiado no nariz, porque ainda estava sangrando. — Ele ri de novo, balançando a cabeça. — James pôs o braço em meu ombro e acho que não disse nada, mas entendi o que queria dizer. Viramos melhores amigos depois disso. Demorei bem mais tempo para realmente ficar confortável em chamar os dois de irmãos, mas, daquele ponto em diante, éramos inseparáveis. Não pedi para James ou Coop me ajudarem. Eles teriam feito isso mesmo que, dois segundos antes, eu tivesse dito que odiava eles.

Sebastian faz uma breve pausa e continua:

— O James vai pôr as pessoas que ama antes de qualquer outra coisa, você querendo ou não, Bex. Não estou dizendo que ele não devia encontrar um equilíbrio, provavelmente devia mesmo, mas você não pode se sentir mal pelo que ele fez. Foi porque ele te ama, e acho que ele faria de novo. Não afasta o James por ser quem ele é. Quem ele sempre foi, mesmo que Richard às vezes deseje que não fosse assim.

— Como você percebeu que valia a pena? — deixo escapar.

No momento em que a pergunta escapa da minha boca, quero voltar atrás. Que coisa patética. Mas está passando pela minha cabeça desde o jogo. James pode me amar, pode fazer tudo por mim, mas vale a pena? A derrota em um jogo de futebol americano? O risco de uma suspensão?

Sebastian fica pensativo; não ri.

— Você realmente acha que você não vale?

— Sei lá. — Baixo o olhar para a mesa. Meu café está esfriando, intocado desde que nos sentamos. — Talvez.

— Não sei o que te dizer para você perceber que vale a pena — diz ele, devagar. — O que sei é que você é inteligente, tem um talento insano, e, um dia, eu amaria te chamar de cunhada. Se decidir que é o que você quer também, espero que ache uma forma de resolver as coisas com ele.

Seco meus olhos.

— Obrigada, Seb.

— Pode acreditar nele — continua Sebastian. — O James não teria feito isso se não achasse que você vale a pena.

44
JAMES

Cooper entra no meu quarto sem bater, se jogando na minha cama. Eu me seguro para não revirar os olhos.

— Oi — diz ele, cutucando minha coxa.

— Oi. — Não levanto os olhos do computador. — Já não conversamos sobre como é importante bater na porta, depois daquela vez em que você pegou eu e a Bex na cama?

— Não é como se ela estivesse por aqui agora.

Isso me faz olhá-lo.

— Sério que você disse isso, cara?

— Está choramingando há uma semana. Por que não foi conversar com ela?

— Porque ela se recusa a escutar. — Esfrego a mão no rosto. Tive esta exata conversa comigo mesmo um milhão de vezes desde Atlanta, então repeti-la para Cooper não está no topo da lista de coisas que quero fazer agora. — Ela falou que queria espaço, então vou tentar dar espaço.

Ele espia meu computador.

— Hum. Que porra é essa aí?

Dou um empurrão no ombro dele.

— Para de ser tão enxerido.

— Um programa de mestrado? Para virar professor? — Ele me olha com faíscas nos olhos azuis. — Me diz que você não está prestes a fazer a merda que eu estou achando.

— Se eu tiver que escolher, vou escolher ela. Então, talvez, em vez de jogar futebol americano, eu possa dar aula e ser técnico em algum lugar aqui perto.

Se Bex quiser mesmo ficar com a lanchonete, prefiro estar lá com ela a estar em algum outro lugar longe, sozinho. O futebol americano não vale perder a Bex. Simplesmente não vale.

Cooper começa a sacudir a cabeça antes de eu terminar de falar.

— Não. Fala sério. — Ele fecha meu computador e caminha até meu armário, pegando meu casaco e o jogando para mim. — Vamos.

— Vamos pra onde?

— Pra casa.

Fico de pé rápido.

— Eu não vou falar com o meu pai agora.

— Pode ser, mas tem que falar com a nossa mãe.

— Quê?

— Vamos falar com a nossa mãe. — Ele olha a hora no celular. — Se sairmos agora, chegamos na hora do almoço. Sério. Você não vai virar uma porra de um professor nem trabalhar em nenhuma lanchonete, ou seja lá que merda você ache que vai ser feliz fazendo.

Uma parte minha — uma parte grande para caralho — quer resistir mais, mas sei que minha mãe gosta de Bex. Talvez ela possa falar alguma coisa que me ajude a reconquistá-la. E, sinceramente, estou com saudade dela. Não a vejo desde Atlanta.

— Tá bom. Mas vou fazer isso porque ela sempre quer que a gente visite mais.

— Aham. Tá bom.

Chegamos no horário do almoço, como Cooper previu. Meu pai inclusive está viajando — algo que Cooper sabia, mas deixou de mencionar, o babacão —, jogando um torneio de golfe beneficente no Arizona, então só minha mãe está em casa. Ela abre a porta com surpresa no rosto, nos puxando para um abraço gigante, e nos leva à cozinha.

— Querem sopa? O dia está pedindo sopa. E a Shelley fez uns pãezinhos deliciosos também. — Ela faz um carinho na barba de Cooper, com um resmungo de desaprovação. — Você precisa fazer essa barba, meu bem.

— Eu sou jogador de hóquei — protesta Cooper. — Esse é meu estado natural.

— Pelo menos dá uma aparada.

Levanto uma sobrancelha quando ele busca apoio olhando para mim.

— Você sabe o que eu acho — digo.

— Você não ajuda em nada — reclama Cooper. — É sopa do quê?

Alguns minutos depois, nos acomodamos à mesa com tigelas de sopa de batata com alho-poró e brioches. Minha mãe se inclina e aperta meu antebraço com uma expressão de compaixão.

— Como você está? Como está a Bex?

— Não sei — admito. — A gente não tem se falado.

Ela suspira ao se recostar, ocupando-se com a sopa.

— Eu estava com medo de você falar isso. Sabe se ela vai denunciar aquele, com o perdão da palavra, escroto?

Contenho um sorriso enquanto tomo uma colherada de sopa.

— Não sei. Espero que sim. Ela queria espaço, então estou dando espaço.

— Ele não está só dando espaço — intervém Coop. — Está choramingando no quarto e pesquisando como virar professor de matemática.

— Por quê? — Ela arregala os olhos. — Ah, meu bem. Não.

Solto a colher e sustento o olhar dela. De seus três filhos, nenhum saiu com os mesmos olhos castanhos, mas os dela me lembram os de Bex, igualmente afetuosos e reconfortantes. Caralho, uma semana e meia sem ela está sendo uma tortura.

— Se é o que preciso fazer pra ficar com ela, é o que vou fazer.

— Ela te pediu pra parar de jogar?

— Não, mas...

— Então essa não é a solução.

— Obrigado — murmura Coop para a sopa.

— Mas não sei se consigo fazer as duas coisas. — Admitir isso dói, mas me forço a continuar. — Sei que o meu pai sempre quis que eu focasse só no futebol americano, mas amo a Bex e escolho ela. Se eu não puder estar ao lado dela quando preciso por causa do meu trabalho... Se não puder me concentrar nas duas coisas de uma vez ou me permitir ficar distraído quando era pra estar jogando...

— James — interrompe ela. — Do que você se lembra da sua infância?

— Como assim?

— Me diz uma coisa de que você se lembra de quando era pequeno. Qualquer coisa.

Balanço um pouco a cabeça, pensando.

— Hum, de tirar férias em Outer Banks? Daquela vez em que fomos pescar e cozinhamos o que pescamos na praia, quando fizemos aquela fogueira?

Cooper ri.

— Izzy ficou com muito nojo dos peixes.

Ela sorri, lembrando-se provavelmente de como Izzy deu uma olhada e declarou que ia jantar sorvete.

— O que mais?

— Treinar futebol americano com o papai? O Natal em que a luz acabou e todos nós dormimos na sala? O Dia do James quando fomos andar de kart?

— Foi demais — concorda Cooper.

— Por que você acha que são essas as memórias que vêm primeiro? — pergunta minha mãe.

Respondo de imediato; não há dúvidas do motivo.

— Elas me fazem feliz.

— Pois é. São todas memórias boas, meu bem. Por que você acha que pensou nelas e não nas vezes em que o papai estava longe, jogando? Ou nos meses de agosto em que ele precisava ir ao campo de treinamento e a gente ficava umas semanas sem ver ele? Ou na vez em que ele perdeu aquele seu jogo importante no nono ano porque teve que viajar mais cedo para se preparar para a primeira rodada dos *playoffs*?

— Eu mal me lembro disso — admito.

— Quando penso no meu casamento, também penso primeiro em todas as boas lembranças — continua minha mãe. — Penso em todos os momentos maravilhosos que pude compartilhar com seu pai. Não penso nas vezes em que fiquei sozinha ou em que tive que cuidar de vocês sem ele. Não penso em quando seu pai estava longe, porque ele não estava, meu bem. Não de verdade. Fizemos concessões para construirmos uma vida juntos. Não estou falando que tenha sido fácil, mas, em retrospecto, eu não mudaria nada.

Pisco com força, engolindo uma onda repentina de emoção.

— Mas como? Ele sempre parecia conseguir tirar todas as outras preocupações da cabeça, e eu não sei fazer isso.

— Muita confiança. — Ela esfrega a aliança com o dedo. — Seu pai sabia que eu o apoiava, e eu esperava que ele colocasse o trabalho em primeiro lugar quando precisasse. Quando ele estava trabalhando, dava tudo de si e, quando estava em casa, dava tudo de si aqui. Você não vai conseguir fazer tudo e, quanto mais cedo aceitar isso, mais cedo vai conseguir entender o que é importante. Você *pode* ter dois focos. Não é um ou outro, é priorizar.

— Mas se Bex precisar de mim...

— Ela não vai estar sozinha. Vai ter todos nós. Vai ter outras pessoas que são importantes na vida dela. Mas, enquanto não se permitir se concentrar cem por cento no jogo quando for necessário, você nunca vai conseguir fazer isso funcionar.

Fico em silêncio por um momento, absorvendo as palavras. Faz sentido, mas tenho quase certeza de que meu pai nunca fez a mesma merda que eu.

— Não quero que ela ache que tem que esconder as coisas de mim ou que não me diga quando está sofrendo. Não quero que Bex sinta que está sempre em segundo lugar.

— Saber disso é um bom começo. Mas, mesmo que você às vezes precise priorizar seu emprego, não quer dizer que ela esteja em segundo lugar. O que jogar futebol americano profissionalmente vai te dar? Além do amor pelo jogo, porque eu te vi jogar a vida toda e sei que isso você tem.

Só me vem uma resposta à mente.

— Dinheiro.

— Estabilidade — diz ela, assentindo. — Sempre que as coisas ficavam difíceis entre mim e seu pai, eu lembrava a mim mesma que ele estava fazendo o possível para criar um futuro para nós, para nossa família. Para podermos ter tudo isso, bem depois de ele se aposentar do esporte. — Ela gesticula para o cômodo. — Você não quer cuidar dela? Pensa em como você tem sorte de poder fazer isso com algo que ama. Tanta gente não tem essa opção.

— Eu sei que você tem razão — digo. Ela tem mesmo. A melhor forma de cuidar de Bex, ao menos materialmente, é com o futebol americano. — Mas a Bex tem a lanchonete e está comprometida com isso. Se ela estiver lá e eu do outro lado do país...

— Conversa com ela sobre isso — sugere minha mãe. — Vocês podem achar um jeito. Concessões, amor.

— Mais fácil falar do que fazer.

Ela se levanta da cadeira e contorna a mesa para me fazer um carinho no rosto.

— Eu nunca disse que era fácil. Só disse que você consegue.

45
BEX

— Pedido saindo — digo para Sam ao colocar um prato de ovos e torrada na frente dele. — Eu trouxe também um pouco de geleia de maçã caseira para a torrada, me conta se gostou.

Minha mãe levanta os olhos da mesa próxima que está limpando.

— Eu que fiz, Sam. A Rosa ficaria orgulhosa.

— Ficaria, com certeza. — Ele sorri para mim enquanto volto para o outro lado do balcão. — Obrigado, Bex.

— Imagina.

Rearranjo minhas presilhas no cabelo, aí pego meu bloco e lápis para ir tirar mais um pedido. A manhã na Abby's Place foi relativamente tranquila, o que é ruim, porque eu gostaria do máximo de distrações possível para não ficar pensando no que fazer com Darryl ou repassando minha conversa com Sebastian. Às vezes, me pego imaginando o pequeno James, defendendo o irmão, e sorrio. Mas, principalmente, não consigo parar de pensar no caos que ajudei a criar.

— Está toda reflexiva de novo — diz minha mãe, apertando minha cintura ao passar. — Vai tirar aquele pedido ou é pra eu ir?

— Ah, é. Desculpa.

Coloco um sorriso no rosto e vou até o casal sentado à mesa, duas mulheres de certa idade com bolsas tipo sacola combinando e alianças de casamento simples de prata.

— Essa foto é tão linda — comenta uma delas, apontando para a obra emoldurada na parede no meio da mesa delas. — Você conhece o fotógrafo?

Olho para a fotografia. É uma que tirei de uma das banquinhas aqui na cidade que vende frutas, vegetais e vasinhos de argila fofos feitos pela filha do proprietário.

Na primavera e no verão, eles vendem ramos de flores; no outono, abóboras; depois, árvores de Natal. No dia em que tirei a foto, amei a forma como as flores estavam posicionadas nas cestas de metal e foquei isso. Foi na primavera passada, quando Laura e eu fizemos uma visita; compramos um buquê para o nosso quarto e um saco de cerejas para dividir.

— Eu que tirei — explico. — É da Fazenda Henderson, que fica próxima da cidade. Eles fecham em janeiro, mas têm produtos muito bons.

— Está à venda?

Pisco, atônita.

— A fazenda? Acho que não.

A mulher me olha. A esposa dela ri baixinho, colocando a mão em cima da dela.

— Não, a foto. Está à venda? Eu ia amar para pendurar na nossa cozinha. Me lembra do motivo de a gente ter se mudado da cidade para cá.

— Quer mesmo comprar?

— Lógico. — Ela abre a bolsa e fuça lá dentro. — Tenho dinheiro, se for mais fácil para você. Quanto você costuma cobrar por uma obra já emoldurada?

Preciso me esforçar para meu queixo não cair no chão.

— Hum, cinquenta?

A esposa dela faz um som de reprovação.

— Por favor, não me diga que vai se desvalorizar assim. Duzentos.

E então eu fico realmente boquiaberta, porque a primeira mulher conta um monte de notas de vinte e passa pela mesa.

— A não ser que seja particularmente especial para você — diz ela.

— Não, não é isso. — Engulo em seco, pegando o dinheiro e enfiando no meu avental. — Por favor, pode levar e aproveitar. Foi por isso que pendurei aqui na lanchonete mesmo. Só fico... surpresa. Eu não vendo muitas das minhas fotos.

Eu não vendo nenhuma das minhas fotos, na real, mas não vou falar isso para elas.

— Pois devia — aconselha a segunda mulher. — As pessoas sempre pagam por boa arte.

— Obrigada — respondo. — Hum, querem pedir comida também?

As duas riem, aí pedem dois combos de sanduíche de ovo, então levo a comanda para a cozinha. Entro na despensa, pegando o celular para falar com Laura.

Tem um novo alerta de e-mail da minha conta da McKee. Mando uma mensagem para Laura contando das mulheres, depois abro o aplicativo.

O e-mail é do departamento de artes visuais.

Deixo meu dedo pairar, sem querer clicar. Estou em uma onda de alegria; pensar em estraçalhar isso com a rejeição do concurso já dói. Mas não sou o tipo de pessoa que consegue adiar algo, seja bom ou ruim, então clico, passando os olhos em busca do característico "lamentamos informar", ou seja lá como escolham escrever. Tenho que ler três vezes antes de a ficha cair de verdade.

Prezada srta. Wood,
  Obrigado por enviar suas obras ao Concurso de Artes Visuais Doris McKinney. Ficamos felizes de informar que sua série de fotografias "Além da jogada" foi selecionada como finalista na categoria Fotografia e será exposta na Close Gallery, em Nova York, de 10 a 13 de fevereiro. Além disso, você receberá o prêmio de mil dólares da categoria, e sua obra será considerada para o grande prêmio de cinco mil dólares. Os juízes ficaram impressionados com o nível de variedade e habilidade que você trouxe a um tema único. Estamos animados para ver você e seus convidados na cerimônia do prêmio, em 10 de fevereiro. Para mais detalhes, veja abaixo.
  Parabéns por essa conquista!

Atenciosamente,
Professor Donald Marks
Presidente do Departamento de Artes Visuais
Universidade McKee

Olho fixamente para meu celular, relendo o e-mail mais meia dúzia de vezes. Enviei uma série de fotografias de James para o concurso: algumas dele em campo e outras fora, incluindo as fotos que tirei dele naquela manhã na Pensilvânia. Não esperava que desse em nada, não quando há tantos alunos de artes visuais na McKee.

Mas eles gostaram do meu trabalho. Não... eles amaram! Amaram minha *variedade* e minha *habilidade*.

Puta que pariu.

Tapo a boca com a mão e solto um grito, fazendo uma dancinha da felicidade. Sei que provavelmente eles querem que o prêmio seja usado para pagar mensalidade, mas que se dane, eu vou comprar móveis novos.

O que mais quero no mundo é ligar para James. Ele ficaria tão feliz. Se estivéssemos bem, ele insistiria em sair para comemorar, talvez ir ao fliperama para tomar milk-shake ou algo igualmente fofo. Quase ligo mesmo; abro o contato dele e tudo.

Foi ele quem me deu a câmera nova, afinal. Sem ela, eu não teria nem conseguido tirar essas fotos, para começo de conversa.

Antes que eu consiga decidir, alguém bate na porta da despensa.

— Bex, amor?

Abro e vejo minha mãe levantando a sobrancelha para mim.

— Por que está escondida aqui?

— Eu venci um concurso.

— Que concurso?

— Entrei num concurso de fotografia e venci. — Minha voz vacila; estou à beira das lágrimas, mas, pelo menos, são de alegria. — Eles disseram que amaram minha variedade e habilidade.

Minha mãe me puxa em um abraço.

— Ah, querida. Que maravilha.

— Eu ganhei um prêmio e talvez ganhe um maior. — Eu me afasto, ajustando o avental. — Estava pensando em usar para comprar mais móveis para o apartamento.

Minha mãe faz que não com a cabeça.

— Andei querendo falar com você sobre isso. A Nicole e o Brian vão ajudar a gente. Eles têm umas coisas das quais querem se livrar mesmo, e a Nicole conhece uma pessoa que reforma móveis e estaria disposta a dar umas peças para nós com desconto. Fica com o dinheiro e usa para a mensalidade.

— Tem certeza?

Ela segura minha bochecha, passando o polegar pela minha pele.

— É o mínimo que posso fazer. Eu sei que não é muito para compensar o que aconteceu, mas...

— Não, é perfeito.

— Bex? — Christina põe a cabeça na despensa. — Tem outro garoto aqui te procurando. Não é o mesmo da última vez. — Ela dá uma piscadela. — Acho que esse é o jogador de futebol americano.

Meu coração pula. Não sei se estou pronta para essa conversa, não faço a menor ideia, mas não é também como se pudesse ignorá-lo. Ele sabe onde me encontrar. Passo pela minha mãe e volto ao salão, contornando o balcão. James está esperando perto da porta, tirando o gorro; as orelhas e as bochechas estão vermelhas de frio. Ele olha ao redor e, ao me ver, seu rosto todo se transforma; o sorriso é uma mescla de alívio e felicidade.

— Bex — diz ele —, podemos conversar?

46

JAMES

Eu não tinha imaginado ter essa conversa aqui fora, no frio, mas Bex se encasaca e sai na minha frente pela porta dos fundos, então não discuto. Pelo menos ela não me chutou para a sarjeta. Eu tive receio de isso acontecer, já que fui atrás dela mesmo depois de ela dizer que queria espaço.

Bex cruza os braços em frente ao peito, estremecendo um pouco. Tiro meu gorro e enfio na cabeça dela. Está caindo uma neve fininha por cima da que está no chão desde o mês passado.

— James — diz ela. — Suas orelhas parecem estar congeladas.

— Vou sobreviver. — Tateio meu peito antes de enfiar as mãos no bolso da jaqueta. A fotografia ainda está guardada. Ótimo. — Como você está?

— Péssima — admite ela.

— Idem.

Ela abre um sorrisinho.

— Mas venci aquele concurso de fotografia. Minha obra vai ser exposta numa galeria no West Village.

Fico boquiaberto.

— Que incrível!

Ela morde o lábio, provavelmente para impedir que o sorriso fique ainda maior.

— É. É bem foda. Eu acabei de descobrir logo antes de você chegar, aliás.

Quero desesperadamente puxá-la em um abraço e beijá-la loucamente, mas me seguro. Por mais que eu prefira evitar isso, precisamos mesmo conversar. Não posso fazê-la mudar de ideia em relação a não ser certa para mim, mas quero dar meu máximo para levá-la à direção certa.

— Estou muito feliz por você. — Não consigo deixar de pôr a mão por cima do gorro na cabeça dela, aliviado quando isso a faz rir um pouco.

— James.

— Esqueci como você era baixinha.

— Mini — corrige ela.

Tento engolir.

— É. Essa é você, amor.

A alegria some do rosto dela.

— Vou denunciar o Darryl — diz ela de repente.

— Ótimo — respondo.

Bex respira fundo, abraçando o próprio corpo.

— Já ficou sabendo de alguma coisa? Vai ser suspenso?

— Não sei. O técnico me defendeu. Disse que eu não comecei a briga.

É a vez dela de falar:

— Ótimo.

Ficamos lá parados por um momento, nos olhando. As coisas nunca foram estranhas entre nós; mesmo quando ainda não nos conhecíamos muito bem, a conversa fluía, então fico abalado com a tensão no ar.

— Eu te amo — não consigo evitar dizer.

— Eu também te amo — sussurra ela.

— Desculpa por meu pai ter feito você achar que não podia me contar o que aconteceu. — Respiro fundo. Desde a conversa com minha mãe, fiquei um pouco mais calmo com a coisa toda, mas ainda não tentei falar de novo com meu pai e não tenho certeza do que vai acontecer. Conseguir Bex de volta vem em primeiro lugar. — Quero que você saiba que sempre vou escolher você.

A expressão dela se fecha.

— James.

— Eu sei que vai ser difícil — continuo. — Sei que preciso priorizar melhor as coisas. Sei que, quando estou no campo, preciso focar completamente… mas quando estiver fora de campo? Quando estiver com você? Vou te escolher, independentemente de qualquer outra coisa.

Ela me olha, com as bochechas coradas e os olhos brilhando com lágrimas não derramadas.

— Eu te amo, Bex. Eu amo a forma como você enruga o nariz ao se concentrar. Amo sua risada. Seu talento com a câmera. Amo sua paixão e sua lealdade e quanto você é inteligente pra caralho. Você é tudo pra mim. Se me pedisse pra parar de jogar futebol americano, eu faria isso num piscar de olhos.

Bex funga, balançando a cabeça.

— Não faz isso.

— Que bom que disse isso. Porque pensei em virar professor de matemática e não sei se sou capaz.

Ela solta uma risada entre as lágrimas.

— Provavelmente não, amor.

— Se precisar ficar aqui por causa da lanchonete e precisarmos ter um relacionamento a distância, vou me esforçar todo dia pra fazer dar certo. Prometo. Isso não me assusta mais, porque eu sei que tudo vai valer a pena quando eu puder dizer que você é minha.

Ela desvia o olhar, balançando o corpo trêmula. Fica quieta por tanto tempo que começo a me preocupar um pouco.

— E se eu não… valer a pena? — diz ela finalmente.

— Como assim?

Bex me olha nos olhos. Seus lábios estão tremendo.

— E se daqui a dois anos eu estiver aqui e você estiver sei lá onde e perceber que não vale a pena? Que eu não valho a pena?

Dou um passo à frente, puxando-a para os meus braços. Não estou nem aí que era para dar espaço para ela pensar, porque Bex está com frio e chateada, e não suporto isso.

— Acha mesmo isso? Você é minha princesa. Você vale o mundo inteiro.

Ela pressiona os lábios.

— Eu não sou ninguém especial.

— E eu sou só um cara que é bom em lançar uma bola. — Dou uma risada suave, e o som some no vento frio. — Talvez nenhum de nós dois seja especial, mas não é isso que importa. O que importa é que você é a melhor pessoa que já conheci, e o que mais quero na vida é que você também se veja assim.

Levo a mão à jaqueta para pegar a foto.

— Tirei faz umas semanas — digo. — Eu sei que está uma bosta, mas eu amo quanto você está feliz nela.

Ela pega a foto e a olha. É uma imagem simples que fiz com meu celular e gostei tanto que imprimi para colocar na carteira. É da Bex tirando uma fotografia no Red's. Ela está usando um suéter cor-de-rosa peludinho e aqueles brincos de torta, com os olhos adoravelmente iluminados enquanto mexe na câmera.

— Eu lembro — diz, baixinho.

— É assim que eu te vejo. Quando fecho os olhos antes de dormir, quando sonho acordado... eu vejo você assim, fazendo sua arte. Sendo você. — Estendo a mão, mexendo no brinco dela; está usando as argolas que dei de Natal. — Você merece tudo e pode fazer o que quiser, mas não se menospreze. É isso que você merece fazer.

Ela fica na ponta dos pés e me beija.

Aceito o beijo com alegria; um pouco da tensão desaparece do meu corpo com a sensação dos lábios dela nos meus, as mãos agarrando a frente da minha jaqueta. Era disso que eu precisava para me sentir bem de novo, da minha garota nos meus braços.

Quando ela se afasta, segura meu maxilar com a mão gelada. Só me aproximo mais.

— Preciso pensar — diz ela. — Não sobre nós, mas sobre mim. Sobre a lanchonete. Prometi para minha mãe que eu cuidaria do lugar e não posso só... Isso faz sentido?

— Eu vou estar pronto quando você estiver — digo, assentindo.

Bex encosta a testa na minha.

— Obrigada.

Eu a beijo de novo, ansiando por mais depois de quase duas semanas sentindo a falta disso.

— O que quer que você precise fazer, podemos resolver. Juntos.

47
BEX

Penduro a última foto na parede e dou um passo para trás, olhando nervosa para o conjunto todo. Quando cheguei, a dona da galeria — uma mulher chamada Janet, que provavelmente é a pessoa mais glamorosa que já conheci — me deu uma parede inteira para trabalhar.

Laura, que veio cedo para me ajudar a montar tudo, me olha.

— O que acha?

— Acho que está bom. — Seco as palmas suadas na roupa. Estou usando um vestidinho preto com meia-calça transparente, apesar do clima gelado de fevereiro lá fora, mas passei o tempo todo tão ansiosa que nem estou com frio. — Digo, está bom, né?

— Não fica se desvalorizando — responde ela, me puxando para um abraço de lado. — Está incrível.

— Ótimo uso do espaço em branco — comenta Janet ao passar como se estivesse flutuando, com o xale meio esvoaçante.

Laura segura uma risadinha.

— Viu? Ótimo uso do espaço em branco. Fabuloso.

Solto uma respiração trêmula.

— Bom, está como eu quero.

— Que ótimo. — Laura dá uns passos para trás e tira o celular. — Sorri, deixa eu tirar uma foto sua.

Fico vermelha, olhando a galeria. Os outros finalistas do concurso estão trabalhando nas próprias exposições, e é óbvio que a maioria se conhece, porque todos estão socializando, indo até os outros espaços para oferecer feedbacks e elogios. Estão me ignorando, e tudo bem, mas não quer dizer que eu não esteja meio envergonhada.

O semestre já está à toda de novo, o que significa que estou terminando minhas disciplinas obrigatórias, curtindo mais um tempo morando com Laura, passando tempo com James (que não foi suspenso pela briga depois de a faculdade ficar sabendo da minha denúncia sobre Darryl) e fazendo menos turnos no Purple Kettle para poder fotografar alguns jogos de hóquei da McKee.

Esta mostra, a oportunidade de trabalhar mais nas minhas fotos esportivas — tudo isso está indo de encontro à lanchonete de maneiras desconfortáveis e, apesar de dizer a James que estou pensando no assunto, não sei o que fazer. Antes deste ano, só pensar em deixar minha mãe lidando com o negócio sozinha era impossível. Eu prometi a ela que não faria isso e sempre pretendi manter minha palavra. Agora? A cada dia chego mais perto de querer ir embora, mas não sei se posso confiar nela para administrar. Minha mãe anda mais envolvida, mas continuo indo lá quase todos os dias, apagando incêndios (metafóricos) e garantindo que tudo corra bem. Eu não poderia fazer isso de San Francisco, que é para onde James vai acabar indo, se os boatos mais recentes da NFL estiverem certos.

— Você está tão linda — elogia Laura.

Ela me mostra a foto. Sinceramente, acho que pareço superestressada, mas pode ser só porque é assim que eu me sinto. Em menos de uma hora, um bando de gente vai olhar minhas fotografias enquanto estou parada bem ao lado. Vou ouvir as opiniões. E, com alguma sorte, vou ganhar cinco mil dólares, apesar de a pessoa que fez as pinturas do outro lado do salão ser seriamente talentosa, então, se eu tivesse que dar o prêmio a alguém, escolheria ela.

— Acho que sim — digo.

— O James vem, né?

— Aham. E os irmãos dele também, provavelmente.

Laura suspira.

— O Cooper é tão gato.

Faço uma careta.

— Você curte a barba?

— Com certeza. Não que o James não seja fofo, com toda aquela vibe séria e limpinha de *quarterback*, mas é o Cooper que eu pegaria.

— Bom saber — digo, seca. — Considerando que o James é meu.

— Ele é gatinho — concorda alguém.

Eu me viro, arregalando os olhos ao perceber que minha mãe está na minha frente com um buquê de flores no braço. Ela me dá um beijo na bochecha.

— Sei que cheguei cedo — diz ela. — Mas eu queria conversar com você sobre uma coisa.

Olho de volta para a parede, me perguntando se devia arrumar de novo a disposição, mas meu instinto diz que não, que está perfeito.

— Acho que já acabei. Tenho uns minutos antes de a galeria abrir.

Minha mãe segura o buquê na curva do braço e estende a mão.

— Tem um café aqui do lado, a Nicole pegou uma mesa para a gente.

— Não podemos demorar — aviso.

— Não vamos — promete ela. — A gente te vê em uns minutinhos, Laura.

Pego meu casaco e o visto enquanto saio da galeria, seguindo minha mãe. Já é estranho o bastante estar em Nova York, mas vê-la aqui? Não lembro a última vez em que ela saiu da nossa cidade, quanto mais para fazer algo assim. Por sorte, o café fica literalmente ao lado; vejo a tia Nicole na janela, sentada com uma xícara de chá.

— Bex! — diz ela, se levantando para me abraçar quando chegamos à mesa. — Mal posso esperar para ver suas fotos!

— Obrigada — agradeço, me sentando na frente dela com o casaco no colo. Minha mãe escolhe sentar-se ao lado da tia Nicole em vez de ao meu, o que é meio estranho. Estou irracionalmente preocupada de levar um sermão, mas não tem motivo para isso. Bato minha botinha no chão. — O que foi?

Elas se olham longamente. Minha mãe respira fundo. Aperto as unhas contra minhas mãos.

— Aconteceu alguma coisa?

— Não. Não mesmo, querida, é uma coisa boa. Eu quero vender a lanchonete.

Eu apenas a encaro.

— Quê?

— A Nicole e eu conversamos, e ela me ajudou a perceber o que precisamos fazer. Eu devia ter vendido lá atrás, mas não me permiti seguir em frente. — Ela pisca. Quando continua falando, sua voz está embargada. — Eu te segurei por tempo demais. Não foi justo da minha parte tentar te amarrar ali. Fiquei pensando que talvez seu pai fosse voltar, mas ele não voltou. Está na hora.

Conforme ela fala, meu coração começa a disparar e, no fim, estou meio preocupada com que ele exploda. Percebo, assustada, que estou tremendo.

— Mãe? — consigo dizer.

— No dia em que o James foi falar com você, eu escutei a conversa — completa ela, ficando vermelha. — Ele tem razão, você merece mais. Merece seguir sua paixão.

Merece ficar com ele, não importa para onde ele seja levado no *draft*. — Ela ri um pouco. — Eu falei a palavra certa?

— Acho que sim — responde tia Nicole, se debruçando à frente com um aceno de cabeça. — Né, Bex?

— É — sussurro.

Minha cabeça está girando tão rápido que não consigo nem ficar chateada com ela por entreouvir minha conversa.

— Quando seu pai e eu compramos a lanchonete, achamos que seria algo para compartilharmos, que podíamos construir uma vida ao redor daquilo — continua ela. — Eu não queria abrir mão desse sonho, mesmo quando ele acabou. Preciso superar e preciso deixar você livre.

— Mãe — repito, com a voz estrangulada, quase um soluço. — O que você vai fazer?

— Vamos vender — responde ela, firme. — O prédio todo. Você pode usar parte do dinheiro nos empréstimos estudantis e eu vou procurar um lugar para morar. Tem um apartamento perto da Nicole que posso alugar. E estou pensando...

Ela não conclui a frase, piscando para afastar as lágrimas. Tia Nicole dá um tapinha na mão dela.

— Ela vai dar entrada numa clínica — explica tia Nicole.

Minha mãe assente.

— Preciso de terapia. Preciso endireitar minha cabeça. Nunca lidei com o abandono do seu pai, com tudo que aconteceu depois, e, se eu quiser ser uma boa mãe daqui em diante, preciso dar um jeito de fazer isso acontecer.

— Não acredito — sussurro.

— Eu sei. Mas vou provar para você, meu bem. Quero estar ao seu lado e quero que você tenha a chance de fazer o que te faz feliz. Feliz de verdade.

Praticamente me lanço por cima da mesa na pressa de abraçá-la. Minha mãe ri apoiada em meu ombro, abraçando com força enquanto esfrega minhas costas.

— Eu te amo — sussurra ela. — Me desculpa.

— Eu também te amo. — Inspiro o cheiro do perfume dela. Um milhão de memórias passam pela minha mente; um filme da minha infância, as partes boas. Não sou ingênua, sei que, se ela for levar isso a sério, terá muito trabalho à frente, mas o mero fato de estar disposta a fazê-lo é suficiente para me abalar. — Obrigada.

O horário de funcionamento da galeria acabou de começar quando vejo James passando pela porta... com a família toda, incluindo Izzy. Sandra eu já esperava, mas Richard? Com um buquê de flores? Ele me dá um aceno de cabeça, e eu aceno de volta.

Ai, caramba.

Volto a me concentrar em Donald Marks, o chefe do departamento de artes visuais, que veio na mesma hora me parabenizar pessoalmente. Mas a vontade de sair correndo para contar a notícia a James é quase avassaladora. Quero voar nele e o beijar contra a parede, mas com certeza isso não seria considerado um comportamento apropriado para uma galeria de arte chique.

— Ele é um excelente contato para se ter — continua Donald, gesticulando pela sala. — Vou apresentar vocês dois mais tarde para poderem conversar sobre isso mais a fundo. Está considerando um futuro especificamente em fotografia esportiva?

— Talvez — digo, e a melhor parte é que não estou mentindo. Eu poderia fazer isso... ou poderia fazer qualquer outra coisa no mundo. Pela primeira vez desde criancinha, o mundo inteiro está aberto a mim; não tenho que me preocupar em quebrar promessa nenhuma. Estou livre. — Eu amo a atmosfera dos eventos esportivos.

— Isso é importante. — Ele sorri, quebrando o contato visual para olhar de novo minhas fotos. — O trabalho está mesmo excelente. Que pena que não tivemos você no nosso departamento.

— Estou começando a entender o que quero.

Ele assente.

— Fico feliz, srta. Wood. Vamos manter contato.

No momento que ele sai, Izzy vem correndo até mim, com James logo atrás. Ela carrega uma taça de vinho, que James tira agilmente de sua mão antes que ela consiga beber.

— Ei — protesta ela, cruzando os braços na frente do vestido lilás de veludo. — Não é justo.

Ele entrega o vinho para mim.

— Depois do que fez naquela festa da semana passada? Você tem sorte dos nossos pais ainda te deixarem sair de casa.

Tomo um gole, mas não sinto o gosto. Estou praticamente vibrando de animação.

— Oi — cumprimenta James, me dando um beijo rápido. — Como estão as coisas por enquanto?

— Acho que maravilhosas, na verdade. — Estendo o braço e seguro a mão dele. — Preciso falar com você.

Izzy olha entre nós, levantando uma sobrancelha escura.

— Parece preocupante.

— Por que você não vai encher o saco do Coop? — diz James, seco. — Parece que ele está tentando dar em cima daquela coitada ali.

Izzy olha para trás. Cooper está apoiado bem ao lado de uma aquarela linda, gesticulando com a taça de vinho enquanto conversa com uma jovem. De todo modo, ela não parece tão interessada, mas tenho a sensação de que os planos de Cooper estão prestes a ir por água abaixo graças ao Furacão Izzy.

— Aposto que consigo fazer essa garota achar que ele tem uma IST — declara Izzy.

— Peraí — diz James, mas ela já está atravessando a sala. Ele suspira e me olha. — Você está linda, aliás. Quem te deu as flores?

— Minha mãe.

— Que fofa. Meus pais também compraram um buquê para você.

— Minha mãe está ali… falando com a sua — digo, ao perceber o que vejo. — Ah, meu Deus. Ela é rápida no gatilho.

James olha de relance.

— Acho que foi a minha mãe quem começou, na verdade. Ela estava doida de vontade de conhecer a sua. Mas o que está rolando?

— Minha mãe conversou comigo antes da mostra começar. Ela vai vender a lanchonete.

Ele me puxa em um abraço tão rápido que quase derramo o vinho no chão.

— Porra, não creio!

— Sim! — Abraço-o de volta, sem conseguir conter uma risada. Provavelmente parecemos ridículos, mas, no momento, não estou nem aí. A galeria toda podia olhar e eu estaria cagando. A única coisa que importa agora é ele. — Sim. Ela vai vender.

James me aperta mais forte.

— Princesa. Por favor, me diz que isso significa o que estou achando.

Eu me afasto o suficiente para beijá-lo. Mesmo de salto alto, tenho que ficar na ponta dos pés para segurar o pescoço dele. Olho em seus olhos cor de oceano e vejo um milhão de possibilidades. Um futuro que podemos compartilhar. Entre os tons de azul, vejo amor, desejo e tudo o que achei que não pudesse ter.

— Sim — murmuro contra a boca dele, sentindo-o sorrir. — Para onde você for, eu vou junto.

48
JAMES
EPÍLOGO

Abril, dois meses depois

Bex me beija de novo, ofegando baixinho contra minha boca.

— Peraí, amor. Peraí. Quando começa o programa mesmo?

Continuo masturbando-a, abrindo os dois dedos em movimento de tesoura dentro dela enquanto deslizo o polegar no clitóris. Ela ofega, e seus últimos protestos se perdem. Bex tem razão, precisamos voltar à área de espera — o produtor que passou aqui antes de a gente sair de fininho avisou que estava quase na hora da parte televisionada do *draft* —, mas não consigo me conter. Quero que ela goze, quero que nós sejamos os únicos na plateia inteira que saibam o que acabamos de fazer. Minha família deve estar se perguntando onde estamos, mas não importa. Eles podem esperar.

O que importa agora é dar prazer para a minha namorada.

Ela agarra meu braço, mas não tenta me afastar. Beijo o pescoço dela, resistindo à vontade de deixar um chupão visível, e enfio um terceiro dedo. Engulo os gemidos dela, apesar de querer poder fazê-la gritar; já é suficiente senti-la se apertando contra mim, tremendo enquanto goza. Tiro os dedos aos poucos, deixando-a descer do ponto da parede onde a apoiei na ponta dos pés.

— Puta merda — murmura Bex, meio atordoada.

Beijo-a de novo.

— Linda pra cacete.

Ela balança a cabeça, ajeitando o vestido.

— Não acredito que acabou de fazer isso. Estamos prestes a aparecer na TV!

Lambo meus dedos, me deliciando com o sabor dela.

— Para mim é pior. Estou duro pra caralho e tenho que conviver com isso.

Ela balança a cabeça.

— Nem vem. Você que começou essa bagunça, me recuso a sentir pena.

Quando ficamos apresentáveis de novo — se bem que minha camisa está meio amarrotada e Bex insiste que seu cabelo está diferente —, saímos de fininho do armário de produtos de limpeza. A barra está limpa, então saímos andando, tentando agir naturalmente.

— Eu vou por aqui, você vai pelo outro lado — digo. — Se alguém perguntar, fiquei preso dando oi para uns antigos companheiros de time da LSU.

Ela revira os olhos com carinho.

— Vou dizer que estava no banheiro.

Ironicamente, encontro mesmo algumas pessoas que conheço ao voltar à área de espera, então, quando consigo reencontrar minha família, Bex já está lá, concentrada em uma conversa com Sebastian. Continua meio corada. Dou uma piscada para ela ao me sentar. Ela revira os olhos e acena para mim.

— Como está se sentindo? — pergunta meu pai.

Nossa relação ainda não voltou a ser como era antes, mas as coisas estão bem melhores do que em janeiro. Apesar de não vermos mais o futebol americano e minha carreira exatamente do mesmo jeito, ele ainda é meu pai, e eu o quero ao meu lado em momentos assim. Ele entende, melhor que qualquer um, no que estou prestes a embarcar.

Em menos de uma hora, Bex e eu saberemos para onde vamos nos mudar depois da formatura.

Por um tempo, todo mundo só falou de San Francisco, mas tem boatos de que o Philadelphia talvez negocie para conseguir uma escolha melhor na primeira rodada e pegar um dos três *quarterbacks* realmente bons do quadro: eu, o cara do Alabama que me venceu em janeiro e o da Duke. Quando eu ganhei o Heisman, não havia dúvidas de que seria o primeiro do *draft*, mas a derrota no campeonato acabou com essa certeza. Não me importo; não há garantia de que o lugar onde eu começar vai ser onde passarei a maior parte da minha carreira, mas a esperança é que o time que me levar esteja disposto e pronto para construir uma equipe capaz de vencer. Tentei não pensar muito nos detalhes, porque não é como se eu pudesse escolher, mas seria ótimo se não fôssemos os únicos das nossas duas famílias morando do outro lado do país.

— Está começando — diz um produtor, falando com a sala toda. — Só um alerta: vamos enquadrar entre esta área de espera nos bastidores e o palco, então lembrem que estão sendo filmados. Se forem chamados, antes de mais nada, parabéns. Não deixem de atender a ligação, depois seguir as flechas verdes até o palco para serem apresentados. A transmissão ao vivo vai passar aqui nas TVs.

Olho meu pai e respiro fundo.

— Estou pronto — digo.

Ele aperta meu ombro, me balançando de leve. Sinceramente, acho que está mais nervoso do que eu.

Quando a transmissão ao vivo começa, Bex segura minha mão.

Os San Francisco 49ers são os primeiros a escolher. Pegam o *quarterback* do Alabama.

Os New York Jets são os segundos e escolhem o melhor *tackle* do quadro.

Com a terceira escolha, as coisas ficam interessantes. O Philly negocia com o Houston para sair de seu sexto lugar, oferecendo em troca uma série de escolhas de rodadas posteriores.

Eu sinto, no fundo do meu coração, no segundo em que anunciam, que eles me escolheram.

Meu celular, apoiado na mesa diante de nós, toca. Fico paralisado por meio segundo, mas aí sinto Bex enfiando as unhas na minha mão e isso me leva a me mexer. Eu atendo, pigarreando ao dizer alô.

— James — diz meu novo técnico. — Bem-vindo ao Philadelphia Eagles.

— Obrigado, senhor.

— Pronto para trabalhar?

Encontro o olhar de Bex. Ela tem as mãos sobre a boca, provavelmente para não gritar enquanto estou ao telefone. Meu Deus, como eu amo essa mulher.

Philadelphia. Serve para nós.

Pisco para ela.

— Sim, senhor.

POSFÁCIO

Querida leitora ou leitor,

Muito obrigada por ler a história de James e Bex! Espero que você tenha gostado de embarcar nesta jornada com eles tanto quanto eu gostei de escrevê-la. Cooper, Sebastian e Izzy vão ter suas próprias histórias, então ainda não abandonamos o mundo dos Callahan e da Universidade McKee. Siga-me nas redes sociais para não perder o acesso a atualizações, conteúdo extra e mais: @authorgracereilly no Instagram e no TikTok.

Se gostou deste livro, eu agradeceria muito se tirasse um tempo para escrever uma resenha. Amo ouvir a opinião dos leitores, então sinta-se à vontade para entrar em contato diretamente comigo.

Um abraço,

Grace

Impressão e Acabamento:
BARTIRA GRÁFICA